나는 몰락이다 12

글쓰는기계 게임 판타지 장편소설

초판 1쇄 찍은 날 | 2020년 3월 16일
초판 1쇄 펴낸 날 | 2020년 3월 23일

지은이 | 글쓰는기계
펴낸이 | 예경원

기획 | 위시북스
편집책임 | 이은송
편집 | 위시북스

펴낸곳 | 예원북스
등록번호 | 제396-2012-000132호
등록일자 | 2012. 7. 25
KFN | 제1-516호

주소 | 경기도 고양시 일산동구 호수로 646-24 위너스21II빌딩 206A호 (우)10401
전화 | 031-819-9431 팩스 | 031-817-9432
E-mail | yewonbooks@naver.com

ISBN 979-11-365-2086-9 04810
      979-11-6424-237-5 (Set)

Wish Books
나는 될 놈이다
12 글쓰는기계 게임 판타지 장편소설
WISHBOOKS GAME FANTASY STORY

CONTENTS

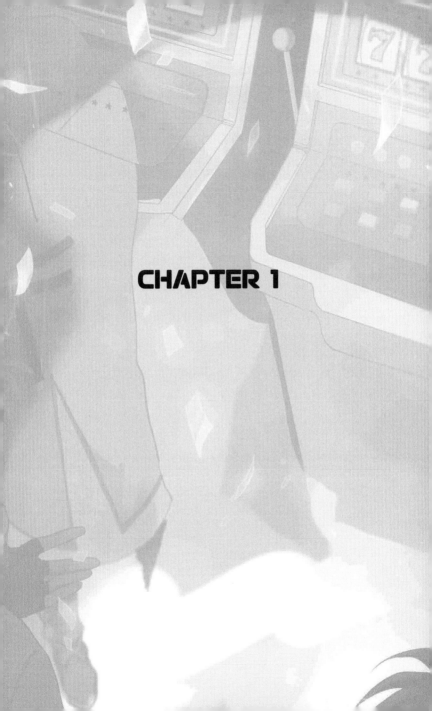

CHAPTER 1

　왔던 길을 되돌아서 가는 건 쉬운 일이었다. 가는 길마다 나오는 야생 몬스터들이 덤벼드는 것을 제외한다면.

　"으아악! 진짜 왜 나한테만 이러는 거야!"

　케인은 여기서도 손해를 봤다. 마계의 필드에 있는 몬스터들은 케인만 보면 신나서 달려들었다. 마치 케인의 몸에 꿀이라도 바른 것처럼.

　한참을 지나, 마계로 떨어진 곳에 도착하자 많이 부서지고 박살 난 거대한 함선들이 눈에 들어왔다.

　"어? 원래 저랬었나요?"

　"없는 사이 습격을 많이 받았나 본데."

　"뭔가 이상합니다. 김태현 백작님. 저기 있는 사제들과 성기사들이 실력 없는 자들이 아닌데, 저렇게 많이 부서졌다니……."

"물량에는 장사 없지."

아무리 대단한 NPC라도, 사방에서 적들이 계속해서 몰려들면 함선을 다 지킬 수는 없었다.

콰콰쾅! 화륵!

"악마들을 물리쳐라!"

"에잇! 이 배 위에는 발을 올리지 못할 것이다, 이 사악한 놈들!"

멀리서 소리가 들려왔다. 함선에서 싸움이 벌어지고 있었다. 용암에서 나온 악마들이 시뻘건 화염을 내뿜고, 그에 맞서 교단 NPC들이 방어막을 치고 흰색 섬광을 발사하고 있었다.

"도우러 갑시다!"

"아, 잠깐! 신발 끈이 풀려서."

이게 지금 무슨 소리?

"김태현 백작님! 무슨 신발 끈이 풀린다는 겁니까! 지금 당장 움직이셔야 합니다!"

"아, 신발 끈이 풀렸는데 나보고 어쩌라고? 싸우다가 넘어지기라도 하면 책임질 거야?"

태현은 미적거리며 신발을 만지작거렸다. 거기에 끈이라고는 전혀 없었지만! 그러면서 이다비에게 시선을 보냈다. 그 뜻을 깨달은 이다비는 외쳤다.

"앗! 저도 신발 끈이 풀렸어요!"

"크, 크흠. 나도 신발 끈이······."

시선을 이기지 못한 케인도 부끄러움을 참으며 말했다.

시간을 끄는 태현 일행. 하론 사제는 발을 동동 구를 뿐, 어떻게 하지는 못했다. 그들끼리 가는 것도 위험했던 것이다.

태현이 이러는 이유는 하나였다. 아쉬운 건 저쪽이니까!

그는 원한을 잊지 않았다. 사소한 한 마디도 정확하게 적립해서 그대로 돌려주는 게 태현. 그런 그에게 함선 위에 있는 교단 NPC들은 맛있는 먹잇감으로 보일 뿐이었다.

"신발 끈 다 묶으셨으면 출발합시다! 도와드려야 합니다!"

"아이고, 다리야. 여기서 좀 쉬자."

"예!?"

"내가 다리가 좀 아파서······."

태현은 구성욱에게 신호를 보냈다.

'여기서 쟤네들이 도와달라고 할 때까지 버티자고.'

구성욱은 화끈거리는 얼굴로 털썩 자리에 앉았다. 그걸 신호로 검은 바위단 길드원들은 주섬주섬 앉기 시작했다.

"다들 대체 왜 그러십니까?!"

효과는 굉장했다. 함선 위에서 치열하게 싸우던 각 교단 NPC들은 저 멀리 나타난 태현 일행을 보고 반색했다.

"앗! 저건 분명 아키서스 교단과 데메르 교단!"

"지원 요청을 보내시오!"

악마들의 마을로 들어가서 공격을 피한 태현 일행과 달리, 넓은 황야에 그냥 남아 있던 교단 일행들은 계속해서 덤비는 악마들과 싸워야 했다. 당연히 사람인 이상 피곤해지고 약해질 수밖에 없는 상황!

전령을 맡은 성기사는 재빨리 악마 사이를 뚫고 달려갔다.

"무슨 이야기를 하는 거지? 왜 당장 돌아오지 않고 저기서 있는 거야?"

"문제가 생긴 거 아닌가?"

"문제가 생길 게 뭐가 있다고!"

"돌아옵니다, 어? 왜 혼자 돌아오지?"

전령 역할로 갔던 성기사는 같이 돌아오는 게 아니라, 혼자 돌아왔다. 그러고는 당황한 얼굴로 말했다.

"어…… 다리가 아파서 못 오신다고……."

"그게 무슨 헛소리야! 다시 가서 당장 도움을 전해!"

그들은 다시 메시지를 보냈다.

-빨리 와서 도와라! 뭐 하는 거냐!

-다리가 아파서 못 가겠다.

-지금 무슨 헛소리를 하는 거냐!

-다리가 더 아파져서 못 가겠다.

-……무례는 사과할 테니 와서 좀 도와주면…….

-사과를 제대로 해야 다리가 좀 안 아파질 거 같다.

-잘못했습니다. 와서 도와주십시오…….

-사례도 받아야 다리가 나을 것 같다.

"이야, 다리가 싹 나은 느낌이네!"

'거짓말!'

"크흠, 크흠. 김태현 백작. 빨리 힘을 합쳐서 저 악마들을…….'

"나는 싸울 생각 없는데? 미련하게 계속 자리에 있으니까 악마들이 몰려오는 거지. 게다가 너희들끼리 다 못 해치울 정도의 악마들인데, 우리가 낀다고 해서 달라지겠어?"

"그, 그러면 어쩌겠다는 겁니까!"

"도망쳐야지."

"무슨 멍청한 소리를!"

야타 교단의 성기사가 발끈 화를 냈다.

"이렇게 주변에 적이 많을 때 등을 보여주고 도망치는 건 자살행위나 마찬가지! 저 악마들이 신나서 우리의 등을 물어뜯을 것이오. 김태현 백작은 그런 기본도 모르는가?"

"갑자기 다리가 다시 아파 오는 거 같은데, 우리 그냥 따로따로 놀까?"

세상에서 가장 치사한 협박! 야타 교단의 성기사는 입을 다물었다. 함선 위로 올라온 태현이 가장 먼저 한 소리는 '마계에서 대륙으로 돌아가는 방법을 찾았다'였다.

그 소리를 들은 교단의 NPC들은 아무리 치사하고 더러워도 태현에게 뭐라고 말을 할 수가 없었다. 태현은 정말로 두고 갈 수 있는 사람이었으니까!

다들 입을 다물자 태현은 다시 말을 시작했다.

"걱정 마. 저 악마들을 따돌릴 방법은 있으니까. 우리는 그 사이 튀면 돼."

교단 NPC들뿐만 아니라, 다른 플레이어들도 궁금해했다. 어떤 방법으로 저기 있는 악마 몬스터들을 따돌릴 수 있단 말인가?

케인이 태현에게 물었다.

"어떻게 따돌리는데?"

"하하. 미끼가 있지."

"미끼? 마을에서 뭐라도 사 왔나?"

"아니. 네가 있잖아."

"으아아아아! 으아아아아악!"

-소리를 줄여라!

"네가 내 입장이 되어봐!"

-확 떨어뜨리는 수가 있다, 인간!

"이 자식이 어디서…… 떨어뜨리기만 해봐! 김태현한테 그대로 이를 거야!"

마계의 검붉은 하늘을 나는 콤비! 용용이와 케인이었다.

-크릉?

-카르르륵!

함선 주변을 맴돌던 악마들은 용용이 밑에 매달려 날아가는 케인을 보더니 눈이 붉어져서 달려들기 시작했다. 아키서스의 신수, 아키서스의 노예. '아키서스'가 들어가는 둘은 악마들의 눈이 돌아가기 매우 좋은 목표물이었다.

화르륵!

"크아악! 왜 나만 밑에서 매달려 가는 건데! 위에 태워줘도 되잖아!"

-주인이 그러라고 했다! 네가 더 튼튼하다고!

"……김태현 ×××야!"

밑에서 타오르는 화염 침이 화살처럼 날아왔다. 케인은 용용이의 발톱에 매달린 채로 방패를 휘둘러서 막아냈다.

[끓어오르는 지옥의 화염 침이 방패 위에 직격했습니다. 내구도가 하락합니다.]

아무리 막고 피해내도 범위 공격은 어쩔 수 없었다.

-아앗! 제대로 막아라, 인간!

"막고 있다고!"

두 콤비가 허공을 가로질러 반대 방향으로 날아가는 동안, 나머지 일행들은 빠르게 빠져나갈 수 있었다.

"저, 저래도 되는 겁니까?"

구성욱은 케인이 걱정되어서 물었다. 짧은 시간이었지만, 그는 케인에게 우정을 느끼고 있었다. 같은 피해자로서 느낄 수밖에 없는 동지의식!

구성욱은 원래 케인 같은 사람을 좋아하지 않았다. 레드존 같은 길드를 이끌고 다니며 사람들을 괴롭히고 다녔으니까. 그러나 마계에서의 짧은 시간 동안, 구성욱은 확실하게 깨달았다. 케인은 그와 같은 처지라는 걸!

"웅? 뭐가?"

"너무 위험해 보여서……."

"괜찮아. 내 실력 정도면 충분히 피할 수 있지."

"아, 아니. 태현 님 말고……."

"내가 가장 앞에 선다고 걱정해 주다니, 이거 고마운데. 그런데 진짜 괜찮아!"

"그게 아니라……!"

태현은 듣지도 않고 앞으로 쌩 달려가 버렸다. 구성욱은 어처구니가 없는 표정으로 뒤를 쫓았다.

[HP가 10% 이하로 내려간 상태에서 오랫동안 버텼습니다. 체력이 오릅니다. <굳건한 신체> 패시브 스킬로 물리 방어력이 오릅니다.]

케인은 기진맥진한 표정으로 착지했다. 허공을 날아다니며 자신을 향한 공격을 막아내고 피하는 건 보통 피곤한 일이 아니었다. 어찌나 지쳤는지 태현에게 따질 힘도 없었다.

"케인 씨, 괜찮으십니까?!"

드러누워서 쉬려고 하던 케인은 구성욱이 달려오자 의아하다는 듯이 쳐다보았다.

'얘는 왜 이래?'

별로 친하지도 않은 사이에 이렇게 걱정을 해주자 뭔가 좀 당황스러웠다.

"괜…… 괜찮은데. 왜?"

"왜냐뇨. 방금 그런 비행을 하고 왔는데 당연히 걱정이 되지 않겠습니까!"

케인 입장에서는 점점 당황스러울 수밖에 없는 구성욱의 태도!

둘이 떠드는 사이 태현은 저 멀리 지평선에 있는 성을 확인했다. 거무튀튀하고 어두운 색의 성벽. 그 밑의 해자는 끓어오르는 용암이 가득 차 있었다. 성문으로 들어가는 통로는 용암 위로 나 있는 구리 다리뿐!

"음, 다 같이 저기 들어가면 위험하겠지?"

끄덕끄덕!

마을이면 모를까, 저 성안으로 교단의 성기사들과 사제들이 들어가면 대번에 공격을 받을 것 같았다.

"가능하면 안 싸우고 차원문을 이용하고 싶으니까, 나 혼자 먼저 갔다 오지."

"김태현 백작, 악은 물리쳐야 하오. 그런 식으로 피하려는 태도는 좋지 않…… 읍읍!"

"이 자식이 기껏 데리고 왔더니 보따리 달라고 난리네. 저기 용암에 던져줘? 응?"

[파이토스 교단과의 관계도가 하락합니다.]

"사, 사제님을 놓으십시오!"

"응? 용암에 놓으라고? 너희 사제를 싫어했나?"

"아, 아닙니다! 그냥 놓으라고요!"

화술에 말려든 성기사들은 얼굴을 붉혔다. 태현은 손을 탁탁 털고는 성으로 출발할 준비를 했다.

뒤에서 노려보는 성기사들!

'거 참. 친하게 지내려고 노력했는데…….'

남들이 들으면 목덜미를 잡을 생각을 하며, 태현은 발걸음을 옮겼다.

-그래도 주인님의 성에 들어가려면 어떻게 해야 하냐고? 우리 악마들도 들어가기 힘든데, 인간들이 들어 갈 수 있을 리가 있나. 문지기한테 말이나 해봐. 아마 거절당하겠지만. 바로 튀어야 할지도 모르겠군!

태현은 마을의 악마가 했던 말들을 떠올렸다. 그 말 중에 분명 안으로 들어갈 수 있는 단서가 있을지도 몰랐다.

'에다오르를 싫어한다고 했었나?'

에다오르와의 친분으로 사기를 칠 수 없다면, 그 반대로 가면 됐다. 태현은 당당하게 구리 다리 위에 발을 올렸…….

콰콰콰쾅!

다리 위에 발을 올리는 순간, 성문에 서 있던 거대한 악마가 울부짖으며 달려들기 시작했다. 양손에는 거대한 도끼 하나씩을 들고서 달려오는 악마는 매우 위압적이었다. 아무것도 입지 않은 상반신에는 붉은색 근육이 터질 것처럼 불끈거렸다.

-침입자! 제거한다!

"잠깐! 난 침입자가 아니야!"

[적을 설득합니다. 고급 화술 스킬 보너스를 받습니다. 설득에 실패합니다.]

-나 갈그랄! 침입자 말 믿지 않는다! 침입자 죽는다!

싸워야 하나?

싸워서 잡는 거야 뒤에 지원도 있으니까 어떻게든 한다 쳐도, 그 뒤가 문제였다. 문지기 악마를 잡아놓고 그 안의 주인을 설득할 수는 없지 않은가!

"갈그랄, 내 말을 듣지 않고 멋대로 행동하면 네 주인이 널 벌할 거다! 멈춰!"

-혼신의 협박!

칭호 〈악마의 혓바닥〉을 얻고 보상으로 받은 스킬, 〈혼신의 협박〉. 태현은 여기에 걸었다. 이것마저 안 통하면 그냥 싸워야 하는 상황!

-크르륵…… 주인님이 화 내신다?

"그래!"

-나, 침입자 믿지 않는다. 침입자 죽는다.

"날 안 믿어도 돼. 안에 가서 말이나 전하라고."

-크릉. 크릉…… 알겠다, 침입자. 거기서 기다리고 있는다.

[혼신의 협박 스킬에 성공했습니다. 화술 스킬이 크게 오릅니다. 명성이 오릅니다. 경험치를 얻었습니다.]

갈그랄이 돌아서서 들어가자, 태현은 순간 갈등했다.

'그냥 은신 스킬로 따라붙어 버려?'

갈그랄도 지금 설득에 한 번 실패했는데, 이 성의 주인 악마는 더 설득하기 힘들지도 몰랐다.

'참자. 남은 인원들도 다 데리고 가야 하니까.'

남은 교단 NPC들을 버리고 가기에는 이제까지 공을 들인 게 너무 아까웠다. 각 교단의 공적치 포인트들과 데메르 교단 퀘스트 보상까지!

후자는 그냥 나가도 받을 수 있겠지만 전자는 아니었다. 버리고 가면 분명히 깎일 공적치 포인트!

-침입자!

태현은 깜짝 놀랐다. 분명 성문을 열고 안으로 들어간 갈그랄이 다시 돌아온 것이다.

'실패했나?'

이렇게 된 이상 무력 돌파를…….

-주인님께 무슨 말을 전해야 하는지 듣지 못했다.

"아."

생각해 보니 그걸 잊고 있었다. 태현은 다시 갈그랄한테 말을 전달시켰다. 잠시 후, 갈그랄이 나오더니 말했다.

-침입자. 들어온다.

"네 주인이 뭐라고 안 하디?"

-침입자의 말을 들어보겠다고 하셨다.

갈그랄은 태현이 주인에 대해 건방지게 말하는 건 별로 신경 쓰지 않는 모양이었다. 사실 그런 걸 신경 쓸 지능이 되지 못해서지만.

-쿵. 침입자. 네게서는 불쾌한 기운이 느껴진다.

"……!"

태현은 순간 가슴이 덜컥거렸다. 설마 〈아키서스의 화신〉인 게 들킨 건 아니겠지?

지금 태현은 각종 스킬과 스탯, 그리고 〈마르덴 후작의 살아 움직이는 가면〉 아이템으로 정체를 숨기고 있었다.

그러지 않았다면 진작에 들켰을 신분!

"인간이라 그런 거겠지."

-그런가. 아닌 것 같다. 저번에 봤던 인간은 이런 것 같지 않았다.

"네 기억이 맞다고 장담할 수 있어? 장담할 수 있냐고."

태현은 고급 화술 스킬을 등에 업고 밀어붙였다. 그러자 갈그랄은 우물쭈물하며 고개를 저었다.

-아니다. 갈그랄의 기억은 좋지 않다.

"거봐. 인간은 다 이런 거라고."

-기억해 두겠다. 인간은 불쾌하다. 보면 죽여야 한다.

"……보면 죽여야 한다는 건 내가 한 말이 아닌데……."

-인간. 죽인다. 인간. 죽인다.

"가능하면 내가 싫어하는 놈들을 죽여줬으면…… 아. 만약에 대륙으로 소환될 일이 생기면 여기로 가."

태현은 대륙의 지도를 꺼내 오스턴 왕국의 성을 손가락으로 가리켰다. 길드들이 점령하고 있는 성들!

-여기가 어디인가?

"젖과 꿀이 흐르는 아주 좋은 땅이지. 악마한테 엄청나게 좋은 곳이야. 너는 모르지만 악마들 사이에서는 '대륙으로 소환되면 꼭 가봐야 할 곳 다섯 군데' 중 탑에 들어간다고."

-그건 몰랐다. 갈그랄. 소환되면 여기로 가겠다. 기억한다.

주인을 향해 가는 짧은 사이에도 남을 엿 먹이는 데 최선을 다하는 태현이었다.

-들어가라. 주인님 안에 계신다.

태현은 문을 열고 안으로 들어갔다. 거대한 홀에는 아무것도 없었다.

'악마들은 없나?'

홀 끝에 있는 건 해골로 된 거대한 의자였다. 그 의자 위에 악마 하나가 앉아 있었다. 태현은 바로 알 수 있었다. 저 악마가 이 층의 주인인 아다드라는 것을.

'저 왕관은 〈악마 대공의 왕관〉처럼 생겼는데. 판온 1 설정대로면 레벨이 400은 넘는다는 건가? 미친……'

차이가 있을 수는 있지만, 절대로 정면 승부해서 이길 수 없는 상대라는 건 확실했다. 마계에서 악마 상대로 싸우는 건 너무 무모한 짓이었다. 개도 자기네 집에서 싸우면 보너스를 받고 들어가는데, 하물며 악마는 더더욱 그랬다.

"네가 에다오르를 쓰러뜨렸다는 그 악마냐?"

"예! 그렇습니다!"

태현은 넙죽 고개를 숙였다. 이럴 때 자존심을 세웠다가는 바로 목이 댕강 날아갈 수가 있었다.

"믿지 못하겠다."

"여기 놈의 대검이 있습니다!"

아다드는 태현이 든 대검을 보고 눈을 깜박거렸다.

"크핫핫! 멍청한 에다오르 놈. 인간한테 검을 뺏기다니!"

"바로 그렇습니다! 아주 한심한 놈입니다."

"하찮은 인간 놈아. 나를 찾아온 이유가 무엇이냐? 설마 에다오르를 한 번 쓰러뜨렸다고 나한테 보상이라도 달라고 할 생각은 아니겠지?"

"물론 아닙니다!"

태현은 다시 한번 고개를 숙이고 말했다. 이제부터가 중요했다. 〈고급 화술 스킬〉을 믿고 헛바닥을 놀려야 할 시간!

"저는 대륙의 에스파 왕국에서 에다오르를 쓰러뜨렸습니다. 그런데 에다오르 이놈이 제게 저주를 걸어서 마계로 보내지 뭡니까? 만약 저를 돌려보내 주신다면 에스파 왕국에 남은 에다오르의 악마들을 마저 쓰러뜨리겠습니다!"

태현이 생각해낸 계획은 바로 이것이었다. 에다오르를 싫어하는 아다드의 성격을 이용하는 것!

에다오르와 싸우다가 마계로 떨어졌다고 속이는 데 성공한다면, 남은 에다오르의 부하를 처리하겠다는 핑계로 대륙으로 가는 차원문을 열 수도 있었다.

"차원문을?"

"예!"

아다드는 거만한 시선으로 태현을 내려다보았다. 태현은 초롱초롱한 눈빛으로 아다드를 마주 보았다.

'저는 거짓말 할 줄 몰라요'라고 말하는 것 같은 얼굴!

"내가 왜 그래야 하지?"

"물론 그러실 필요는 없습니다! 해주신다면 최선을 다하겠다는 거였습니다. 위대한 아다드 님께서 하고 싶지 않으시다면 어쩔 수 없는 거라고 생각합니다!"

"제법 혀를 잘 놀리는군. 만약 네가 제대로 싸우지 못한다면 어떡하겠느냐?"

"아다드 님, 저는 대륙에서 부끄럽지만 백작의 작위를 갖고 있습니다."

"호, 백작이라? 어느 성의 백작이지?"

"……카달타 성입니다!"

번개처럼 회전하는 태현의 머리! 카달타 성은 바로 쑤닝 길드가 점령한 성!

"제가 백작으로 있는 성을 걸고, 제가 믿는 신의 이름을 걸고, 제 말에 하나도 틀림이 없음을 맹세할 수 있습니다. 아다드 님!"

"신이라니. 불쾌한 소리 하지 마라."

"죄, 죄송합니다!"

약간 더듬거리면서 겁먹은 척까지. 태현의 연기는 완전하게 물이 올라 있었다.

아다드도 몰랐다. 설마 인간 중에서 자기가 믿고 있는 신의 이름까지 팔아먹으면서 거짓말을 할 놈이 있을 거라고는!

게다가 저 성은 태현의 성도 아니었다. 나중에 아다드가 나타나서 박살을 내도 태현은 상관없었다.

"으음…… 좋다. 에다오르 놈을 방해할 수 있다면 차원문 하나 열어주는 것 정도는 나쁘지 않겠지."

[위대한 악마 아다드를 속이는 데 성공합니다!!]
[화술 스킬이 크게 오릅니다. 명성이 크게 오릅니다!]
[대륙의 각 교단과의 관계도, 공적치가 크게 오릅니다.]
[대륙의 교단 관련 NPC들이 당신에게 존경을 표합니다.]
[대륙의 사기꾼 NPC들이 당신에게 존경을 표합니다.]
[대륙의 악마사냥꾼들이 당신에게 관심을 가집니다.]

'사기꾼은 왜…….'

악마 하나 속였다고 떨어지는 막대한 보상들. 뭔가 떨떠름한 메시지 하나 빼고는 다 완벽에 가까운 보상이었다.

"감사합니다, 아다드 님!"

"잠깐. 너는 무슨 잡신을 모시는 놈이냐?"

태현은 본능적으로 느꼈다. '아키서스'라고 하면 죽는다!

"위대한…… 사디크 님을 모시고 있습니다!"

백작의 성을 물을 때는 쑤닝 길드가 점령하고 있는 성을.

믿고 있는 신을 물을 때는 사디크 교단의 신을.

정말 손해 하나 안 보고 꿀꺽하겠다는 의지!

"나약한 사디크인가. 뭐, 됐다. 알겠다. 차원문을 이용해라. 혹시나 싶었는데……."

태현은 침을 삼켰다. 궁금한 건 참을 수가 없었다. 여기서 물어보는 건 무덤을 파는 짓일 수도 있었지만…….

"위대한 아다드 님. 어째서 그런 걸 물어보신지 여쭤봐도 됩니까?"

"흥. 너 같은 놈이 알아서 뭘 하려고 그러느냐."

"위대한 아다드 님께 하찮은 저라도 도움이 될 수 있다면 뭐든지 하고 싶습니다!"

[아다드가 당신을 아주 조금 높게 평가합니다. 아다드의 세력 내에서 당신의 평판이 아주 조금 오릅니다.]

"하찮은 인간 주제에 기특한 소리를 하는군. 그래. 혹시 아키서스를 믿는 놈인가 싶었다."

역시나 아키서스!

"혹시 대륙에 아키서스를 믿는 놈들이 아직도 있느냐?"

"글, 글쎄요?"

"없나 보군. 하긴, 그렇게 멸망시켰는데 쉽게 부활할 리가 없지. 그 빌어먹을 아키서스 놈과 관련된 게 아직도 있다면 내가 기펄코 다시 대륙으로 내려가 조각조각을……."

[아다드가 악마의 눈동자 스킬을 사용합니다.]
[공포에 면역입니다. 저항에 성공합니다.]

공포야 면역이었지만, 태현은 갑자기 걱정이 됐다. 악마들이야 대륙 소식에 어두워서 아키서스 교단이 부활한 걸 모르고 있었지만, 나중에 이걸 알게 된다면?

'……쳐들어오는 건 아니겠지?'

오크 군세가 쳐들어온 지 얼마나 됐다고 이제는 또 악마들까지 온단 말인가. 바람 잘 날 없는 아키서스 교단!

"위대한 아다드 님! 그 죽일 놈의 아키서스가 무슨 짓을 한 겁니까?"

"예전에…… 천사들과 대전쟁이 벌어졌을 때 일이지. 그 사악한 아키서스 놈은 우리를 속였다."

"저런! 천사의 편을 든 겁니까?"

태현은 살짝 안심했다. 악마가 쳐들어온다면 천사를 찾아서 도와달라고 할 수 있을 테니까!

"아니다. 천사도 속이고 악마도 속여서 둘을 부추겼다. 그리고 싸우게 만들었지."

"……"

"두 세력이 싸우다가 엉망이 되어서 휴전을 하려고 하자, 두 세력을 상대로 도둑질을 했다. 그리고 도망가 버렸지."

밝혀지는 뒷이야기들에 태현은 어이가 없었다.

이게 신이야, 양아치야?

[대륙의 숨겨진 비밀을 들었습니다. 지혜가 크게 상승합니다. 신성 스탯이 오릅니다. 이 이야기를 교단에 전달할 경우 보상을 받을 수 있습니다.]

'미쳤냐?'

악마를 속였다면 모를까, 천사를 속였으면 다른 교단한테도 공격의 대상!

'하필 왜 이딴 신을 믿어가지고……'

대륙에 좋은 신이 많고 많은데, 태현은 행운 하나만 올렸다는 죄로 사방팔방에 적을 쌓은 신의 화신이 되어야 했다.

"아다드 님! 그 더럽고 비열하고 치사하고…… 하여튼 온갖 안 좋은 수식어는 다 달아도 모자란 아키서스 놈을 찾는다면 반드시 제가 목을 베겠습니다!"

"……그러도록 해라."

[아다드가 당신을 조금 더 높게 평가합니다.]

아다드는 무표정했지만 흡족한 표정이었다. 이제까지 무슨 소리를 해도 평가가 안 올랐는데, 아키서스 욕 한 번 대차게 했다고 오르는 평가!

'얼마나 아키서스를 싫어하는 거야?'

태현은 고개를 꾸벅 숙이고, 뒷걸음질로 물러섰다. 최대한 빨리 마계를 떠야겠다는 생각밖에 들지 않았다.

"차원문 사용을 허락받았다."

"!??!!?"

각 교단의 NPC들은 도저히 믿지 못하겠다는 표정을 지었다.

"어떻게?"

"진심을 다해서 설득하니까 믿어주던데."

이다비가 태현의 옆구리를 쿡쿡 찌르며 속삭였다.

"그걸 믿을 것 같지는 않은데요."

"안 믿으면 두고 간다고 하면 믿게 되어 있어."

태현은 교단 NPC들을 둘러보며 말했다.

"아, 그리고 혹시 모르니까 말해두는데. 저 악마한테는 내가 사디크 교단 믿는다고 말해놨으니까 다들 입 맞춰."

"사디크?!"

"앞으로 내가 말하는데 끼어드는 놈은 두고 간다."

"흡!"

[협박에 성공합니다. 협박 스킬이 오릅니다.]

교단 관련 NPC들도 설득을 끝냈고, 이제 룰루랄라 도망만
치면 되는데…….

'역시 불안해.'

한 가지 문제점이 있었다. 그건 바로 케인과 용용이!

이제까지 필드나 던전의 몬스터들이 케인과 용용이만 보면
미친 듯이 달려들었다. 그건 즉, 태현은 정체를 숨길 수 있어도
이 둘은 숨기기 힘들다는 것.

악마들의 마을에 들어갈 때야 숨을 곳이 많아서 둘을 따로
빼돌릴 수 있었지만, 성의 차원문은 이야기가 달랐다.

거의 마주칠 확률이 100%!

'안 들키길 빌고, 들키더라도 타격이 없도록 제일 마지막에
같이 나가야겠군.'

태현은 입맛을 다시며 그렇게 결정했다.

일행은 천천히, 눈치를 살피며 성 앞의 다리를 건넜다. 밑에

서 끓어오르는 용암들과 성 주변에 날아다니는 악마들. 충분히 긴장될 수밖에 없는 상황이었다. 다행히 아다드가 약속을 바꿔서 습격해 오는 일 같은 건 없었다. 일행은 다리를 건너서 성안으로 들어가, 차원문 앞에 섰다.

푸른색 빛을 번쩍거리며 뿜어내는 차원문. 그 주변에는 고위 마법사 악마들이 하품을 하며 기다리고 있었다.

"들어가라, 인간들."

"약속을 잊지 않는 게 좋을 것이다. 주인님께서는 거짓말을 싫어하신다."

일행은 차례대로 차원문을 향해 걸어갔다.

한 명, 한 명…… 태현은 가장 뒤에서 입맛을 다셨다.

'둔하면 좋겠지만…… 눈치챌 경우 그냥 빠르게 달린다.'

악마라고 모두 다 아키서스의 기운을 느끼고 덤비는 건 아니었다. 눈치챌 능력이 있는 놈은 눈치를 채고, 그렇지 못한 놈은 그냥 넘어갔다.

저 고위 마법사 악마들은?

"음? 잠깐. 뭔가 이상한 기운이 느껴지는데."

-젠장. 모두 달려!

태현의 귓속말에 남은 일행들이 달리기 시작했다. 태현의 등 뒤에 몸을 최대한 줄이고 붙어 있던 용용이가 속삭였다.

-주인이여! 공격해야 하나?

"공격은 무슨! 그냥 튀어!"

"뭐, 뭐냐! 왜 뛰는 거냐! 멈추라고 했을 텐데! 인간들!"

"갑자기 급한 일이 생겨서 빨리 가야 할 것 같습니다!"

"급한 일이 생겼다면 어쩔 수 없…… 그게 말이 되냐!"

[설득에 실패합니다.]

아무리 〈고급 화술 스킬〉을 갖고 있다고 해도 안 되는 일은 안 되는 법!

악마들은 지팡이를 꺼내더니 휘두르기 시작했다.

-진홍색 피의 벽!

그러자 앞에 숫구치는 황동색 벽들! 다행히 태현과 케인, 용용이를 공격하지는 않았다. 일단 발을 묶은 다음 어떻게 된 건지 확인하려는 것 같았다.

-달려, 달려!

덕분에 앞에 있던 일행들은 천금 같은 시간을 벌 수 있었다. 교단의 NPC들은 전부 다 빠져나갔고, 검은 바위단 길드원들도 후다닥 차원문을 통해 달려 나갔다.

-신의 예지, 그림자 잠수, 그림자 도약, 완전한 도주!

태현은 도주용 스킬들을 풀가동시켰다. 지금은 망설일 때가 아니었다. 있는 패는 모조리 내놓아야 살 수 있는 상황!
"이놈이 감히 어디서!"
악마 마법사가 분노해서 지팡이를 휘둘렀다. 그러자 허공에서 짙은 붉은 색 화염의 창들이 태현을 향해 날아왔다.

-지옥의 화염창! 지옥의 화염창!

태현은 이를 악물었다. 악마들은 무조건 명중되는 저주가 아니라, 대미지가 높은 대신 피할 수 있는 마법을 사용했다.
피할 수는 있을 것 같았다. 문제는…….

[회피에 성공했습니다.]

"저, 저놈……."

"저놈 아키서스다! 저놈 아키서스다!!"

"뭐?! 아키서스?!"

"성의 악마들을 불러라! 너는 주인님께 가서 알려라!"

방금까지 조용했던, 차원문이 있던 방 안은 미친 듯이 시끄러워졌다. 악마들은 격노해서 고래고래 소리를 질러댔다.

"내가 아키서스를 직접 씹어 먹겠다!"

"아키서스! 죽일 놈의 아키서스! 절대로 놓치지 않는다!"

피부로 느껴질 것 같은 증오!

태현을 따라 달리던 케인은 어이가 없어서 중얼거렸다.

"대체 뭘 했는데 저러는 거냐? 너 혹시 설마……."

"내가 친 거 아니야, 임마!"

케인이 태현에게 '너 설마 악마들도 등쳐먹었냐'라는 눈빛을 보내자, 태현은 억울하다는 듯이 대답했다. 물론 등쳐먹기는 했지만 저 악마들이 화내고 있는 이유는 태현 때문이 아니었던 것!

콰콰콰콰쾅! 화르륵!

"차원문에 못 들어가게 막아라!"

순식간에 주변에 이글거리는 화염 덩어리들이 생겨나더니 미친듯이 날아오기 시작했다. 성 자체를 날려 버릴 것 같은 강력한 위력!

-아키서스의 축복!

태현과 케인, 용용이에게 강력한 행운이 공유되었다.

[회피에 성공했습니다.]

"으아아악!"

케인이 비명을 지르며 달렸다. 한 대 맞으면 치명상일 것 같은 마법들이 우르르 날아오는데, 멀쩡하게 있기 힘들었다.

"점프!"

케인은 차원문으로 뛰어들었다. 이제 남은 건 태현과 용용이. 태현은 작아진 용용이를 잡고 집어 던졌다.

-주인이여?!

"네가 작아서 다행이라고 생각해!"

차원문 주변에 화염이 작렬하자, 요란하게 일렁였다.

[회피에 성공했습니다. 지옥의 화염에 직격당했습니다! 치명타가 터집니다! 신성 권능으로 피해가 감소합니다. 화상 상태에 빠집니다.]

일격에 HP가 20% 밑으로 떨어졌다. 무시무시한 대미지였다.

'젠장, 명중률도 어마어마하군!'

차원문까지는 한 걸음. 태현은 차라리 다행이라고 생각했다. 악마들이 분노로 이성을 잃고 그나마 회피 가능한 마법으로 덤벼서 다행이었다. 만약 회피 불가능한 저주로 공격해왔다면 정말 위험할 뻔했다. 워낙 고렙에 숫자도 많다 보니 대미지약한 저주도 맞다 보면 위험! 차원문까지 가지도 못하고 발이묶여서 죽었을 가능성이 높았다.

"이노오오오오옴-!"

차원문에 발을 넣으려는 순간, 저 뒤에서 아다드의 고함이 들렸다.

"감히 나를 속이다니! 네가 믿고 있는 것과 갖고 있는 것은 모조리 저주를 받을지어다! 도망쳤다고 안심하지 마라, 필멸자! 카달타 성으로 내려가 산산조각을 내줄 터이니!"

"······얼마든지 와라!"

태현은 자신만만하게 도발했다. 카달타 성으로 오든 말든 그가 알 바 아니었다!

[차원문으로 들어갑니다. 마계에서 대륙으로 이동합니다. 마계에서 탈출했습니다. 명성을 얻습니다.]

[타이란, 야타, 파이토스, 데메르 교단의 NPC들을 성공적으로 마계에서 대륙으로 귀환시켰습니다. 공적치 포인트를 받습니다. 각 교단과의 관계도가 올라갑니다······]

"헉, 헉헉……."

어지럽게 뜨는 메시지창을 다 확인하지도 못한 채, 태현은 주변을 확인했다. 어디로 날아왔는지가 중요했다. 대륙의 에스파 왕국으로 가겠다고 말은 했지만, 차원문에 들어올 때 마법이 엄청나게 날아왔다. 다른 곳으로 날아갔어도 이상하지 않았다. 일단 케인하고 용용이, 이다비는 옆에서 같이 널브러져 있었다.

'다른 사람들은 다른 곳으로 떨어졌나?'

"여기는……."

도시 근처로 떨어진 것 같았다. 근처에 커다란 도시의 모습이 눈에 들어왔다. 그런데 뭔가 많이 부서져 있었다.

"저거 어디서 많이 본 거 같은데?"

"그러게. 나도 본 거 같다."

태현과 케인은 고개를 끄덕이며 도시를 쳐다보았다. 저 도시는 분명, 어디서 많이 본…….

다그닥, 다그닥-

옆에서 마차를 탄 플레이어들이 지나갔다. 그들은 길가에 누워 있는 태현 일행에게는 신경도 쓰지 않았다. 판온 2에서 저 정도는 이상한 축에 들지도 못했으니까.

"아발랍 시에 가면 정말 퀘스트 많은 거 맞아?"

"맞다니까. 지금 한참 수리 중이라서 제작 직업 퀘스트도 많이 나오고, 이 주변을 점령한 악마들 토벌하는 퀘스트도 꽤 나와서 전투 직업도 많이 오고. 게다가 에스파 왕국의 남쪽에서 항구 타면 바로 프리카 대륙 항구잖아."

"구경 가려고?"

"투기장 구경만큼 재밌는 게 어디 있다고 그래. 방송으로도 나오겠지만 솔직히 가서 직접 보는 게 낫지. 이거 홍보한다고 항구에서 배 타는 것도 무료로 해준다는데."

마차에 탄 플레이어들은 멀어져갔다. 태현은 벌떡 일어섰다. 투기장이고 뭐고 방송 관련된 이야기가 뭔지 궁금했지만, 지금 그보다 더 당황스러운 건…….

"여기 아발랍 시라는데?"

"……우리 위험하지 않냐?"

그랬다. 에스파 왕국에서 잡으라는 악마는 안 잡고 악마들을 데리고 다니면서 깽판이란 깽판은 다 친 태현!

아무리 아탈리 왕국에서 백작 작위를 갖고 있고, 아키서스 교단의 교황이라고 해도 수습 가능한 범위는 넘은 지 오래였다. 무조건 수배자!

태현과 케인, 이다비는 서로 시선을 마주했다.

정수혁은 하품을 하며 지팡이를 휘둘렀다. 슬슬 이 우르크 지역도 하품하며 돌아다닐 수 있을 정도로 익숙했다.

"다른 부족들하고는 어떻게 친해져야 하나……."

우르크 지역에서 적응을 하고, 관련 퀘스트를 깨는 것만으로도 대단했지만, 정수혁에게는 다른 목표가 있었다.

남은 부족들을 설득하는 일!

'데메르 교단 NPC들은 다시 안 오나?'

저번에 왔었던 최하준, 최하영 두 플레이어는 데메르 교단이 빠져나갈 때 같이 돌아간 상태였다. 혹시나 우르크 지역으로 다시 돌아오게 되면, 저번에 사라진 걸 사과하고 도와줄 생각이었는데…….

우우웅-

"??"

정수혁은 머리 위에서 이상한 소리가 들리자 고개를 들었다. 우르크 지역에서는 별 이상한 스킬을 쓰는 몬스터들도 있었기에 주의를 기울여야 했다.

'근데 이런 소리를 내는 놈들은 없었는데?'

"으어억!"

허공에서 갑자기, 수십 명이 넘는 사람들이 우르르 튀어나왔다. 〈검은 바위단〉 길드원들과 각 교단 NPC들이었다.

"당황하긴 했는데, 생각해 보니까 난 괜찮아. 변장에다가 화술 스킬 있으니까."

"……너만 괜찮으면 다냐?"

"거 참 까칠하기는. 일단 너도 변장은 시켜줄게. 악마들도 속였는데 경비병들은 쉽지."

[변장 스킬을 사용합니다. 고급 화술 스킬로 인해보너스를 받습니다. 높은 행운으로 추가 보너스를 받습니다.]

태현은 즉석에서 뚝딱뚝딱 케인의 겉모습을 가렸다. 묵직한 중갑들만 가려도 확 이미지가 달라졌다.

"잠깐, 생각해 보니 얼굴이 이렇게 변했는데 다들 못 알아보지 않나?"

-그럴 것 같다. 주인이여.

"뭐야. 괜히 걱정했네. 잘됐네, 케인. 안 그래?"

"다행은 무슨 다행이야 이 자식아!"

케인은 뭔가 울컥해서 외쳤다. 다행은 다행인데 납득할 수 없는 그런 마음!

케인이 펄쩍 뛰거나 말거나, 태현은 생각을 정리했다.

'일단 지금 해야 할 게…… 데메르 교단의 대신전으로 가서 권능 받고, 그 주변에 있는 다른 교단 가서 공적치 포인트로 할 수 있는 거 확인하고. 아, 그전에 〈권능 포식〉도 써야 하는데. 사망 페널티는 이제 대륙 왔으니까 괜찮겠지. 여기서 갑자기 죽을 위험에 처할 리는 없을 거고.'

"야. 근데 아까 지나간 놈들이 한 소리는 뭐지?"

"뭐가?"

"투기장 구경 간다고, 방송에서도 한다고 뭐라고 하지 않았나? 그거 설마 그건가? 이번에 대대적으로 대회 연다고 기사 올라왔었는데."

케인의 말에 태현이 고개를 갸웃거렸다.

"투기장 대회? 그거 판온 1에도 있었는데 별로 흥행 못 하지 않았나?"

"아냐, 이번에는 룰을 좀 제대로 만들었다나 봐. 레벨 100으로 스탯도 다 고정시키고, 참가자들 아이템들도 다 기본 아이템으로 맞추고 한다던데."

"재밌겠네."

"……흥미 없으면 그냥 흥미 없다고 말해!"

"아니…… 투기장 좋아하는데, 지금 굳이 거기 가서 참가할 필요가 없으니까 그렇지."

'그리고 그런 식이면 더 위험하고.'

전 세계 규모로 열리는 대회에, 밸런스가 완전히 맞춰진 투기장에 참가한다면? 태현은 당연히 눈에 띌 수밖에 없었다. 그리고 그렇게 된다면?

'판온 1 김태현 설이 다시 떠오르잖아!'

스스로 무덤을 파는 일!

안 그래도 적이 많은데 판온 1의 적들까지 굳이 데려오고 싶지 않았다. 태현이 거기 못 나가면 죽는 병에 걸린 것도 아니고, 나갈 생각은 없었다.

다른 플레이어들은 명성을 얻고 자기 이름을 알리기 위해 목숨을 걸고 팀을 만든 다음 합동 훈련을 하고 있었지만……

태현에게는 그냥 길가의 돌멩이 같은 것일 뿐!

때마침 배장욱에게 귓속말이 들어왔다.

-태현 씨, 잘 지내셨습니까? 전화를 안 받고 게임 중이셔서 이렇게 연락드렸습니다.

-아. 네. 무슨 일이시죠? 마계 퀘스트 관련해서 문제라도?

배장욱은 멈칫했다. 마계 관련해서 말하려고 귓속말을 보낸 건 아니었다. 그렇지만…….

'앞으로는 쓸데없는 컨셉 같은 건 안 잡으셔도 됩니다! 라고

말해도 될까?'

이제까지 그냥 녹화된 영상을 췄던 것과 달리, 이번 영상은 오히려 편집하는 데 더 고생이었다. 그러나 배장욱은 참았다. 괜히 태현의 기분이라도 상하면 어쩌겠는가!

-아뇨. 문제는 전혀 없고요. 이건 다른 건으로 연락 드렸습니다. 혹시 이번 판온 2 프리카 투기장 리그 이야기 들으셨나요?

방금 케인과 이야기하던 그 대회를 말하는 것 같았다. 태현은 고개를 끄덕이며 대답했다.

-말은 들었죠.

-그렇다면 이야기가 빠르겠군요. 사실 이번 투기장 리그를 주관하는 방송사가 바로 저희 MBS입니다. 이 아이디어를 제안한 것도 제 후배고요. 그래서…… 이번에 태현 씨가 가능하다면 대회에 참가를 부탁하고 싶어서 연락드렸습니다.

-네? 그거 예선 통과해야 하는 거 아닙니까?

-방송국 재량으로 몇 팀 초청이 가능합니다. 만약 태현 씨가 되신다면 당연히 태현 씨를 초청하겠죠.

말하지는 않았지만, 배장욱은 태현이 들었다면 기겁할 생각을 하고 있었다. 태현이 수락하고 나면 이세연한테 연락해서 초대할 생각!

'꿈의 팀이 완성되는 거지. 이름만 들어도 사람들이 관심을 가질!'

이번 프리카 투기장 리그는 엄밀히 따지면 국내용 리그였다. 판온 2가 전 세계적인 게임이기는 했지만 주관하는 방송사가 MBS고, 해외 참가자들도 꽤 있긴 했지만 역시 한국 플레이어들이 다수!

사실 한국 플레이어들이 판온 2에서도 많은 편이긴 했다.

국민 숫자에 비하면 이상하게 높은 플레이어 숫자!

그렇지만 배장욱의 후배, 차수한은 좀 더 먼 곳을 바라보고 큰 그림을 그리고 있었다.

'만약 이번 투기장 리그가 판온 1처럼 실패하지 않고 성공한다면, 좀 더 커질 수가 있다.'

전 세계적인 규모로 굴러가는 투기장 프로 리그! 한국 기업들이 스폰서로 붙고 한국 플레이어들이 대다수인 리그가 아닌, 전 세계의 기업들이 스폰서로 참가하고 전 세계의 플레이어들이 참가하는 프로 리그.

다른 게임에서도 이미 몇 번 전례가 있었다. 차수한은 그런 그림을 꿈꾸고 있었고, 배장욱은 그 생각에 감탄하고 동의했다.

'확실히 가능성 있어. 지금 다들 그렇게 판온 2를 좋아하면

서, 의외로 판온 2 내에서 프로 리그가 없잖아.'

MMORPG 게임인 판온 2의 특성 때문이었지만, 이번 투기장은 그런 단점을 해결할 수 있을 것 같았다. 그렇다면 지금 필요한 건 국내 리그여도 해외 사람들의 관심을 대거 끌 수 있는 플레이어들!

물론 그 원대한 꿈과 태현의 생각은 별개였다.

-아, 저는 괜찮습니다. 바빠서요.
-네…….

예상은 했지만 반응이 나오니 뭔가 아쉬울 수밖에 없는 반응! 배장욱은 지푸라기라도 잡는 마음으로 다시 말했다.

-그러면 혹시, 나중에라도 시간 괜찮으시면 이벤트전이라도 참가하실 수 있으십니까?
-예? 그러면야 뭐…….

태현은 별생각 없이 수긍했다. 이벤트전이면 한 번 참가해서 하는 것일 테고, 그 정도면 크게 관심도 받지 않고 넘어갈 수 있을 것이고 여차하면 시간 핑계로 피할 수 있었으니.

"뭔 이야기 하고 있었냐?"

케인은 궁금하다는 듯이 물었다.

"방금 말한 투기장 프로 리그에 초대 팀으로 참가할 생각 있냐는데."

"뭐?! 어디서?!"

"MBS가 주관하잖아. 그럴 능력이야 있겠지."

"가자! 하자!"

"싫어, 인마. 지금 퀘스트 깨야 할 게 얼마나 많은데."

"지금 퀘스트가 문제냐! 판온 랭킹도 좋지만 그건 솔직히 하기 힘들잖아!"

나름 레벨 높다는 랭커들이 수두룩하고, 대형 길드까지 끼어서 치고 받는 상황. 솔직히 판온 랭킹 순위권에 드는 건 까마득하고 가능 없어 보였다.

실력도 실력이지만, 이미 벌어진 격차도 있고, 업고 있는 길드들 능력 차이도 크고…….

그에 비해 이번 투기장 프로 리그는 순수하게 실력으로 승부가 가능하게 느껴졌다. 게다가 태현이 있지 않은가!

"랭킹보다 이번에 생길 투기장 프로 리그에서 제대로 자리를 잡으면……!"

케인의 눈동자는 이글거렸다.

"제대로 잡으면?"

"제, 제대로 잡으면 스폰서도 붙을 거고, 정식 프로게이머로 생활할 수 있을 거 아니야."

"너 왜 말을 더듬냐?"

"내, 내가 언제?"

"그보다 스폰서가 필요해? 난 딱히 프로게이머 안 해도 상관없는데."

둘의 대화를 듣던 이다비가 끼어들었다.

"태현 님 정도면 이미 프로게이머 아닌가요?"

"내가 프로게이머였나? 그렇게 생각해본 적은 없는데."

"생각해 보니 방송인에 가까운 걸지도 모르겠네요."

느긋한 둘의 대화를 듣던 케인이 애가 타서 발을 굴렀다.

"야! 이런 기회가 어딨냐! 지금 이거 참가하려고 온갖 놈들이 다 몰려드는데! 그놈들은 예선에서 구르고 굴러서 통과하는데 우리는 그냥 프리패스잖아!"

"저거 완전 날로 먹으려는 놈이네. 다른 사람들은 노력하는데 혼자 치사하게 그러고 싶냐?"

"내, 내가 제안한 것도 아니고 방송국에서 제안한 거잖아……!"

태현은 케인을 무시하고 이다비에게 고개를 돌렸다.

"쟤는 왜 저런대? 투기장을 원래 좋아했나?"

"아까 말한 이유 때문 아닐까요?"

"무슨 이유?"

"정식 프로게이머로 생활할 수 있는 거요. 태현님이야 지금 방송국하고 계약해서 게임 방송 나오는 것만으로도 어느 정도 수입이 되겠지만……."

사실 태현은 그 수입 없어도 상관없기는 했다.

태현 명의로 되어 있는 건물들! 꼬박꼬박 나오는 월세들!

이걸 알았다면 이다비와 케인은 '이런 금수저 ××!'라면서 비난을 퍼부었을 것!

"케인 님은 그런 것도 없잖아요."

"개인 방송은 안 해?"

"그건 아무나 하나요. 그것도 경쟁이 얼마나 치열한데. 그리고 케인 님은 그, 레드존 망하고 나서 방송을 접으셨……."

갑자기 케인을 향해 날아오는 동정 어린 시선들!

"뭘, 뭘 그렇게 봐!"

"음…… 미안하다."

"뭐가 미안해! 날 동정하지 마!"

방방 뛰는 케인. 태현은 이다비에게 물었다.

"잠깐. 너도 돈 좋아하지 않나?"

"엄청 좋아해요!"

"그런데 왜 투기장 참가하자는 소리를 안 해?"

"그야…… 자신이 없으니까요?"

이다비는 냉정한 현실주의자였다. 이번 프리카 투기장 프로 리그는 '모두에게 평등한 투기장', '레벨은 잊어라! 실력만 있으면 된다!', '지금까지의 투기장은 잊어라! 완벽한 투기장이 온다!' 같은 광고로 사람들의 시선을 끌고 있었지만…….

이다비가 보기에 그건 허위광고였다. 밸런스가 맞춰진다고 해서 실력 없는 사람이 갑자기 강하게 되지는 않았다.

그리고 판온 2의 랭커들은 대부분 다 실력이 좋은 플레이어들. 결국 여기 투기장 프로 리그에서 상위권에 입상하는 건, 현재 판온 2의 랭커들일 가능성이 컸다.

"제가 참가해 봤자 이길 것 같지 않은데요."

"네가 케인보다 낫다."

태현의 말을 들은 케인이 발끈했다.

"내가 뭘! 그리고 이다비 말은 예선부터 다 이기고 올라와야 하는 사람들 기준이고, 우리들은 초대잖아! 바로 본선에서 싸울 수 있는 거라고!"

"그래도 없는 실력이 생기지는 않을 것 같은데요……."

"그런 부정적인 생각을 해서는 안 돼! 나는 이번에 실적이 필요하다고! 집에서 얼마나 눈치 보이는 줄 알아?!"

"응?"

케인은 아차 싶었다.

쪽팔리게 이런 본심을 말하다니!

둘의 눈빛이 더욱더 동정심 짙어졌다.

"그런 사정이……."

"죄송했어요. 제가 생각했어야 했는데……."

"아, 아냐! 그냥…… 그냥 한 소리였어! 우리 집 별로 나한테 눈치 안 줘!"

"케인. 그냥 솔직하게 말해라."

"언제까지 게임만 할 거냐고…… 뭐라도 좀 해보라고…… 크흑…… 개인 방송 다시 시작해야 하나……."

"개인 방송이라도 해봐. 얼마나 모일지는 잘 모르겠지만."

태현은 케인의 어깨를 두드리며 위로했다.

뭐라고 할 수가 없는, 처절한 이유!

"방송만 하면 자꾸 리플에서 비웃는 놈부터 시작해서 너랑 엮는 놈들이 많단 말이야……."

케인은 징징거렸다. 그가 태현한테 얼마나 시달렸는지도 모르는 놈들이 리플에서 '김태현이랑 노니까 좋냐!', '자존심 어디 갔냐!' 이런 말들을 해대니 정말 억울했던 것이다.

숨겨졌던 케인의 뒷사정!

그러나 이번에는 이다비가 단호하게 대답했다.

"그런 걸로 흔들리면 안 돼요! 리플 몇 개 받았다고 흔들리시면 방송할 자격 없어요. 꿋꿋하게! 당당하게! 스스로를 믿고 계속해야죠!"

"그, 그런……."

평소에는 침착하던 이다비가 이렇게 강하게 나오자 케인은 당황했다. 그걸 본 태현은 속으로 생각했다.

'파워 워리어 길마가 저런 소리 해도 되나?'

다른 사람이 말했다면 '꽤나 감동적인 이야기다' 싶었겠지만, 온갖 곳에 광고를 달고 다니는 파워 워리어 길마인 이다비가 저런 소리를 하니까 뭔가 좀 의아했다.

"세상에 쉬운 일은 하나도 없어요! 돈을 벌기 위해서는 모든지 열심히 해야 하는 거예요!"

"그런…… 내가 너무 나약했……."

반성하려던 케인은 멈칫했다.

"아니, 잠깐만. 이 모든 게 그냥 투기장 프로 리그 나가면 해결되는 거잖아! 이건 심지어 어려운 것도 아니야! 초대만 받으면 돼!"

"아, 싫다니까."

"왜!! 왜!!"

"그냥 싫어."

"빼애애액!"

케인은 바닥에 누워서 버둥거렸다. 다 큰 남자가 저러는 모습을 보는 건 상당히 괴로운 일이었다. 태현과 이다비는 동시에 시선을 피했다.

"그냥 두고 가자."

"그러죠! 그런데 방송국에서 혼자만 초대했나요?"

"응? 무슨 소리야?"

"이번 투기장 프로 리그는 5인 투기장이잖아요. 5명 팀."

"어라? 그러게? 나만 초대했는데. 내가 5명 구해서 오라는 뜻이었나?"

태현은 고개를 갸웃거렸다. 배장욱 성격에 태현한테 5명 팀을 맞춰서 오라고 할 것 같지는 않았던 것이다.

"MBS면 계약한 플레이어들 많으니까, 5명 못 구해오면 거기서 인원 맞춰주려는 거 아니었을까요?"

"그럴 수도 있겠다."

태현은 별생각 없이 넘겼다.

배장욱이 누구랑 맞춰주려고 했는지 안다면 뒤집어졌을 태현! 그러나 아직 위기는 끝나지 않은 상태였다.

"투기장 프로 리그요? 재밌긴 한데…… 솔직히 시간을 너무 잡아먹을 거 같아서 걱정이네요."

"이세연 씨는 참가하게 되면 초대 팀으로 참가하게 될 겁니다. 예선을 통과할 필요 없이, 경기할 때만 투기장으로 오셔서 하고 가시면 됩니다! 공간이동 주문서나 그런 이동 수단은 저희가 다 지원해 드릴 수 있습니다!"

배장욱은 열렬하게 말했다. 이세연이라도 참가한다면……!

"아뇨…… 그런 건 저도 있어요. 음, 일단 고민해 볼게요. 5명 팀은 제가 알아서 구성하면 되겠죠?"

"물론입니다."

"잠깐만요."

이세연은 무언가 떠올랐다. 이렇게 그녀한테 초대가 왔다는 건……? 김태현도 초대했을 가능성이 컸다.

"혹시 김태현도 초대했나요?"

"초대했는데 거절하셨습니다."

'역시!'

생각이 맞았다. 이세연은 고개를 끄덕이며 말했다.

"그러면 이렇게 하죠. 김태현을 섭외해 주세요. 저와 같이 한 팀으로요. 그게 된다면 저도 참가할게요."

"네?"

배장욱은 고개를 갸웃거렸다. 순간 잘못 들은 줄 알았다. 길드를 안 만들고 혼자서 돌아다니는 것에 이상하게 집착하는 태현과 달리, 이세연은 자신의 길드가 있었다. 그런데 왜 김태현을 섭외해 달라는 것인가? 그것도 한 팀으로.

"안 되나요?"

"그, 그게…… 일단 거절을 하셔서. 한번 노력은 해보겠습니다. 그런데 이유를 물어봐도 되겠습니까?"

"김태현 플레이어하고 한번 같이 합을 맞춰보고 싶어서요. 그리고 저도 사람인데, 프로 리그에 참가하는 이상 우승을 해보고 싶지 않겠어요?"

"확실히 그렇군요."

배장욱은 고개를 끄덕였다. 이세연의 길드원들은 다들 실력자였지만, 태현과 비교한다면 역시 급이 안 됐다.

'역시 이세연. 철저해. 승리를 위해서 벌써부터 계산에 들어가는 저 냉정함. 판온 1의 전설이 괜히 전설이 아니야.'

배장욱은 오해하고 있었다. 물론 태현의 실력이 탑에 들어갈 정도로 대단하기는 했지만, 이세연이 이기기 위해서 정든 길드원들을 버리고 외부인과 손을 잡을 사람이 아니었다.

원하는 건 하나! 태현을 손에 넣는 것!

'열 번 찍다 보면 언젠가 한 번은 걸리겠지!'

태현이 들었다면 '뭐 이딴 스토커가 다 있냐' 하고 기막혀할 생각을 하고 있는 이세연!

그리고 말려야 할 배장욱은 이세연의 생각에 완전히 넘어간 상태였다.

이세연-김태현이 팀이라니. 완전히 꿈의 팀 아닌가!

"최선을 다해보겠습니다!"

"아들, 준비 다 됐냐?"

"저야 언제나 준비됐죠."

"……좀 긴장을 해라!"

"언제는 긴장하지 말라면서요!"

"넌 임마 너무 긴장을 안 해!"

투닥거리는 부자.

김태산은 태현을 보며 걱정스러운 눈빛을 보냈다.

'이놈이 어르신 생신 잔치에 가서 망신시키지는 않겠지?'

김태산은 태현을 잘 알고 있었다. 어디 자리에 가서 그를 창피하게 망신시킬 정도로 못 배우거나 한 태현은 아니었다.

그러나…….

'교묘하고 치사하고 비열하게 괴롭히는 건 충분히 할 수 있지!'

누구 아들인데 그러겠는가!

김태산은 태현을 너무 잘 알고 있었던 것이다. 방송에 나가서 뒷이야기를 하려다가 실패한 것처럼, 태현도 그자리에 가서 김태산의 뒷이야기를 할 수 있었다.

"아들, 용돈 필요하냐?"

"아버지가 용돈 주신다고 하는 거 보니 갑자기 아쉬운 게 있으신 것 같은데…….'

예리한 태현! 김태산은 등에서 진땀을 흘렸다.

"아. 거기 가서 쓸데없는 소리 할까 봐 그런 거죠?"

"……그, 그런 거 아니야."

"에이, 안 해요. 안 해. 걱정 안 하셔도 되요."

"정말?"

"어차피 아버지는 이미 방송 나오신 거 때문에 놀리기 충분한데."

"그건 오크 종족으로 외모 변경해서 나인지 모른다고!"

"아, 그래요? 그러면 그건 꼭 말해줘야겠네."

"안 돼, 인마! 말하지 마!"

"그런데 아버지. 어머니는 같이 안 가세요?"

"윤희는…… 그런 곳에 가기에는 너무 귀한……."

"아버지, 설마 망신당할까 봐 같이 안 가는 건 아니겠죠?"

김태산은 시선을 피했다. 아내인 정윤희 앞에서는 언제나 최고의 남자로 있고 싶은 것이 김태산의 마음!

일단 자리에 먼저 가서, 그의 이미지가 괜찮을 수 있는지 확인을 하고……. 괜찮으면 그다음부터 데리고 가는 철저함!

태현은 한심하다는 듯이 김태산을 쳐다보았다.

'저게 과연 철저한 건가, 아니면 한심한 건가!'

김태산은 급히 화제를 돌렸다.

"너 그래서 판온 요즘 뭐 하나? 방송도 안 나오던데."

"저야 마계에서 탈출해서 간신히 대륙으로 돌아왔죠."

남이 들으면 깜짝 놀랄 이야기를 그냥 지나가는 이야기처럼 평범하게 하는 태현!

김태산은 놀라지도 않았다. 그저 속으로 감탄할 뿐.

'이 자식이 또 언제 거기 가서 그런 퀘스트를⋯⋯.'

언제 한번 본때를 보여줘서 아버지의 위대함을 각인시켜 주고 싶었는데, 점점 거리가 멀어지고 있었다.

"아버지는 아직도 오스턴 왕국에 계세요?"

"그래. 친구들 데리고 성 관리하고 있다."

현재 오스턴 왕국의 상황은 매우 뜨거웠다.

새로 통일된 오스턴 왕국이 절반. 혼란스러운 틈을 타 들어온 플레이어들 세력이 절반. 그 플레이어들 세력은 또 각자 성, 도시, 마을, 요새들을 점령하고서 치고받고 있었다.

치열한 전국시대! 누가 적이고 누가 아군인지 확신할 수 없는 상황이었다.

"요즘 하도 주변에 적이 많아 가지고⋯⋯ 아, 맞다. 나한테 초대 왔었다."

"무슨 초대요?"

"너 싫어하는 놈들이 모인 길드던데. 들어오면 너 밟을 수 있다고 꼬시더라고."

'길드 연합!'

태현은 움찔했다. 태현을 싫어하는 길드 놈들이 뭉치고 있다는 건 알고 있었지만, 이런 식으로 적극적으로 움직이고 있을 줄이야.

'파워 워리어 길드는 제대로 움직이고 있는 거 맞나?'

태현은 파워 워리어 길드에게 부탁했었다. 대형 길드 연합의 움직임을 감시해 달라고.

지금 파워 워리어 길드원들이 이상한 방법으로 길드 연합의 발목을 잡고 있다고는 상상치도 못하는 태현이었다.

"설마 수락하신 건 아니겠죠?"

"왜, 겁나나?"

"에이, 무슨 씨도 안 먹힐 도발을…… 게네랑 손잡고 싶으시면 손잡으세요. 패배자들이랑 놀면 패배자 기운 옮는다고 말한 게 누구신데……."

태현에게 아픈 곳을 찔린 김태산이 움찔거렸다.

'패배자랑 놀면 패배자가 된다!'라고 말한 게 바로 김태산!

"거절했어, 인마. 그리고 보니 우리 길드에도 이상한 놈 하나 있는데."

"아버지 친구분 중에서요?"

"아니. 새로 들어온 놈인데. 정확히 말하자면 길드원은 아니고 붙잡혀서 들어온 놈에 가깝지…… 애가 좀 싸가지가 없어서 데리고 다니면서 교육을 좀 시키는데 더럽게 말 안 듣고 징징대."

한번 PK 하려다가 제대로 코가 꿰인 로이! 그래도 랭커의 끝

자리에 발이라도 들였던 로이였는데, 그게 김태산과 그의 길드원들 사이에서는 아무런 의미가 없었다.

도저히 도망칠 틈을 주지 않는 철저함!

로이도 처음에는 틈을 노려서 도망치려고 했다. 계약서를 써서 페널티가 걱정되기는 했지만, 더 이상 붙잡혀 있고 싶지는 않았던 것이다. 그렇지만 언제 어느 순간에도 접속해 있는 최강지존무쌍 길드원들!

'아니, 이 아저씨들은 대체 왜 들어오기만 하면 게임 접속한 상태인 거야?!'

로이도 나름 게임 폐인이라고 자부했지만, 한가한 아저씨들에게는 도저히 이길 수가 없었다.

"너 따라다니는 그 케인인가 뭔가 하는 친구는 참 성실하고 좋아 보이던데 말이야."

"에이, 케인이 얼마나 뺀질대는데요."

케인이 들었다면 뒷목을 잡았을 소리!

"아, 맞다. 아버지. 오스턴 왕국이라고 하셨죠?"

"그래. 왜?"

"거기 나중에 무슨 일 생길 수도 있으니까 조심하세요. 악마들 상대할 만한 아이템도 좀 준비해 놓으시고……."

"뭔 소리야? 너 이 자식. 어떻게 알고 있는 거야? 네가 뭔 짓 했지?"

"무슨 소리세요! 순수하게 호의로 알려 드린 건데!"

"네가 알고 있다는 게 수상하잖아, 임마! 오스턴 왕국에서 악마 관련된 이야기는 너한테서 처음 듣는데! 내가 정보를 몇 군데에서 수집하는 줄 알아?"

넘쳐나는 게 돈인 김태산은 몇몇 사이트에서 따로 판온 2 정보를 구입하고 있었다. 탐험가 중에서 판온 2를 돌아다니면서 얻은 고급 정보를 파는 플레이어들이 있었던 것이다.

그런데 오스턴 왕국에 악마들이 나타날 수 있다는 이야기는 태현한테서 처음 듣는 이야기!

그렇게 두 부자는 티격태격 싸우며 유성수 회장의 별장으로 이동했다.

CHAPTER 2

　태현은 휘파람을 불었다. 호화로운 건물을 처음 보는 건 아니었지만, 눈앞에 있는 별장은 그중에서도 대단했다.

　'아버지 친구분 중에서 이런 분이 있었나?'

　태현은 고개를 갸웃거렸다. 김태산의 친구 중에서 가장 잘 사는 건 김태산이었다. 정말 비싸 보이는 건물은 아무렇게나 만들어서는 안 됐다. 괜히 번쩍이는 장식이나 조각 같은 걸 들여 봤자 오히려 천박해 보이거나 싸 보일 뿐.

　품격이란 건 아주 엄밀한 계산 하에서 나오는 것!

　그런 면에서 이 별장은 대단했다. 화려한 장식 하나 없지만 수수하고 깔끔한 건물의 디자인에서 품격이 묻어났다. 게다가 별장 가까운 곳에 위치한 리조트는 아무리 봐도 이 별장 주인이 전용으로 쓰고 있는 느낌이었다.

"그만 구경하고 들어가자. 여기 초대장 있습니다."

"김태산 씨군요. 어서 들어오시죠."

입구에서 경호원들이 김태산의 초대장을 확인하고 들여보냈다. 태현은 주변을 두리번거리며 물었다.

"생일 잔치라고 하지 않았나요?"

"그랬지."

"그런 것치고 뭐…… 플래카드 하나 없는데요."

"플래카드는 촌스러운 사람들이나 하는 거야."

"아버지 생일 때 아버지 친구분들이 '리×지 성주님 생신 축하 충성충성충성' 하고 화환이랑 플래카드 보내지 않……."

"얌마!"

"다른 사람들 앞에서만 말 안 하면 되는 거 아닙니까?"

둘은 차에서 내렸다. 김태산은 불안하다는 듯이 태현을 쳐다보았다.

'저 자식이 다른 사람들 앞에서 입 놀리면 안 되는데…….'

여기 모이는 사람들은 나름 사회에서 명망 있는 인사들 아닌가! 그 사람들 앞에서 '저희 아버지가 리×지 성주님이셨죠 하하 막 PC방만 가면 알바들이 형님 형님 거렸는데…….' 이런 소리가 나온다면……. 그런 김태산의 불안함을 꿰뚫어 보기라도 한 것처럼, 태현이 입을 열었다.

"아버지, 아직 잔치 시작하려면 멀었으니까 저 여기 구경 좀 해도 됩니까?"

건물 주변에는 넓고 조용한 산책로부터 시작해서 돌아다닐 곳이 많았다. 물론 유 회장의 생일에 찾아온 손님들은 그런 곳을 돌아다니지 않았다. 그들은 전부 메인 홀에서 각자 명함을 나누고 있었다.

유 회장의 생일이지만, 이건 동시에 친분을 나눌 수 있는 사교 행사의 자리! 생일에 참석할 정도의 사람이라면 다 대단한 사람들밖에 없었으니, 서로 인맥을 교환해서 나쁠 게 없었다. 물론 그러거나 말거나 태현은 여기서도 아싸의 본능을 발휘하고 있었다. 사람 많은 친목 자리는 피하는 게 아싸!

태현의 속마음을 읽은 김태산은 고민했다.

'이 자식 좀 소개하려고 했더니 또……'

잠시 고민하던 김태산은 포기했다. 태현은 시킨다고 해서 말을 듣는 놈도 아니었다. 게다가 괜히 같이 다녔다가 입이라도 잘못 놀리면…… 처음 보는 사람들 앞에서 대망신!

'나중에 어르신한테만 따로 인사시키고 가는 게 좋겠군.'

"그래. 산책 좀 하다 와라."

서로 뜻이 통한 두 부자!

"이렇게 좋은데 왜 아무도 없냐?"

태현은 중얼거리며 산책로를 걸었다. 녹음이 우거지고 잘 깔린 돌길이, 서울에서는 보기 힘든 산책로였다.

이렇게 좋은 곳이 있는데 아무도 안 걷고 있다니!

태현은 고개를 저으며 발걸음을 옮겼다. 게임을 하다 보면 이렇게 몸을 움직이는 걸 잊기 쉬웠다.

'언제나 체력이 중요하지. 그러면 집에 돌아가서 다음으로 해야 할 퀘스트가…… 일단 기계공학 비전 스킬도 찾아야 하는데, 최대한 빨리 탈출해서 보상받고 에랑스 왕국으로 가야 하려나……'

남들에게는 왜 안에만 있냐고 해놓고 자기는 걸으며 게임 생각만 하는 태현! 남 이야기를 할 때가 아니었다.

"응?"

태현이 발을 멈춘 건 앞의 연못 때문이었다. 순간 호수로 착각할 정도로 커다란 인공 연못!

'뭘 이런 걸 별장 안에 만들어놨냐?'

예쁘고 보기 좋긴 한데, 굳이 이걸 여기에 만들 필요가 있나 싶은 수준! 그리고 그 연못가에는 먼저 온 사람이 있었다.

"어르신, 여기서 낚시해도 됩니까?"

"……?"

유 회장은 고개를 돌렸다. 뒤에 웬 처음 보는 젊은 놈이 서 있었다. 험상궂고 기골이 장대한 모습이 어디서 많이 본 것 같은 낯익은 모습!

'내가 이놈을 어디서 봤더라?'

유 회장은 속으로 고개를 갸웃거렸다. 분명 처음 본 놈인데 낯설지가 않았다. 게다가 여기는 초대받은 사람만 올 수 있는 곳.

"넌 내가 누군지 모르냐?"

"어…… 어르신 옷에 명찰이라도 달고 계시나요?"

순간 유 회장은 태현이 그를 놀리려는 줄 알았다. 그러나 태현은 진심 같아 보였다. 옷에 명함이 있나 훑어보는 태현!

"……나는 여기서 낚시를 해도 상관이 없어."

"왜요? 설마 들켜서 쫓겨나도 아쉬울 게 없어서? 몰래 들어오신 건 아니죠?"

'이놈이……'

유 회장은 순간 울컥했지만 이성을 되찾았다. 상대는 새파랗게 어린놈. 체면을 잃어서는 안 됐다.

"여기 별장 주인하고 친하니까!"

"아, 그러셨군요. 몰래 들어오신 거면 몰래 나갈 수 있게 도와드리려고 했는데. 이런 곳에 들어왔다가 잡히면 별로 좋은 꼴 못 보잖습니까."

태현의 말을 듣자 유 회장의 마음이 살짝 풀렸다. 원래 잘나가는 놈일수록 약자한테 냉정하기 마련인데, 태현은 처음 본 노인을 걱정해 주고 있었다.

돈 많고 잘나가는 놈 중에서는 보기 드문 성격!

"그런 걱정은 안 해줘도 돼."

말하고 나니 유 회장은 뭔가 좀 기분이 묘했다. 재계의 왕이라고 불리는 그를 이렇게 '남의 별장에 몰래 들어온 노인'으로 취급하는 놈이라니. 대체 뭐 하는 놈이야?

"그런데 너는 어떻게 여기 들어왔나?"

"아버지 친구 생신이셔서 같이 왔습니다."

"누군지는 모르고?"

"아! 안 물어봤네요. 생각해 보니 좀 이상하긴 해요."

"뭐가?"

"아버지 친구가 그렇게 많지 않거든요. 이런 별장 가지신 분 없는데?"

"새로 사귀었을 수도 있잖아?"

"에이, 아버지 성격이 새로 친구 사귈 성격은 아니라서."

가차 없는 디스!

유 회장은 어이가 없었다. 그렇지만 이걸로 상대가 누군지는 감이 왔다.

'이놈 김태산이 아들이잖아!'

깨닫고 나니 왜 처음에 못 알아차렸을까 하는 생각이 들 정도로, 태현은 김태산과 닮아 있었다.

험상궂고 큰 덩치에, 얼핏 보이는 배려심.

"……여기서 오늘 생일인 사람은 유성수 회장이야."

자기가 자기 생일이라고 말하는 것도 좀 민망하기는 했지만, 유 회장은 얼굴에 철판을 깔고 그렇게 말했다.

궁금했기 때문이었다. 과연 태현은 이 별장 주인의 정체(?)를 듣고 어떻게 반응할까?

"유성수 회장이 누구시죠?"

"……유성 그룹 회장도 모르나!"

"아…… 유성 그룹. 뉴스에서 봤어요."

"그렇지! 유성 그룹이 그렇게 기억 못 할 그룹이 아니지!"

"저번에 과징금 물은……."

"그, 그건 회장 잘못이 아니라 사장 놈 잘못……."

유 회장은 다시 한번 느꼈다. 이놈은 확실히 김태산의 아들이라고!

"그랬어요? 그런데 사장을 임명한 건 회장이니까 회장 잘못도 있는 거 아닌가?"

반박할 수 없는 아픈 사실!

사실로만 된 공격에 유 회장은 비틀거렸다.

"어쨌든 어르신이 그 누구냐, 유성수? 유성수 회장님하고 친하다는 건 잘 알겠네요."

"왜, 왜?"

유 회장은 말을 더듬었다. 이놈이 뭔가 눈치를 챘나?

"유성 그룹 편을 들고, 거기에다가 회장님 잘못 아니라고 하고, 여기 별장에도 몰래 들어온 게 아니라고 하고…… 당연한 거죠."

유 회장은 고개를 끄덕였다.

'김태산이가 아들 자랑할 만하군.'

허술해 보여도 눈이 꽤 좋은 놈이었다.

"그런데 어르신은 왜 여기 계십니까? 저기 밑으로 내려가서 친목z…… 아니, 인사 나누고 해야 하는 거 아닙니까?"

"뭐 어차피 지겹게 많이 본 놈들인데. 맨날 와서 똑같은 소리만 하는 놈들이야."

그렇게 말하며 유 회장은 낚싯대를 기울였다. 장소를 이곳으로 잡은 건 여기서 낚시를 하기 위해서였다.

지겹게 많이 본 사람들한테 '축하드립니다', '오래 사셔야죠' 같은 소리를 들어봤자 유 회장에게는 아무런 감흥이 없었다. 오늘 기대하고 있는 건 눈에 넣어도 아프지 않을 손녀딸의 축하와 새로 생긴 친구인 김태산 정도!

"똑같은 소리를 듣는 게 싫으시다니, 저 밑의 분들과 별로 안 친한가 봅니다?"

태현은 별생각 없이 한 말이었지만, 유 회장은 아픈 곳을 찔리는 기분이었다. 저 밑의 사람들과 많이 만나고 이야기는 하지만 정작 친하다고 생각한 적은 없었던 것이다.

'이놈이…… 예리하긴 하군.'

털썩-

태현은 유 회장 옆에 자리를 잡고 앉았다.

"여기는 왜 앉나?"

"어르신 낚시하는 거 구경이나 하려고요."

"오. 낚시를 좋아하나?"

"아뇨?"

꿈틀거리는 유 회장의 눈썹!

"판온 1에서 재료를 구해야 해서 낚시만 주구장창 했었는데, 그때 이후로 낚시는 손이 안 가더라고요. 지겨워서 죽는 줄 알았습니다."

판온 1에서 태현은 대장장이가 쓸 만한 재료를 모으기 위해 혼자서 이리 뛰고 저리 뛰어야 했다. 그 노력은 다른 사람들이 상상할 수 없는 수준이었다. 물론 다른 길드들이나 약탈자 플레이어들을 역으로 공격해서 아이템들을 뜯어내기는 했지만…… 그래도 태현이 직접 구해야 했던 게 대부분!

"판온? 아! 판타지 온라인인가……."

"어르신도 아세요?"

"크흠. 이름은 들어봤네. 한번 해볼까, 하고 있기는 한데……."

유지수도 하고, 김태산도 추천했기에 유 회장은 해볼까 망설이고 있었다.

'이 나이에 애들이 하는 게임이라니'하는 망설임만 없었다면 벌써 잡았을 게임!

"해보세요. 재밌어요. 어르신 하는 낚시도 거기서는 더 재밌을걸요."

"그 소리도 이미 들었어."

"한 번 더 들으시죠."

"……."

"도움 필요하면 말하셔도 됩니다."

"레벨이 높은가 보지?"

"……레벨은 안 높지만 잘합니다."

자기가 말하고도 설득력이 부족하다고 느끼는 태현이었다.

태현의 말을 오해했는지, 유 회장은 고개를 끄덕였다.

"그래, 게임에 너무 몰두하면 안 좋지. 적당히가 가장 좋은 거야."

유 회장이 뭔가 오해하고 있는 것 같았지만, 태현은 오해를 풀지 않고 내버려 두었다.

"내 손녀도 요즘 너무 판온에 몰두하는 것 같아서 걱정이란 말이지."

"어련히 알아서 할까요. 젊은 애들 노는데 이래라저래라하면 미움받습니다."

"이, 이놈이……."

누가 김태산 아들 아니랄까 봐 김태산이 했던 소리를 똑같이 하고 있었다.

"어쨌든 한번 해보고 도움 필요하면 귓속말이나 보내주시죠."

"네 도움은 필요 없어!"

"하긴, 어르신도 친구 있을 테니. 맞다. 그 손녀한테 친추하실 거면 이름 좀 바꾸고 하세요."

속마음을 들킨 유 회장이 태현을 쳐다보았다. 어떻게 이놈이 그걸? 판온을 하게 되면 유지수한테 '할아버지다, 껄껄 친구 추가를 받아주겠니'라고 말할 생각이었던 유 회장!

"가족한테 게임 아이디 들키는 거 좋아할 사람 없을걸요? 거절당하기 싫으시면 그냥 하시죠."

"내, 내 손녀는 그럴 애가……."

"뭐 그러면 믿고 해보시던가요."

"크으윽!"

슬프게도 태현의 말에 확실하게 반박할 수가 없었다. 요즘 유 회장의 손녀는 예전과 많이 달라졌던 것이다.

"슬슬 내려가지 그러냐? 너는 왜 여기 계속 있는 거야?"

태현한테 자꾸 아픈 곳을 찔리자 유 회장은 나이도 잊고 성질을 냈다. 분명 괜찮은 놈이긴 한데 계속 대화를 하다 보면

묘하게 말려드는 기분!

"어르신 낚시 구경하는 걸 보는 게 좋네요."

"크흠, 크흠. 낚시 별로 안 좋아한다면서?"

유 회장은 헛기침했다. 그래도 '낚시 구경하는 걸 보는 게 좋다'는 말이 기분 나쁘지는 않았다.

유 회장이 애착을 갖고 있는 취미가 바로 낚시!

물고기를 잡기 위해서 하는 게 아니었다. 수면 위에 낚싯대를 드리우고 기다리는 것 자체가 즐거움이었다. 그런 모습을 좋다고 하니 살짝 뿌듯해진 유 회장이었다.

"낚시는 별로 안 좋아하는데 어르신이 하는 건 낚시 같지가 않아서요."

"무슨 소리야?"

"아까부터 하나도 못 잡고 계시잖습니까."

빠직!

유 회장은 울컥해서 태현을 쳐다보았다.

'이놈이 감히 내 낚시의 미학도 모르고 막말을 해?'

"너는 잡을 수 있을 거 같냐?"

"에이, 유치하게 왜 이러십니까. 못 잡을 수도 있죠, 어르신. 이해합니다. 잘 낚이는 날이 있으면 안 낚이는 날도 있는 거 아니겠습니까."

할 말 다 해놓고 저렇게 유들거리게 나오는 모습이 더 얄미

왔다. 유 회장은 태현에게 낚싯대를 내밀었다.

"해봐!"

"네? 제가 왜요? 낚시 별로 안 좋아하는데?"

사람 약을 올리는 데에는 타고난 태현! 그러나 유 회장도 만만치 않은 사람이었다.

"네가 이 연못에서 하나라도 잡는다면 네가 원하는 걸 하나 들어주겠다. 어떠냐?"

"오, 내기라면 좀 흥미가 동하긴 하는데……."

"대신 못 잡으면 넌 내가 원하는 걸 하나 들어줘야 한다."

"공평하네요. 그런데 어떤 방법을 쓰든 잡기만 하면 되죠?"

"그래."

유 회장은 별생각 없이 고개를 끄덕였다.

사실 이 내기를 건 것은 유 회장이 자신이 있어서였다.

'어디 한번 잡을 수 있으면 잡아봐라, 이놈아!'

유 회장이 연못에 드리우고 있던 낚싯대는 사실 미끼도, 바늘도 없는 반쪽짜리 낚싯대였다. 이걸로는 절대 물고기를 낚을 수 없었다.

유 회장이 이걸 드리우고 있던 건, 혼자서 조용히 수면을 바라보며 명상을 하기 위해서였던 것!

그걸 '어르신은 아까부터 물고기를 하나도 못 잡으시네요'라고 폄훼하다니!

'골탕 좀 먹어봐라.'

유 회장은 기대하는 마음으로 태현을 쳐다보았다. 만난 지 얼마 되지 않았지만, 태현이 어떤 사람인지는 대충 느끼고 있었다. 김태산의 아들답게 심지가 굳고 그릇이 큰 놈. 그게 유 회장이 느낀 태현이었다.

'김태산이가 아들 교육은 제대로 시켰군.'

확실히 난 놈은 난 놈이었지만, 오히려 그럴수록 이런 실패에 더욱 분해할 가능성이 높았다.

스스로의 능력에 자신을 가진 사람일수록 오히려 실패는 견디지 못하는 법!

'자, 어서 잡아보고 네 패배를 인정해 봐라!'

유 회장은 오랜만에 두근거리는 기분이었다.

태현은 낚싯대를 받더니 자리에서 일어섰다.

'설마 이 낚싯대의 비밀을 눈치챘나? 아니, 눈치를 채도 어쩔 수 없지.'

알아채기 전에 받아들인 놈이 바보였다. 유 회장도, 태현도, 그건 서로 잘 알고 있었다. 그러나 태현은 항의하기 위해서 일어선 게 아니었다.

툭-

"??"

태현은 낚싯대를 드리우지도 않고 바닥에 내려놓았다. 그리고 첨벙첨벙 연못 안으로 걸어 들어갔다.

그리고…….

촤악!

"?!"

맨손으로 물고기 하나를 잽싸게 잡아 올리는 태현!

"야!!"

유 회장은 오랜만에 냉정이 깨지는 것을 다시 한번 느꼈다. 그러거나 말거나 태현은 퍼덕거리는 물고기를 손에 들고서 걸어 나왔다.

"잡았습니다."

"그렇게 잡는 놈이 어디 있냐!"

"제가 그래서 분명 물어봤지 않습니까. 어떤 방법을 쓰든 잡기만 하면 되냐고."

유 회장은 깨달았다. 태현은 뒤늦게 낚싯대의 비밀을 깨달은 게 아니었다. 처음부터 알고 있었던 것이다!

"너…… 알고 있었냐?"

태현은 피식 웃으면서 대답했다.

"당연히 알고 있었죠. 설마 제가 모르고 있었다고 생각하신 겁니까? 내기도 그래서 하신 거고?"

유 회장의 얼굴이 부끄러움으로 붉어졌다.

"알고 있는 놈이 낚시 같지 않다는 소리는 왜 해!"

그 도발 때문에 이런 내기까지 하게 된 것 아닌가. 그러나 태현의 대답은 유 회장의 예상을 뛰어넘는 것이었다.

"어르신 강태공 흉내 내는 거 아니었어요? 그래서 재밌다고 한 거였는데."

유 회장은 순간 소름이 돋는 걸 느꼈다.

'이놈은…… 처음부터 다 알고 있었구나!'

강태공, 옛날 옛적 관직에 나가지 않고 호숫가에서 시간을 낚은 유명한 현자! 실제로 유 회장이 여기서 미끼도 바늘도 없는 낚시를 하는 건 저 이야기의 영향을 받아서였다.

그런데 저 김태현이란 놈은 여기 와서 힐끗 본 것만으로도 유 회장이 여기서 뭘 하고 있는지, 왜 이러고 있는지를 다 알아맞힌 것이다.

'눈이 보통이 아닌 놈이다. 정말로!'

거기에다가 시치미를 뚝 떼고 있다가 유 회장이 알아서 무덤을 팔 때까지 기다리고 있는 음흉한 꿍꿍이까지!

능력도 능력이지만 저 꿍꿍이가 더 기막혔다.

'김태산이 아들이어서 성격이 비슷할 줄 알았는데 전혀 아니었군.'

얼핏 보면 비슷했지만 전혀 아니었다. 김태산은 직선적이고 저돌적인 성격이라면, 태현은 직선적이고 저돌적으로 보이는 것일 뿐 그 속은 아주 음흉한 놈이었다. 가볍게 말 하나하나를 해도 속으로는 다 계산하고 있는 놈!

유 회장은 패배를 인정했다. 태현을 얕본 그의 패배였다. 이런 놈인 줄 알았다면 조금 더 진지하게 대했을 것이다.

"그래, 내가 졌다. 뭘 원하냐?"

"예? 생각 안 해봤는데요. 나중에 생각나면 말하죠, 뭐."

유 회장은 속으로 생각했다.

'아, 저놈은 왜 이렇게 얄미울까?'

분명 능력 있고 괜찮은 놈인 건 알겠는데, 자꾸 무언가 얄밉게 만드는 무언가!

유 회장의 본능은 놀라웠다. 유지수가 요즘 좋아하는 상대가 누군지 생각해 본다면 더더욱 정확한 본능!

"넌 왜 바지가 다 젖었어?!"

김태산은 기가 막혀서 외쳤다. 산책하러 간 놈이 왜 바지가 다 젖어서 돌아온단 말인가.

"아, 웬 어르신하고 만나서 내기를 하는 바람에⋯⋯."

"뭔 내기?! 바지에 물 적시는 내기라도 했냐?!"

"그런 내기는 아니고⋯⋯."

"근데 이겼냐?"

내기는 왜 했냐, 내기는 누구랑 했냐, 무슨 내기를 했냐, 이런 걸 묻기 전에 '이겼냐'부터 물어보는 김태산!

"당연히 이겼죠."

"그래. 그러면 됐다. 내기든 간에 뭐든 이겨야…… 아니, 이게 아니지! 너 이 자식. 오늘 어르신한테 인사드리려고 데리고 왔는데 이렇게 다 젖어서……."

"의자에 앉아서 인사를 드리면 안 들키지 않을까요?"

"말이 되는 소리를 해라. 됐어. 어르신께서 바지 젖은 걸로 신경 쓰실 분은 아니니까. 따라와."

김태산은 태현의 어깨에 굵은 손을 올리고 끌고 갔다. 더 내버려 뒀다가는 무슨 사고를 칠지 두려워지는 아들!

"아, 저기 계시네."

저 멀리 유 회장이 다른 몇몇과 인사를 나누는 게 보였다. 인사를 올리는 사람들은 보기 과할 정도로 허리를 숙이고 있었다. 김태산은 그러거나 말거나 정중하게 손을 내밀었다.

"어르신, 생신 축하드립니다."

"자네 왔나? 그래. 잘 왔네."

유 회장의 따뜻한 태도에 주변에 있던 다른 사람들의 눈빛이 변했다.

'저 사람 누구야'라고 말하는 것 같은 눈빛!

"여기, 제가 말한 아들놈입니다."

"??"

유 회장과 태현이 서로 빤히 쳐다보고만 있자, 김태산은 고개를 갸웃거렸다. 왜 둘이 저러고 있는 거지?

"아니, 잠깐만요. 회장님께 인사드리는데 꼴이 뭡니까?"

옆에 있던 남자 한 명이 태현의 바지를 가리키며 말했다.

"예의가 없……"

"됐네."

"예?"

"됐다고 했네. 나 때문에 그런 거니 끼어들 필요 없네."

칼 같이 잘라내는 유 회장!

그 냉정한 태도에 끼어들었던 남자는 무안한 얼굴로 물러섰다. 유 회장의 성격은 이미 유명했다. 한번 거스르면 벼락처럼 응징하는 불같은 성격!

괜히 점수를 따려고 나섰다가 욕먹은 남자. 주변 사람들은 그를 보며 쯧쯧거렸다.

'저렇게 찍혀서는 앞으로는 글렀군.'

'괜히 나섰다가 저런 꼴을 당하다니.'

'내가 안 나서서 다행이다.'

그리고 김태산과 태현, 부자를 향한 시선이 달라졌다.

'생각보다 많이 아끼시는 것 같은데?'

'뭐 하는 사람들이지?'

'아까 이야기를 했을 때는 그냥 부동산 거부인 줄 알았는데…… 그것만으로 회장님하고 친할 이유가 있나? 회장님한테 건물이라도 선물했나?'

사람들이 복잡하게 생각하고 있는 동안, 김태산은 아랑곳하지 않고 태현에게 물었다.

"너 설마 어르신하고 내기를 한 거냐?"

"네. 그런데 이분이 그 친구분이셨습니까? 아버지, 아무리 친구가 없어도…….."

태현이 측은한 눈빛으로 김태산을 바라보았다. '아무리 친구가 없어도 그렇지 이런 사람을 붙잡고 친구해 달라고 하다니'라는 눈빛!

"뭐?! 아니야, 인마! 뭔 오해를 하고 있는 거야?"

"다른 사람들한테 민폐를 끼치면 안 되죠."

"어르신이 나한테 친구하자고 한 거야!"

둘이 계속 얼굴을 맞붙이고 속삭이자 다른 사람들은 무슨 대화를 저렇게 하나 궁금해했다.

'우리가 들으면 안 되는 대화인가?'

'얼마나 중요한 대화길래?'

정작 가까이 있어서 둘의 대화를 들을 수 있었던 유 회장에게는 어이가 없는 일일 뿐이었다.

"크흠, 크흠."

"아, 죄송합니다, 어르신. 그보다 오늘 주인공이시면서 아닌 척 계시다니, 생각보다 은근히 음흉하시네요."

태현이 유 회장에게 말하는 걸 보고 다른 사람들은 기겁했다. 지금 저놈이 뭐라는 거야? 그러나 유 회장은 떨떠름한 표정만 지을 뿐 별로 화를 내지 않았다.

"너한테 들을 소리는 아니다."

"에이, 제가 뭘."

"어르신하고 이야기하게 넌 좀 저리 가 있어."

김태산은 쉭쉭 소리를 내며 태현에게 저리 가라고 손짓했다. 더 가까이 있다가는 뭔가 사고를 칠 것 같은 태현! 이미 인사는 시켰으니 목적은 대충 달성한 것 아닌가.

"그러죠, 뭐. 회장님, 생신 축하드립니다. 아, 그리고……."

"……?"

"판온 2 하실 거면 꼭 타이럼 시에서 시작하세요. 거기가 최곱니다."

"그래?"

유 회장은 별생각 없이 고개를 끄덕였다. 태현의 사악한 마음은 눈치채지도 못하고.

물귀신 작전! 내가 타이럼에서 고생했으니 다른 사람들도 고생해 봐라!

태현은 씩 웃었다.

"아버지, 생신 축하드립니다."

"그래. 고맙다."

엄격, 근엄, 진지한 표정으로 고개를 끄덕이는 유 회장.

아들인 사장 앞에서도 표정 하나 풀지 않는 그 위엄에 모두들 감탄했다.

"할아버지, 생신 축하드려요."

"오냐, 우리 지수. 뭐 필요한 거라도 있니?"

그러나 손녀인 유지수 앞에서는 풀어지는 얼굴!

"아, 아니요."

"저런, 왜 이렇게 욕심이 없어? 네가 원하는 거라면 뭐든지 가져도 괜찮을 텐데. 넌 성우하고 달리 너무 욕심이 없다니까."

"제가 뭘……."

유성우 사장은 억울하다는 듯이 항변했다. 매번 구박을 받는 건 아들인 그의 몫이었다.

"시끄럽다, 이놈아. 과징금으로 내 명예에 먹칠을 해?"

"그, 그건 실수였습니다!"

"네 아랫사람 실수는 네 탓이지!"

두 부자가 평소처럼 싸우자, 유지수는 한숨을 쉬며 고개를 저었다. 그러고는 발걸음을 살며시 옮겼다.

매번 만나면 똑같이 싸우는 저 둘!

'지겹지도 않나?'

유지수는 주변을 두리번거렸다. 평소에 자주 봤던 얼굴들만 있었다. 언제나 와서 인사하고, 그녀에게 잘 보이려고 하는 사람들. 게다가 이런 자리에 오는 사람들은 대부분 유지수보다 나이가 훨씬 많았다.

또래 찾기는 거의 불가능!

'그냥 들어가서 쉴…… 어??'

유지수는 눈을 깜박거렸다. 여기 있을 리 없는 사람을 본 것 같았다. 그러나 다시 봐도 멀쩡하게 서 있는 그 사람!

'저 사람이 왜 여기 있어?!'

쿡쿡-

"……?"

누군가가 태현의 등을 찔렀다. 혼자 조용히 구석에 앉아서 아싸임을 증명하고 있던 태현은 고개를 돌렸다.

뒤에 서 있는 건 어디서 많이 본 것 같은 여학생!

태현은 눈썹을 찌푸렸다. 그 모습에 유지수는 순간 두근거렸다.

'설마 알아차린 걸까?'

"혹, 혹시 김태현…… 맞아요? 판온 2 하고……."

"맞는데. 나한테 이렇게 말을 거는 걸 보면 너는……."

유지수는 주먹을 꼭 움켜쥐었다. 드디어!

"혹시 지수의 누나니?"

사람을 때려본 적이 한 번도 없는 유지수였지만, 그 순간은 정말로 태현의 명치에 한 방을 넣고 싶어졌다.

"……제가 유지수인데요."

"응?"

태현은 고개를 갸웃거렸다. 분명 눈앞의 여학생은 치마를 입고 있었다. 그리고 판온의 유지수와 비슷한 이목구비를 갖고 있었다. 차이점이 있다면 판온의 유지수가 좀 더 보이시한 느낌이라는 것 정도?

그렇다면 여기서 얻을 수 있는 결론은?

"아, 이름이 같은 쌍둥이니?"

"……저 외동인데요?"

"그렇다면……."

태현은 한 가지 결론밖에 없다는 걸 깨달았다. 그리고 유지수의 어깨 위에 손을 올렸다.

"네 취향은 잘 알았다."

"네?"

"여장하는 취미가 있는 거지? 녀석. 난 취향을 존중하는 사람……."

"대체 왜 거기로 흘러가는 거예요!"

빡!

경쾌한 소리와 함께, 유지수는 점프해서 태현의 턱을 들이받았다.

"상상도 못 했다. 네가 남장을 하고 있었을 줄은……."

"남장한 적 없거든요?! 그쪽이 오해한 거거든요?!"

그냥 분위기만 살짝 바꿨는데 알아서 남자로 착각한 게 누군데! 유지수의 눈빛에는 억울함이 가득했다.

"하하, 뭐 착각할 수도 있지."

"오빠 말고 그렇게 착각한 사람 없어요!"

"네가 말했으면 됐잖아."

"읏……."

유지수는 머뭇거렸다. 자기 입으로 '저 남자 아니에요'라고 말하는 건 뭔가 부끄럽고 자존심이 상했던 것이다.

"그, 그건 조금……."

"조금 뭐?"

"잠깐, 그런데 오빠는 여기 어떻게 있는 거예요?"

화제를 돌릴 겸, 유지수는 물었다. 태현이 여기 있다는 것 때문에 당황해서 못 떠올렸지만, 생각해 보니 이상한 상황이었다.

여기 왜 태현이 있지?

"오늘 생신이신 그…… 유 회장님이었나? 그분하고 아버지하고 친해지셔 가지고. 나까지 같이 오게 된 거지."

"정말요?!"

유지수의 눈빛이 반짝거렸다. 그녀의 할아버지가 그녀 모르는 사이 그런 짓을 하고 있었다니.

'할아버지, 고마워요!'

요즘 자꾸 있지도 않은 남자친구를 의심하며 귀찮게 하는 것 때문에 불만이 많았는데, 이번 일로 그런 불만이 싹 사라졌다. 물론 유 회장이 알게 된다면 가슴을 치고 탄식할 일이었지만!

"그러면 여기 자주 오겠네요?!"

"어? 아니. 생신이 일 년에 두 번 이상 있지는 않잖아?"

"……친하잖아요! 친한 사람들은 자주 만나야죠!"

"아니, 아버지하고 회장님하고 친한 건 알겠는데 난 아무하고도 안 친하잖아."

"저하고 친하잖아요!"

유지수의 눈빛에서는 불꽃이 번쩍였다. 순간 태현이 뒤로 물러설 정도!

"그…… 런가?"

"그렇죠! 친한 사람들끼리 자주 만나는 건 전혀 이상한 게 아니에요!"

"그, 그래?"

뭔가 납득되지는 않았지만 유지수의 분위기는 반론을 할 만한 분위기가 아니었다.

"앞으로는 자주 오시고, 또 자주 같이 놀고…… 하여튼 약속이에요, 약속!"

얼떨결에 태현은 유지수와 손가락까지 걸고 약속을 하게 되었다.

'어? 뭔가 당하고 있는 기분인데?'

태현은 정체를 알 수 없는 찜찜함을 느꼈지만, 고민하기도 전에 유지수는 일을 끝내 버렸다. 어리둥절하는 태현과 달리, 유지수는 속으로 주먹을 불끈 쥐었다.

기껏 태현의 번호를 받고서 전화를 걸지 못한 것 때문에 속 앓이만 한 그녀였다. 게다가 처음에 하지 못하고 시간이 흐르자 전화를 걸기가 점점 더 어색해진 것!

그런데 이렇게 기회가 생기다니!

'정말 고마워요, 할아버지!'

"이상하게 귀가 간지러운데……."

유 회장은 얼굴을 찡그렸다. 어디에선가 그가 모르는 곳에서 뭔가 안 좋은 일이 진행되고 있는 것 같은 느낌!

"그런데 어르신, 아까 태현이가 이야기한 걸 보니 판온을 하시기로 마음먹은 겁니까?"

"으음…… 그래. 한번 해보지 뭐. 자네가 도와줄 거지?"

"물론입니다. 연락만 하시죠. 저희 길드에 넣어드리겠습니다! 하하!"

유 회장은 고개를 끄덕였다. 물론 유 회장은 김태산의 길드 이름이 〈최강지존무쌍〉이라는 걸 전혀 모르고 있었다. 알고 있었다면 혼자서 하면 했지 절대 들어가지는 않았을 길드 이름!

"자네 아들놈한테는 별로 도움을 받고 싶지 않아."

"하하. 이해합니다. 그놈이 사람 얄밉게 만드는 게 있죠."

"그렇지!"

유 회장과 김태산은 태현이라는 주제로 뜻이 맞았다.

태현의 뒷담을 하는 거라면 몇 시간이고 할 수 있는 둘!

"그래도 생각보다 괜찮은 놈이더군."

"그래요?"

"뭐…… 그릇도 크고, 씀씀이도 괜찮고, 눈도 좋고…… 속도 음흉할 정도로 깊고."

유 회장의 칭찬을 들은 김태산은 머쓱한 얼굴로 뒷머리를 긁적거렸다.

"그 정도는 아닙니다."

"이 사람, 좋으면서 아닌 척하기는."

속마음을 들킨 김태산은 민망한 듯 웃었다. 태현의 칭찬을 들었는데 아버지로서 기분 나쁠 리 없었던 것이다.

"무엇보다 사물을 보는 눈이 있는 친구더라고."

"태현이가 좀 그런 면이 있습니다."

유지수가 들었다면 '그런 사람이 성별도 못 알아봐요?!'라고 했을 소리!

"이상한 하루였어……."

태현은 그렇게 중얼거렸다.

전혀 예상치 못한 일들을 겪었던 하루!

옆에 있던 케인은 태현의 말을 듣고 물었다.

"응? 뭐라고 했냐?"

"별거 아니야. 일단 빨리 에랑스 왕국으로 가자고."

"마차 탈까, 배 탈까?"

"배가 빠르긴 하겠는데 잠깐만…… 마차가 낫겠다."

태현은 빠르게 머리를 굴렸다.

위험에 대한 본능!

저번에야 교단의 함선들이 옆에 있었으니 안심하고 배로 같이 나갔지만, 지금은 태현 혼자 배에 타는 것 아닌가.

바다 위로 갔다가 적을 많이 만나게 될 것 같은 예감!

-주인이여.

"……?"

-내가 태우고 날면 되지 않나?

"아……."

태현은 정말 몰랐다는 표정을 지었다. 그 모습에 용용이는 상처받은 반응을 보였다.

-실망이다. 주인이여.

"아니, 네가 강해진 지 얼마나 됐다고 그래! 당연히 머리에서 못 떠올리지!"

-내가 경험치를 뺏어가서 날 무시하는 거다, 흑흑.

"아니야!"

용용이를 달래는 태현! 이다비는 둘의 모습을 신기하다는 듯이 쳐다보았다. 손에 팝콘이라도 있다면 먹으면서 봤을 것 같은 모습이었다. 아니, 실제로 팝콘을 먹고 있었다!

"……넌 옆에서 뭐 먹냐?"

"네? 아, 이동 전에 능력치 올리려고 팝콘 먹는데요?"

"음……."

이다비는 딱히 악의가 없어 보였다. 그렇지만 뭔가 기분이 나쁜 음식 선정!

"일단 용용이 위에 올라타자! 빠르게 에랑스 왕국으로 날아가자고. 여기 있어봤자 좋을 거 없으니까."

마계에서 용용이의 레벨이 올라간 덕분에 셋 다 타고서 에랑스 왕국까지 날아갈 수 있다는 건 좋았다.

태현은 갑자기 궁금해져서 용용이한테 물었다.

"너 근데 지금 레벨이 몇 정도냐?"

─……그렇게 높지는 않다.

용용이는 태현의 눈치를 봤다. 그러나 태현은 그걸 못 깨닫고 다시 물었다.

"그래서 몇인데? 설마 200이라도 되냐?"

갑자기 입을 다무는 용용이!

"……넘는구나?"

─…….

"많이 넘는구나……?"

-주인이여! 내 잘못이 아니다!

"그래…… 네 잘못이 아니지…… 물론 그 경험치는 내가 먹었어야 할 경험치지만……."

마계에서 얻은 경험치를 독식+거기에 신수로서 악마들을 쓰러뜨린 것 때문에 추가 보너스까지!

용용이는 무시무시할 정도로 힘을 회복한 상태였다.

현재 레벨이 대략 250!

'레벨 250이라니 무슨······'

그 경험치가 어디서 나왔는지 생각해 보면 속이 쓰릴 수밖에 없었다.

"에이, 됐다. 가자."

용용이의 전투력은 곧 태현의 전력이나 마찬가지였다.

전투용 애완동물을 데리고 다니는 사냥꾼처럼! 물론 좀 많이 강하고 많이 경험치를 잡아먹는 애완동물이었지만······.

"날아가니 편하네. 와이번 같은 탈 것은 못 빌리나?"

"못 빌리지. 아탈리 왕국에서는 빌릴 수 있을걸."

말이 끄는 일반 마차는 개나 소나 다 빌릴 수 있었지만, 왕국에서 데리고 있는 와이번 기사들의 뒤에 타서 날아가는 건 왕국 퀘스트를 깨거나 공적치 포인트가 좀 있어야 했다.

대신 보장된 속도와 안정성!

괜히 사람들이 날아다니는 탈것에 환장하는 게 아니었다.

"와이번 타러 갔다가 안 잡히면 다행이지."

케인은 고개를 끄덕였다. 생각해 보니 에스파 왕국에서 한 짓이 있는데, 왕국의 와이번을 빌리러 가는 건 너무 뻔뻔한 짓이었다.

"그나저나 용용이가 이렇게 날 수 있게 됐으니 따로 만들 필요는 없겠네."

"응? 뭘?"

"나중에 시간 되면 기계공학 탈것 만들려고 했거든."

"그런 게 있었나?"

태현은 이해가 안 간다는 듯이 케인을 쳐다보았다.

"너 판온 1 안 해봤나? 판온 1 보면 기계형 탈것 나오잖아. 날아다니는 증기돛단배 같은 거."

"그게 기계공학 스킬이었냐?!"

케인은 깜짝 놀라서 되물었다. 이제까지 그냥 〈대장장이 기술〉 스킬로 만들었겠지~ 하고 넘겼던 게 사실은 기계공학 스킬이었던 것!

"이 자식은 아는 게 하나도 없네."

"아니, 그런 거 아는 건 대장장이들이나 알지, 나는 1에서도 전투 직업이었다고! 그런 거 아는 놈이 더 적어! 넌 용케 그런 걸 안다?"

별생각 없이 던진 말에 태현은 움찔했다. 그러나 케인은 그런 반응에는 신경 쓰지 않았다. 지금 더 중요한 말을 들었던 것이다.

"기계형 탈것 만들 수 있냐?! 만들어줘! 아니, 만들어주세요! 골드 낼 테니까!"

"용용이 있는데 뭐 하러 만들어? 지금 폭탄 재료도 없는데. 폭탄을 더 만들어야지."

"야! 폭탄 없어도 넌 충분히 강하잖아! 그런 것보다 탈것 만들자! 탈것!"

케인이 눈빛을 빛내며 태현한테 들러붙었다. 태현은 케인을 밀어냈지만, 케인의 이런 반응이 이해가 안 가는 건 아니었다.

언제나 탈 것은 플레이어들의 로망! 가장 쉽게 구할 수 있는, 흔한 말도 구하려는 플레이어들이 많았다.

그런 면에서 칙칙폭폭 대고 덜커덩덜커덩 소리를 내는 묵직한 기계형 탈 것은 탈 것의 최고봉이나 마찬가지였다.

만들려면 기계공학 스킬 높은 대장장이가 오랜 시간을 걸려 온갖 재료를 모아야 하는 희귀한 아이템. 어쩌다가 경매장에 나오기라도 한다면 그 날은 경매장이 폭발하는 날!

"안 돼, 인마. 할 거 많아. 재료 구하기도 힘들고."

"그러고 보니 판온 1에서 그 증기기관 로켓 타고서 자폭한 사람 있었죠?"

태현과 케인은 둘 다 움찔했다. 물론 둘의 이유는 서로 달랐다. 케인은 '아니, 그런 귀한 탈것을 타고 자폭을 하는 또라이가 있어? 미친놈 아니야?' 하는 의미로 움찔했지만…….

태현은 아니었다. 왜냐하면 그 미친놈이 태현이었으니까!

이다비는 태현을 빤히 쳐다보았다. 케인이야 전혀 의심하지 않고 있는 것 같았지만, 그녀는 아무리 봐도 태현이 판온 1의 김태현하고 공통점이 많은 것 같았다.

"아까워 죽겠네! 그런 걸로 왜 자폭을 해! 나나 줄 것이지! 그런 놈은 분명 머리가 나쁜 놈이…… 아! 왜 때려!"

"네 뒤통수에 모기가 앉아 있었다."

"이 공중에서 뭔 모기?!"

"하나 더 있는 것 같은데."

올라가는 태현의 손! 케인은 곧바로 상황을 파악하고 입을 다물었다.

"하하, 생각해 보니 있었네! 어쩐지 간지럽더라!"

그리고 둘의 대화를 본 이다비는 점점 확신했다.

'아무리 봐도 판온 1의 김태현 같아!'

"그 판온 1에서 자폭한 놈도 다 이유가 있어서 자폭을 한 거야. 다른 길드 놈들도 설마 저런 귀한 탈것을 처박고 자폭할 거라고는 생각하지 못했을 테니까."

"아무리 그래도 그렇지……."

구시렁대는 케인!

이다비는 태현을 보며 물었다.

"재료 필요하시면 저희한테 부탁하세요. 귀한 재료는 못 모으더라도 잡다한 재료는 순식간에 모을 수 있거든요."

길드원 수와 남아도는 시간으로 승부하는 〈파워 워리어〉!

이다비의 말을 들은 케인은 무릎을 쳤다.

"그러면 되겠네! 역시 개똥도 쓸 곳이 있……."

"뭐?"

"뭐라고요?"

"……죄송합니다."

케인은 조용히 찌그러졌다. 태현은 다시 말을 이었다.

"난 내 재료는 맨날 내가 다 모았는데. 다른 사람들 시키는 건 뭔가 좀 그렇잖아."

"다른 사람들은 다 길드 지원을 받아가면서 움직여요. 쑤닝 길드 같은 곳만 해도 대단하잖아요."

쑤닝 길드의 힘 중 하나는 쑤닝 길드와 친한 몇 개의 중국인 길드들이었다. 아예 아이템 재료만을 모으기 위해서 전문적으로 작업장을 돌리는 길드가 따로 있을 정도!

아이템을 뺏기고 박살이 나도 빠르게 회복할 수 있는 건 다이런 길드들의 힘이었다.

쑤닝 길드만큼은 아니어도 다들 조직적으로 움직였다.

"솔직히 지금 랭커들 중에서 혼자 힘으로 하나하나 다 하는 사람들은 태현 님 정도밖에 없지 않나요?"

"음……."

태현은 말끝을 흐렸다. 확실히 판온 2를 하면서, 판온 1 때와는 많이 달라진 스스로를 느끼고 있었다. 정말 고독한 늑대처럼 플레이하던 판온 1 때와 달리, 판온 2는 확실히 이것저것 다른 사람들과 많이 엮여서 움직이고 있었다. 길드를 안 만드는 고집도 이미 반쯤은 깨어진 것이나 마찬가지였다.

군이 계속 고집을 피울 필요가 있을까? 그것도 판온 1보다 더 적이 많아진 상황에서?

"맞는 말이야. 그래, 나중에 도움 필요하면 말할게."

"네!"

"고마워, 이다비. 좀 감동…… 잠깐."

태현은 멈칫했다. 이다비는 태현과 질적으로 비슷한 인간이었다. 이유 없이 호의를 베풀어줄 리 없는 인간!

"너 뭐 꿍꿍이 있냐?"

"헤헤…… 이번에 예고편 나오잖아요. 마게 관련 방송. 그거 방송 나오면 저희 길드 방송에 나와주실 수 있으세요?"

"솔직해서 좋다. 그러지 뭐."

이다비가 해준 걸 생각해 보면 그 정도는 충분히 해줄 수 있었다. 물론 시청자들 입장에서는 '김태현 정도 되는 플레이어가 대체 왜 자꾸 저런 방송에 나오는 거야' 싶었지만!

쉬이익-

"거기 모험가들! 잠깐 멈춰라!"

하늘이라고 방심하고 있었는데, 옆에서 와이번을 탄 기사들이 날아왔다. 대화하는 사이 위아래로 붙은 와이번 기사들!

"헉. 들킨 건가?"

"아직 안 들켰어. 가만히 있어."

태현은 케인을 입 다물게 하고 웃는 얼굴로 기사들을 맞이했다. 가능하면 하늘 위에서 싸우고 싶지 않았던 것이다.

싸워봤자 손해밖에 없는 상황!

"무슨 일이십니까?"

"못 보던 탈것이라 확인하러 왔다. 어디로 가는 거지?"

"에랑스 왕국으로 갑니다."

"수배된 얼굴들은 없는 것 같군."

[에스파 왕국의 기사들을 속여넘기는 데 성공했습니다. 화술 스킬이 오릅니다. 변장 스킬이 오릅니다.]

태현은 별로 긴장하지 않았다. 이제까지 속여온 놈들과 비교한다면 이 앞에 기사들은 그저 풋내기에 불과할 뿐!

실제로 기사들은 별로 의심하지 않는 태도로 태현 일행을 보내주었다.

"신기하네요?"

"뭐가?"

"저는 태현 님이 아이템을 써서 설득할 줄 알았어요."

"나야 고급 화술 스킬이 있으니까 굳이 아이템을 쓸 필요도 없지."

"?!"

이다비는 깜짝 놀랐다. 아니, 무슨 상인 직업보다 화술 스킬 레벨이 높아!?

"화술 스킬 레벨이 왜 그렇게 높아요?!"

"글쎄…… 그냥 NPC들 좀 속이다 보니까 이렇게 되더라고. 나도 이해가 안 간다."

"아, 전 이해가 되네요."

태현 말고는 모두가 이해 가능한 스킬 성장 속도!

"잠깐, 근데 아이템을 써서 설득한다는 게 무슨 소리지? 내가 그런 아이템이 있나?"

태현은 고개를 갸웃거리며 물었다. 이다비의 말이 이해가 가지 않았던 것이다.

기사들을 설득할 수 있는 아이템이 있었나?

"네? 저번에 받은 거 있잖아요. 그거 쓰실 줄 알았는데. 그 에다오르의 투기장에서 우승했을 때, 에다오르한테 총독의 부관 자리를 상징하는 검 받으셨잖아요. 그거 있으면 기사들 설득하기는 쉬우니까……."

"……그런 건 진작 말해!"

태현은 이다비를 잡고 앞뒤로 흔들었다.

"죄, 죄송해요?!"

"아니…… 이건 내 실수야. 잊고 있었어."

그랬었다. 총독으로 변신한 에다오르는 투기장에서 우승한 태현한테 일단 보상으로 아이템을 줬던 것이다.

그중 하나가 〈총독의 부관 자리를 상징하는 검〉! 이런 아이템 하나만 있어도 NPC를 설득하는 게 매우 쉬워졌다.

태현처럼 고급 화술 스킬을 갖고 있는 플레이어가 쓴다면? 대형 사기도 가능!

"아…… 받은 걸 잊고 있었네. 너무 정신이 없어 가지고."

태현은 아쉬움에 입맛을 다셨다. 그렇다고 지금 이걸 쓰겠다고 에스파 왕국으로 돌아가는 건 계산이 맞지 않았다. 에랑스 왕국에서 보상을 챙기고, 기계공학 비전 스킬 퀘스트도 찾아야 했다.

'언젠가 쓸 일이 있겠지.'

"그런데 다른 교단 NPC들은 제대로 돌아갔을까요?"

"레벨 높은 NPC들이니까 알아서 잘 갔겠지."

태현은 심드렁하게 대답했다. 어차피 공적치 포인트는 이미 받았기 때문에, 죽든 말든 태현의 알 바가 아니었던 것!

"헉, 허억…… 위대한 타이란 님께서 이런 시련을 주시다니……."

"시끄럽고 뛰세요!"

정수혁은 앞장서서 달렸다.

오크들은 잠잠해졌어도 여전히 온갖 몬스터들이 돌아다니는 우르크 지역! 거기에 갑자기 떨어진 교단 NPC들은 좋은 먹잇감들이었다. 대륙의 교단들을 싫어하는 적들이 우르크 지역에 많았던 것!

"아니, 왜 갑자기 나와서 이 고생을 시키냐?!"

나름 혼자서 꾸준히 여기 있는 부족들과 친밀도를 올리던 정수혁에게 이 교단 NPC들은 짐덩이에 가까웠다.

ㅡ저기 저 몬스터는 거대불꽃긴목공룡입니다. 저놈은 먼저 공격하지 않으니까, 그냥 내버려 두고 이쪽으로 돌아서 움직이면 됩니다. 절대 저놈을 놀라게 해서는 안……

ㅡ타이란 님을 위하여! 돌격!

ㅡ야타는 지지 않는다!

ㅡ아니, 이 xx들아!!

레벨은 다들 높아서 어떤 짓을 해도 쉽게 죽지는 않았지만, 따라다니는 정수혁은 미친 듯이 피곤해졌다.

무슨 몬스터만 보이면 신의 이름으로 돌격!

퀘스트를 깨기 위해서는 조용히 돌아다녀야 할 때도 있는 법인데, 이래서는 뭘 할 수가 없었다. 태현이야 쥐잡듯이 교단 NPC들을 잡았지만, 정수혁한테는 무리인 일이었다.

'빨리 돌려보내야지……'

정수혁은 고개를 저었다. 최대한 빨리 우르크 지역 바깥으로 가서 이들을 돌려보내는 게 그의 목표! 태현과 관련된 퀘스트가 아니었다면 벌써 줄행랑을 쳤을 것이다.

뒤의 검은 바위단 길드원들이 미안하다는 표정으로 정수혁의 어깨를 토닥였다.

"이런 기분이었군."

유 회장은 앉았다 일어나고, 주먹을 쥐었다 폈다.

그로서는 처음 느껴보는 가상현실의 세계!

생각했던 것보다 훨씬 더 생동감 넘쳤다. 이건 그냥 현실이라고 해도 차이가 없었다.

"기술이 이 정도일 줄이야…… 역시 뭐든지 실제로 해봐야 알 수 있는 거였나."

유 회장은 고개를 끄덕였다. 이런 기술이라면 그의 손녀가 푹 빠지는 것도 이상하지 않았다. 집 안에서 전 세계를, 아니, 더 넓은 세계를 볼 수 있는 것이나 마찬가지였으니까.

"저런…… 저분 왜 하필 여기서 시작하신 거지?"

"불쌍해라……."

뭔가 이상한 소리를 들은 유 회장은 고개를 갸웃거렸다.

방금 있을 수 없는 소리를 들은 것 같았는데? 살면서 '불쌍하다'란 소리와는 거리가 먼 삶을 살아온 그였다.

'잘못 들은 거겠지.'

유 회장은 다시 자신의 캐릭터에 집중했다. 현실 그대로 들어오면 들킬까 봐, 종족도 일부러 엘프로 바꿨고, 이목구비도 적당히 만진 상태였다.

일부러 나이를 늙게, 어리게 만드는 플레이어들도 많았으니 이런 중년 엘프는 흔하게 볼 수 있는 모습!

"좋아. 그러면 낚시를 하러 가볼까. 이보시오. 낚시는 어디서 할 수 있습니까?"

사냥꾼 어거스트는 미친놈 보듯이 유 회장을 쳐다보았다.

타이럼 시는 산골에 위치한 도시! 그런데 새로 온 모험가 놈이 하라는 초보자 퀘스트는 안 하고 '낚시는 어디서 해요'라고 묻다니.

[사냥꾼 어거스트가 당신을 이상하게 여깁니다. 계속했다가는

도시에 당신의 소문이 퍼질 수 있습니다.]

유 회장은 당혹스러운 표정으로 어거스트를 쳐다보았다.

대체 왜!?

'일, 일단은 물러나자.'

이유는 알 수 없었지만, 유 회장은 어거스트가 어이없어하고 있다는 것 정도는 눈치를 챘다. 지금은 물러서야 할 때!

물러선 유 회장은 주변을 두리번거리다가 플레이어처럼 보이는 사람을 붙잡고 말을 걸었다.

"저기, 여기 낚시는 어디 가서 할 수 있습니까?"

"네? 아저씨 낚시꾼 직업 얻으실 거예요?"

"그렇습니다만……?"

"그러면 여기서 시작하시면 안 되죠!! 적어도 바다, 바다는 아니어도 큰 강은 끼고 있는 곳에서 시작을 하셨어야죠! 게다가 왜 하필이면 여기서 시작을 하신 거예요?"

"맞아요! 하필이면 잘츠 왕국에서도 최악인 타이럼 시에서 시작을 하시다니."

유 회장은 순진하게도, 아직까지 태현한테 속은 사실을 눈치채지 못하고 있었다.

재계의 황제로 있던 시간이 얼마였던가. 감히 그에게 장난을 치는 놈이 있을 거라고는 생각지도 못한 것!

"……누가 나한테 여기서 하라고 추천했는데……."

"아이고, 속으신 거예요!"

"맞아요. 예전부터 초보자들한테 타이럼 시에서 시작하라고 하는 낚시가 많았는데, 아직도 걸리시는 분이 있네!"

그제야 유 회장은 깨달았다. 태현이 그를 낚았다는 것을!

'이놈이?!'

화나기보다는 어이가 없었다. 그를 상대로 이런 짓을 할 줄이야! 배짱 하나는 정말 타고난 놈이었다.

"누가 속인 건지는 몰라도 아는 사람이면 인연을 끊으세요. 아주 나쁜 놈이네."

"맞아요. 보증 서달라는 친구랑 타이럼 시에서 시작하라고 하는 친구랑은 상종도 하지 말아야 해요."

두 플레이어는 타이럼 시에서 먼저 시작한 플레이어들이었다. 덕분에 쌓인 게 엄청나게 많았다. 타이럼 시를 욕할 기회만 주면 세 시간은 욕할 수 있는 플레이어들!

"여기는 기본 시설도 부족해서 제작 직업이 스킬 레벨 올리려면 다른 곳으로 가야 하고요……."

"NPC들 친밀도, 평판 올리기 더럽게 어려운데 삐지기는 또 쉽게 삐져요. 진짜 다른 곳으로 가야 하는데 여기서 한 게 억울해서 이러고 있어요."

다다다다 쏟아지는 플레이어들의 고발!

유 회장은 정신이 혼미해지는 걸 느꼈다.

"아저씨, 여기서 시작하신 것도 인연인데 필요한 거 있으면 말하세요. 저희가 도와드릴게요."

"아, 나 나무 낚싯대 있다. 이거 그냥 드릴 테니까 쓰세요. 너 초보자 장비 있지? 그것도 좀 드려라."

"맞다. 그냥 드릴게요. 이거도 쓰세요."

쏟아지는 선물들!

태현이 타이럼 시를 떠난 뒤, 타이럼 시에서 시작하는 플레이어들 사이에서는 점점 동지 의식이 싹텄다.

같은 사기에 당한 피해자들!

유 회장은 고개를 끄덕이며 받았다.

"고맙네. 내 이 신세는 반드시 갚지."

뭔가 고풍스러운 유 회장의 말투에 두 플레이어는 고개를 갸웃거렸다.

"아니…… 뭐 갚으실 필요는 없는데요."

"아니야! 내가 살면서 빚지면서 산 적이 없어."

"이게 무슨 빚이라고. 어쨌든 타이럼 시가 최악이긴 한데…… 그나마 낚시하시려면 저기 산으로 올라가서 연못 가보세요. 작은 연못이긴 한데 낚시는 할 수 있을 거예요. 거기서 레벨 좀 올리시고 골드 모으면 바로 다른 도시로 마차 타고 튀세요!"

'튀어라!'라는 말에는 진심 어린 감정이 가득 담겨 있었다.

유 회장은 살짝 감동했다. 이런 이해타산 없는 따뜻한 정은 오랜만에 느껴보는 것!

"아, 그리고 뒷산 올라가실 때 토끼 조심하세요."

"알겠네."

유 회장은 별생각 없이 '토끼 조심하세요'를 흘려 넘겼다. 아직 타이럼의 무서움을 모르는 그였다.

주섬주섬 장비를 하나씩 챙겨 입고 산으로 떠나려는데, 멀리서 NPC들이 지르는 함성 소리가 들려왔다. 이벤트의 일종이었다. 다른 플레이어들은 '어? 누가 대단한 퀘스트를 해냈네? 누구지?' 하고 반응했지만, 유 회장은 잘 몰랐기에 무시하고 떠날 준비를 했다.

"유지수! 유지수! 유지수!"

"제발 좀…… 조용히…… 창피하니까……."

"위대한! 타이럼! 레인저! 세 살 때부터 화살을 집고 일곱 살 때부터 오크의 머리를 날려 버리신!"

"닥쳐! 좀!"

유지수는 붉어진 얼굴로 고개를 숙였다. 쥐구멍이라도 있으면 들어가고 싶었다. 타이럼 레인저인 그녀는 대부분의 퀘스트가 타이럼과 관련되어 있었다. 덕분에 대형 퀘스트를 깰 때마다 들어야 하는 타이럼 사냥꾼들의 부끄러운 환호성!

다들 듣고 있다고 생각하니 더더욱 부끄러웠다.

'제발 좀 소리라도 줄여줘!'

뒤에서 일어나는 소란은 무시한 채, 유 회장은 초보자용 장비를 입고 낚싯대를 어깨에 멘 채로 출발했다.

퍽!

그리고 토끼한테 맞아 쓰러졌다.

에랑스 왕국에 도착한 케인은 매우 얌전해져 있었다.

"왜 그러냐?"

"내, 내가 예전에……에랑스 왕국에서 PK를 몇 번 했었거든……."

이다비와 태현에게서 동시에 쏟아지는 한심하다는 눈빛!

"시간 꽤 지났으니까 현상금 풀렸을 거야! 몇 번밖에 안 했었고!"

태현은 케인을 무시하고 이다비에게 말했다.

"저놈 잡히면 버리고 가자."

"그래요!"

죽이 척척 맞는 둘!

케인은 애절하게 손을 내밀었다.

"야, 그러면 안 되지!"

"농담이야. 그런 거 가지고 걸리지는 않지. 네가 에랑스 왕국에서 떠난 지가 언제인데……."

"그, 그렇지? 그렇겠지?"

둘의 대화를 들은 이다비는 고개를 갸웃거렸다. 케인이 뭔가 쓸데없는 걱정을 하고 있었던 것이다.

"그것도 그런데 코랑 귀에 달고 있는 거 때문에 더더욱 안 걸리실 것 같은 읍읍!"

"쉿. 쟤 지금 모르고 있잖아."

태현은 이다비의 입을 막았다. 긴장해서 그런지 자기가 무슨 장비를 달고 있는지도 까먹은 케인!

"자, 그러면 보상받으러 가자!"

에랑스 왕국은 중앙 대륙의 왕국 중에서도 가장 잘나가고 강력한 왕국이었다. 길거리만 지나가도 중무장한 기사들이 보이고, 마법사 플레이어라면 꼭 필요한 마탑도 여러 군데 있으며, 제작 직업들을 위한 시설들도 다양하게 있는 플레이어들의 천국!

그런 곳을 내버려 두고 잘츠 왕국의 타이럼 시에서 시작하는 건 이상한 사람들밖에 없었다.

"김태현 백작님! 돌아오셨군요!"

태현의 모습을 발견한 데메르 사제들이 신전의 입구에서 뛰쳐나왔다. 무척 반가운 태도!

'역시 데메르 교단이 참 착해.'

태현도 반갑게 사제들의 손을 맞잡았다.

"하론 사제님과 다른 분들은 다 어디 계십니까?"

태현은 슬머시 손을 놓았다. 갑자기 어색해지는 분위기!

하긴, 대륙의 위기를 막기 위해 보낸 교단의 원정대는 싹 사라지고 태현 혼자만 돌아왔으니 이상하게 보일 법도 했다.

그러나 태현은 당황하지 않았다. 이럴 때일수록 필요한 게 당당함!

"크흑, 그게 어떻게 된 일이냐면……."

CHAPTER 3

CHAPTER 3

"그런 일이!"

[데메르 교단의 성기사, 사제들을 설득하는 데 성공합니다. 화술 스킬이 오릅니다. 퀘스트를 성공적으로 완료했습니다. 명성이 크게 오릅니다. 신성 스탯이 오릅니다.]
[당신의 이야기가 대륙 곳곳으로 퍼져 나갑니다. 아키서스 교단 관련 퀘스트의 난이도가 내려갑니다.]

태현은 거짓말을 하지 않았다. 약간 살을 더 붙여서 이야기했을 뿐! 이야기 속에서 태현은 다른 교단의 사람들을 위해 목숨을 걸고 희생한 사람이 되어 있었다.

"흑흑…… 감동적이에요…….'

"왜 네가 감동을 받냐?!"

눈시울이 붉어진 이다비를 보며 케인은 어이가 없다는 표정을 지었다. 그러거나 말거나 태현은 바로 손을 내밀었다.

"……?"

"보상 내놔!"

"드, 드리겠습니다!"

속여 넘기느라 실컷 떠들었으니, 이제 보상을 받을 때!

태현이 신전 정문을 지나 안으로 들어가자, 안에 있던 몇몇 플레이어들이 깜짝 놀랐다.

"저거 김태현 아니야?"

"맞네. 옆에 케인…… 어? 케인 맞나? 장비는 맞는 거 같은데."

"이번에 마계 관련 퀘스트 깼다는데, 벌써 돌아온 건가?"

MBS는 준비가 끝나자마자 대대적으로 예고편을 광고하고 있었다. 프리카 투기장 리그와 함께 MBS가 전력을 다해 밀고 있는 투탑 중 하나!

마계에 관해 밝혀진 게 거의 없었기에, 사람들은 당연히 많은 관심을 가지고 기다리고 있었다.

그런 상황에서 태현이 여기에 나타나다니!

관심을 안 가질 수가 없었다.

"케인 얼굴에 달고 있는 건 뭐지? 일부러 저러는 건가?"

"뭐지? 자기과시?"

"마계에 갔다가 저주 걸린 아이템 쓴 거 아니야?"

"하긴, 마계에서는 별것이 다 있을 테니까. NPC한테 잘못 속으면 저렇게 될 수도 있겠다."

사람들의 목소리가 뒤에서 들려오자 케인은 떨떠름한 표정을 지었다. 속긴 속았는데, 악마 NPC가 아니라 태현한테 속았기 때문!

태현이 왔다는 말이 퍼지자 신전의 다른 곳에 있던 플레이어들도 빠르게 달려왔다.

"우와와! 김태현! 여기 좀 봐줘!"

"태현이 형! 여기 좀 봐주세요!"

시끄럽게 떠드는 플레이어들을 본 케인은 작게 말했다.

"왜 다 남자들밖에 없냐?"

"······시끄러."

태현은 갑자기 판온 1 때의 기억이 떠올랐다. 그때도 그의 팬들은 대부분 다 남자들밖에 없었던 것!

'게다가 내 팬이었던 놈들은 뭔가 좀 이상한 놈들이 많았어······.'

"태현이 형이 이쪽을 봤어! 우와악! 죽어도 좋아!"

"그러면 죽던가."

"끄아악! 나한테 말을 걸어주셨어!"

매몰차게 말을 했는데도 오히려 좋아하는 소년 팬을 본 태현은 멈칫했다. 이건 거의 광기 수준!

'왜 내 주변에 있는 놈들은 다 이런 놈들이지?'

자기 인성은 생각 안 하고 뻔뻔하게 고민하는 태현!

그렇게 기다리는 도중 데메르 사제들이 붉은 융단 위에 올려진 상자를 가지고 나왔다.

"여기 있습니다, 김태현 백작님. 정말 고생 많으셨습니다."

[아이템을 얻었습니다.]

[아키서스의 권능을 얻었습니다.]

[아키서스의 귀걸이가 부서집니다.]

[명성이 크게 오릅니다. 신성이 크게 오릅니다.]

[아키서스의 직업 스킬들의 레벨이 오릅니다.]

[스킬 <아키서스의 보이지 않는 손>을 얻었습니다.]

<아키서스의 보이지 않는 손>

스킬을 사용할 때 일정 확률로 아키서스의 보이지 않는 손이 나타나 도와줍니다.

*현재 스킬 레벨 1

태현은 메시지창을 읽고 고개를 갸웃거렸다. <아키서스의

보이지 않는 손〉은 이해가 가지 않는 난해한 스킬이었다.

'보이지 않는 손이 나타나서 도와준다는 게 무슨 소리야?'

태현은 일단 넘겼다. 패시브 스킬인 만큼 다른 스킬을 쓸 때 알게 되리라. 그보다 지금 고민해야 할 건 다른 것!

신 잡아먹는 괴물의 정수:

신 잡아먹는 괴물의 힘이 담겨진 정수다. 먹으면 죽는다.

복용 시 사망. 스킬 〈권능 포식〉 획득.

'지금 쓰는 게 낫겠지?'

태현은 한 번 사망할 수 있었다. 아키서스의 화신 스킬 중 〈부활〉이 있었던 것이다.

쿨타임이 더럽게 길기는 했지만 어쨌든 한 번은 사망 페널티 없이 부활이 가능! 쿨타임이 긴 만큼 일찍 쓰는 게 좋았다. 게 다가 여기는 데메르 신전 안. 여기만큼 안전한 곳도 드물었다.

[HP가 0으로 내려가 사망합니다.]

[스킬 〈권능 포식〉을 얻었습니다.]

[스킬 〈부활〉을 사용합니다.]

[부활합니다. 체력이 오릅니다.]

[칭호: 죽음에서 돌아온 자를 얻었습니다.]

"커헉!"

"……너 뭐 하냐??"

케인은 갑자기 태현이 뒤로 쓰러졌다가 앞으로 벌떡 일어서자 황당한 목소리로 물었다.

무슨 몸개그 하는 것도 아니고 이게 뭐 하는 짓?

"살짝 죽었다 살아났다."

옆에서 떠드는 케인은 무시하고, 태현은 새로 얻은 스킬 확인에 몰두했다.

<권능 포식>

다른 교단의 권능을 얻을 수 있습니다. 권능을 얻기 위해서는 조건을 만족시켜야 합니다.

[현재 조건의 일부를 충족시키고 있는 교단은 사디크 교단, 데메르 교단입니다. 사디크 교단의 권능을 얻습니다. 데메르 교단의 권능을 얻기에는 달성한 조건이 부족합니다.]

'……?'

태현은 이해가 가지 않아서 멈칫했다. 일단 <권능 포식> 스킬은 <아키서스의 보이지 않는 손>보다 훨씬 더 이해하기

쉬운 스킬이었다. 한마디로 제한을 없애주는 패시브 스킬!

데메르 교단의 권능 같은 건 그 교단에 들어간 성기사나 사제가 아주 오랫동안 퀘스트를 깨고 공을 쌓아야 얻을 수 있는 비장의 스킬이었다. 물론 다른 교단을 믿거나, 데메르를 믿지 않는 플레이어는 절대로 얻을 수 없는 스킬.

일종의 직업 제한이라고 봐도 좋았다. 그런데 이 〈권능 포식〉 스킬은 그런 제한을 아예 무시하는 스킬!

단순하고 별거 없어 보였지만 매우 강력한 스킬이었다.

'바로 쓸 수 있는 능력은 아니지만 잠재력이 어마어마해.'

태현이 멈칫한 이유는 〈권능 포식〉 스킬이 이해가 가지 않아서가 아니었다.

왜 사디크 교단? 데메르 교단은 이해가 갔다. 일단 태현이 나름 많이 도와준 교단이었으니까.

이번 신 잡아먹는 괴물 토벌 퀘스트를 주도한 것도 데메르 교단이었고, 태현은 부탁을 받아서 퀘스트를 완벽하게 해결했다. 난이도를 생각해 본다면, 데메르 교단의 공헌도가 꽤 쌓였어도 이상하지 않을 상황. 그걸로 데메르 교단의 권능을 얻기 위한 조건을 일부 충족시켰다면 말이 됐다.

'그런데…… 사디크 교단은 왜 뜬 거지?'

고민하던 태현은 깨달았다. 조건이 꼭, 그 교단을 도와서 퀘스트를 깨는 것만이 아니라는 것을!

'약탈도 가능한 거구나!'

교단과 친해져서 교단의 퀘스트를 깨는 방법도 있었지만, 아예 그 교단과 척을 지고 싸워서 약탈하는 방법도 있는 것이다. 그렇지 않다면 사디크 교단이 있다는 게 설명이 되지 않았다.

-사디크 교단 조건 확인.

[현재 충족시키고 있는 사디크 교단의 조건은 다음과 같습니다.
-사디크의 계시 방해.
-사디크의 성기사단 제거.
-사디크의 사제단 제거.
-사디크의 신전 파괴.
-사디크의 신수 처치.
-사디크의 성물 반지 확보.
-사디크의 꺼지지 않는 화염 제거.]

태현은 새삼스럽게 느꼈다.

아, 정말 사디크 교단을 많이 괴롭혔구나!

괴롭힘에도 고객이 있다면 사디크 교단은 VIP!

〈권능을 약탈하라-사디크 교단 토벌 퀘스트〉

교단의 권능 스킬을 얻기 위해 꼭 그 교단의 신을 믿어야 하는 건 아니다.

당신은 신 잡아먹는 괴물의 정수를 먹고 그의 권능을 훔쳤다. 현재 대륙에서 여러 신의 권능을 가질 수 있는 건 오직 당신! 그리고 지금 당신이 확보하고 있는 권능은 사디크의 권능이다. 지난번 전투 이후 그림자로 숨어 들어간 사디크 교단을 찾아 고위 NPC들을 처치하라.

-아탈리 국왕의 삼촌, 안토니오.

-사디크 교단의 기사단장.

-사디크 교단의 대사제.

보상: 사디크의 권능.

태현은 납득한 표정으로 고개를 끄덕였다. 아키서스의 권능을 하나 얻기 위해 퀘스트를 깬 것과 똑같았다. 사디크의 권능도 마찬가지로 얻기 위해서는 관련 퀘스트를 하나씩 깨야 했다.

'전부 다 얻는 건 무리더라도 좀 쓸만한 거 몇 개는 확보해 두고 싶은데……'

지금 생각나는 건 행운을 0으로 만드는 저주였다.

'에반젤린은 아직도 사디크 교단 쫓아다니나?'

행운 0 되겠다고 사디크 교단을 쫓아다니던 뱀파이어. 태현은 에반젤린이 뭐 하나 궁금했다.

'일단 스킬부터 확인하자.'

현재 태현이 얻은 사디크의 권능 스킬은 2개. 그중 행운을

0으로 만드는 저주가 있다면 솔직히 엄청난 행운이었다.

'레벨 업 대박이다……!'

드디어 그 지긋지긋한 경험치의 저주에서 벗어날 수 있을지도 모르는 것! 그러나 세상은 역시 만만하지 않았다.

<사디크의 화염>

사용하는 화염 관련 스킬에 사디크의 화염 속성을 추가합니다.

<마수 소환>

악명 스탯과 명성 스탯의 차이만큼을 사용해 사디크의 마수를 소환합니다. 마수는 한번 소환하면 되돌려 보내기 전까지는 다시 소환할 수 없습니다.

-악명이 명성보다 높을 경우 스킬을 사용할 수 없습니다.

-스킬을 사용할 경우 사용한 만큼 명성 스탯이 줄어들고 악명 스탯이 올라갑니다.

"……!"

아쉽게 저주는 못 받았지만, 나름 괜찮은 스킬들이었다.

<사디크의 화염>은 사디크 교단의 밥줄 같은 기본 권능이었다. 언제나 화염에다가 신성 속성에 온갖 걸 다 붙여서 스킬로 응용하는 게 사디크 교단의 전술!

'아쉬운 게 있다면 내가 화염 스킬이 너무 없다는 건데.'

하다못해 그 흔한 〈화염구〉나 〈화염 화살〉 같은 마법 스킬도 없는 태현이었다. 오히려 지금 당장 쓸 수 있는 건 대장장이 쪽! 대장장이 기술 스킬을 쓸 때 사디크의 불꽃을 쓸 수 있었다.

아키서스의 행운과 사디크의 불꽃을 동시에 사용해서 아이템을 만든다면? 기존 대장장이들은 절대 만들 수 없는 유니크한 아이템도 제작 가능!

'게다가 기계공학에도 쏠쏠하겠어.'

스킬 생기자마자 벌써 폭탄으로 누군가를 날려 버릴 생각을 하는 태현!

사실 태현에게 영향을 받은 기계공학 대장장이들은 지금 아무도 모르는 곳에서 엄청난 테러를 준비하고 있었다.

그걸 전혀 상상도 못 하고 있는 태현!

'그에 비해 마수 소환 스킬은 좀…… 당황스러운데.'

한마디로 현재 명성이 악명보다 높았을 때, 명성 스탯을 내리고 악명 스탯을 올려서 마수를 소환하는 스킬이었다.

사디크 교단에 들어간 플레이어라면 당연히 악명 스탯이 명성 스탯보다 높을 수밖에 없었다.

사디크 교단은 악 성향 교단이었으니까.

그런 교단의 퀘스트를 깨다 보면 악명이 높아지기 마련!

사디크 교단에 들어간 플레이어라면 악명을 내리고 명성을 높이기 힘들 테니 이 스킬을 사용하려면 고생을 꽤 해야 했다. 그러나 태현은 아니었다.

있는 건 명성!(물론 악명도 만만치 않게 높았지만.)

'이럴 줄 알았으면 좀 더 착하게 살 거 그랬나?'

이제 와서 씨알도 안 먹히는 후회를 하는 태현이었다.

명성 : 8,960

악명 : 6,920

어마어마한 악명 스탯이었지만, 그보다 명성 스탯이 더 어마어마했다. 무려 2천 가까이 되는 차이!

-주인이여! 설마 그런 사악한 힘을 쓰려는 건 아니리라 믿는다!

태현이 얻은 스킬을 깨닫자 용용이가 다급하게 말했다. 안 그래도 마계에서 경험치를 뺏어 먹은 것 덕분에 싸늘해진 주인의 눈동자!

"하하. 물론이지."

그러나 태현의 눈은 매우 진지했다. 기회만 되면 바로 쓰고 싶어 하는 눈동자!

물론 지금 바로 쓸 수는 없었다. 악명이 명성보다 압도적으로 높아지는 페널티는 생각보다 만만치 않았다. 어지간한 마을이나 도시에 들어가지 못하는 건 물론이고, 온갖 NPC를 상대할 때 들어오는 불이익까지. 아무리 태현이 백작 작위를 갖고 있어도 악명이 명성보다 확 높아지면 여러모로 불편해졌다.

'그나마 편하게 쓸 수 있을 때는 내 영지에 있을 때인가?'

태현이 주인으로 있는 영지에서는 악명이 높아봤자 뭐라고 할 NPC가 없었다. 그래도 태현은 〈마수 소환〉은 급하게 쓰지 않기로 했다. 기다리다 보면 언젠가 찾아올 기회!

〈사디크의 화염〉만으로도 충분히 이득이었다. 거기에 데메르 교단의 권능도 언젠가 얻을 수 있었다.

"다 끝났냐? 보상 언제까지 확인하는 거야?"

"다 끝났다. 그런데 이다비는 어디 갔어?"

아까까지 있던 이다비는 어디 가고, 케인만 지루한지 하품을 하고 있었다.

"밖에 재밌는 일 있다고 구경하러 갔는데."

"넌 근데 왜 여기 있냐?"

"이 자식이 기다려줘도……."

내버려 두고 가면 괜히 구박할까 봐 가만히 기다리고 있었는데, 돌아오는 건 싸늘한 반응!

"재밌는 일은 뭐야? 이벤트인가?"

"에랑스 왕국이니까 당연히 이벤트야 많겠지."

플레이어들이 에랑스 왕국처럼 잘나가는 왕국에서 시작하는 데에는 이유가 있었다.

가만히 있어도 왕국 도시에서 벌어지는 이벤트! 그걸 구경하는 것도 재미였고, 참가하는 것도 이득이었다.

"지금 악마 하나 만나러 가야 하는데…… 뭐, 이벤트 확인하고 가도 되겠지."

태현도 날로 먹는 이벤트는 매우 좋아했다. 이제까지 그럴 기회가 없어서 그렇지.

타이럼 시에서 시작한 덕분에 제대로 된 이벤트 퀘스트는 경험도 못 해보고 토끼만 죽어라 잡다가 떠난 태현!

"좀 좋은 거였으면 좋겠는데. 공짜로 스탯도 올려주고."

태현의 말에 케인은 고개를 끄덕였다. 신전의 정문을 향해 걸어가던 둘은 멈칫했다.

"김태현! 김태현!"

태현이 보상을 확인하는 동안 소문을 듣고 몰려온 플레이어들! 신전 정문 주변으로 뱅 둘러싸고 있는 게 그냥 나갈 수는 없어 보였다.

태현과 케인은 서로 마주 보았다.

"어떻게 할 거냐?"

"흠, 다 방법이 있지."

"오, 무슨 방법이…… 컥!"

태현은 케인을 앞으로 밀어버렸다. 그리고 마르덴 후작의 가면을 사용해 얼굴을 바꾸고, 장비도 바꾼 다음 신전 뒷문으로 사라져 버렸다.

1초도 채 지나지 않은 사이에 벌어진 눈부신 변장술!

그러나 케인은 어이가 없을 뿐이었다.

"야?!"

태현은 뒤도 돌아보지 않았다. 이럴 때 필요한 건 냉정함!

정문에서 기다리던 플레이어들은 환호하며 케인을 위로 들어 올렸다. 누가 보면 콘서트에라도 온 것 같은 모습!

"케인! 케인! 케인! 케인!"

"야! 김태현! 이 ××! 이거 놔!"

"그런데 왜 코에 이상한 걸 달고 계세요?"

떠들썩한 거리! 고렙이든 저렙이든 상관없이 플레이어들은 서로 모여서 거리에서 신나게 환호성을 지르고 있었다. 보기만 해도 흥겨워지는 모습이었다.

'무슨 이벤트지?'

"저기, 오늘 여기서 뭐 하는 겁니까?"

"네? 오늘 에랑스 국왕이 요리사들 모아서 무료로 요리 뿌리잖아요. 모르고 계셨어요?"

"다른 왕국에 있다 와서……."

"에랑스 왕국에서 시작하신 플레이어가 아니구나. 에랑스 왕국 좋아요. 초보자는 다른 왕국보다 여기로 귀환 잡고 키우는 게 훨씬 편할걸요?"

허름한 초보자용 장비를 입고 가면으로 얼굴까지 바꾼 태현은 누가 봐도 초보자였다. 태현은 감사의 표시로 고개를 한 번 숙이고 재빨리 움직였다.

그 뒤로 들려오는 사람들의 목소리!

"야, 저기 케인 있다는데?"

"뭐? 그러면 김태현도 있나? 구경 가보자!"

'미안하다, 케인. 사람들을 데리고 다니면 이런 이벤트는 제대로 즐길 수가 없거든.'

태현은 제대로 즐기기 위해서 케인을 버렸다. 대부분의 사람들은 편한 마음으로 즐기는 이벤트. 그러나 태현 같은 몇몇 플레이어들에게 이런 이벤트는 전투였다.

가장 효율적으로 보상을 얻어내야 하는 전투!

'요리사들 모아서 무료로 요리 뿌리는 거면 스탯을 성장시킬 기회다.'

판온에서 요리는 여러 장점을 갖고 있었다. 일단 현실에서 먹을 수 없는 맛있는 요리기도 했지만, 정말 좋은 요리를 먹을 경우 일정 시간 버프를 받거나 영구적으로 능력치가 오르는 것이다. 에랑스 국왕이 모은 요리사들이라면 실력은 보장되어 있을 테니, 가서 먹는 것만으로도 엄청난 이득!

그러나 아무거나 먹을 수는 없었다.

'시간이 제한되어 있고 다른 플레이어들도 많다. 한 사람이 먹을 수 있는 요리는 몇 개 되지 않을 거야.'

대부분의 사람들은 별생각 없이 앞에 있는 걸 집어먹거나 손이 가는 걸 집어먹을 것이다.

그건 멍청한 짓! 최선의 효율을 뽑아내야 했다.

태현은 눈을 부릅뜨고 계산을 하기 시작했다. 어떻게 해야 최선의 효율을 뽑아낼 수 있을까? 마계에서 싸울 때보다 더 집중하는 모습!

"백성들이여, 들으라! 짐이 그대들에게 은혜를 베푸니 그대들은 감사히 받으라!"

"와! 국왕님 만세!"

"재수 없지만 멋있어!"

몇몇 겁 없는 플레이어들의 말은 워낙 시끄러웠기에 다행히 묻혔다. 왕의 귀에 들어갔다가는 당장 기사들이 달려왔을 소리!

촤르륵-

넓은 대로에 거대한 탁자들이 깔리고, 그 위에 요리들이 올라가기 시작했다. 에랑스 왕국 병사들은 분주히 움직이며 요리들을 옮겼다. 순식간에 푸짐하게 쌓이는 요리들!

네 가지 고기를 향신료로 구워낸 요리:

보기 드문 고기 네 가지를 골라서 향신료를 사용해 구워냈다. 어떤 고기인지는 모르는 게 좋을 것이다. 꽤 뛰어난 요리사가 만든 이 요리는 맛의 균형이 잘 잡혀 있다.

복용 시 일시적으로 물리 방어력 상승.

복용 시 일시적으로 힘, 민첩 상승.

'저건 필요 없고.'

일시적으로 버프가 걸리는 건 지금 필요 없었다. 태현은 빠르게 확인하며 움직였다.

우르르-

"맛있다! 진짜 맛있어!"

"밀지 마요! 그쪽만 먹습니까!"

온갖 플레이어들이 몰려와서 음식을 집어대는 탓에 탁자 주변은 전쟁터에 가까웠다. 아무리 병사들이 눈을 부릅뜨고 있어도 플레이어들은 신나게 달려들었다.

우걱우걱!

'젠장, 확인하기가 힘든데.'

-신의 예지!

태현은 바로 스킬을 사용했다. 이럴 때 쓸 수 있는 게 바로 만능 스킬인 〈신의 예지〉!

지금 가장 필요한 곳은?!

태현은 스킬이 보여주는 길을 따라 정신없이 움직였다.

"응?"

정신을 차리고 보니 태현은 넓은 거리가 아닌 그 뒤의 뒷골목으로 들어와 있었다. 물론 뒷골목에는 요리를 차려놓은 탁자 같은 게 없었다. 그러거나 말거나, 신의 예지 스킬은 계속해서 움직이라고 말하고 있었다.

'움직이라고 하니 움직이기야 하는데……'

떨떠름한 마음으로 태현은 움직였다. 뒷골목으로 빠져서, 담을 넘고, 건물을 하나 뛰어넘어서…….

'잠깐, 이거 위험하지 않나?!'

그제야 태현은 정신이 들었다.

스탯 보상에 눈이 멀어서 범죄를 저지르고 있었던 것!

하필 주변에 기사들부터 시작해서 병사들까지 우글거리는 상황인데!

에스파 왕국에서 현상수배당하고 있는데 에랑스 왕국에서

까지 당할 수는 없었다.

'아니, 괜찮겠지. 변장도 제대로 했고 화술 스킬도 있으니까⋯⋯.'

생각해 보니 그렇게까지 위험하지는 않았다. 태현은 다시 움직였다. 스킬이 가리키는 곳은 건물의 문 안!

덜컥-

이제 남의 집 문 정도는 아무렇지 않게 여는 태현! 도적 직업 플레이어여도 이보다는 더 자연스럽지 않을 것이다.

문 안쪽에는 거울을 보며 옷차림을 다듬던 귀족 남성 한 명이 있었다. 귀족은 어이없다는 듯이 태현을 쳐다보았다.

"넌 뭐 하는 놈이냐! 경비⋯⋯ 읍읍!"

일단 제압! 태현은 당황했지만 손이 먼저 움직였다.

'이게 어떻게 된 일이지?'

혼란스러운 머리와 별개로, 자연스럽게 움직이는 몸!

"읍읍! 읍읍읍!"

"이거 미안하게 됐습니다, 아저씨. 내 이름은 쑤닝이고 나중에 오스턴 왕국으로 만나러 오던가 말던가⋯⋯."

태현은 재빨리 귀족을 붙잡고 묶은 다음 주변을 둘러보았다. 옷장이 적당해 보였다.

"읍읍읍!"

[에랑스 왕국의 귀족을 감금했습니다. 나중에 신분이 발각될

경우 수배를 당할 수 있습니다. 악명이 오릅니다.]

"아니, 이 스킬 고장 난 거 아니야?"

태현은 투덜거렸다. 그러나 상황은 끝난 게 아니었다. 투덜거린 게 끝나기도 전에, 반대쪽 문에서 누군가 두드리는 소리가 들려왔다.

똑똑-

"남작님, 준비 다 되셨습니까? 모시러 왔습니다."

태현은 기겁해서 다시 옷장을 열어젖혔다. 읍읍거리던 귀족은 태현을 보고 당황해했다.

"남작님?"

"잠깐만 기다려라!"

[고급 화술 스킬로 보너스를 받습니다. 시종을 속이는 데 성공합니다. 악명이 오릅니다.]

악명이 오른다는 메시지창은 이제 눈에 들어오지도 않았다. 태현은 재빨리 남작의 얼굴을 기억하고, 남작의 겉옷을 뺏었다.

[악명이 오릅……]

"시꺼!"

재빨리 가면을 사용해 얼굴을 비슷하게 만들고, 겉옷을 위에 두르고, 태현은 헛기침을 몇 번 했다.

'내가 지금 뭘 하고 있는 거지?'

요리 효율적으로 많이 먹으려고 스킬 한 번 썼다가 이상한 곳으로 와버린 상황! 그러나 이제는 돌이킬 수 없었다. 나중에 도망을 치더라도, 지금은 다른 사람들이 의심하지 않도록 최선을 다해 이 귀족으로 위장을 해야 했다.

"지금 나간다!"

"폐하께서 오래 기다리셨습니다. 제가 안내해 드리겠습니다. 이리 오십시오!"

태현은 한숨을 쉬었다. 그리고 속으로 생각했다.

'발각되면 꼭 쑤닝이라고 이름 말하고 도망가야지.'

각오는 각오고, 일단 태현은 최선을 다해 상황을 맞추려고 들었다.

"이봐, 내 이름이 뭐지?"

"예?"

"내 이름이 뭐냐고 물었네!"

고급 화술 스킬을 믿고 지르는 호통!

"예, 예? 테란드 남작님이십니다!"

"그래. 잊지 말라고."

'테란드 남작이었군.'

일단 이름 하나는 얻어낸 태현! 태현은 속으로 고민했다. 여기서 더 나가도 괜찮을까? 고급 화술 스킬 때문에 어지간한 거짓말은 다 통할 것 같긴 하지만…….

"잠깐, 저것 좀 먹고 가도 되나?"

"……네?"

태현이 길가에 차려진 요리들을 가리키자 시종은 황당하다는 표정을 지었다. 그러나 태현은 당황하지 않았다. 이럴 때일수록 당당하게 나가야 하는 법!

"왜, 내가 먹고 가면 무슨 문제라도 있나?"

"아, 아니. 그게 아니라. 무슨 특별한 비법 같은 겁니까?"

"……?"

"곧 시식을 하시지 않습니까? 그런데도 다른 요리를 먼저 먹다니…… 남작님께서 그러고 싶으시다면 그러셔도 됩니다. 다만 서둘러 주십시오. 폐하께서는 기다리시는 걸 싫어하십니다."

그제야 태현은 이 테란드 남작이 어떤 이유로 그러고 있었는지를 깨달았다.

'오늘 이 이벤트의 심사를 담당하는 귀족으로 기다리고 있었구나!'

하필 옷을 다듬으며 준비하던 도중 태현을 만나 가지고 봉변을 당한 테란드 남작!

당연히 저 시종이 당황할 법도 했다. 지금 국왕 앞에서 요리사들이 심혈을 기울인 요리를 먹고 심사를 해야 하는데, 길가에 놓인 요리들을 먹겠다고 말을 했으니 말이다.

그러나 태현은 멈추지 않았다.

[바짝 구운 새고기 요리를 먹었습니다. 지구력이 영구적으로 1 오릅니다. 심해의 물고기 회 요리를 먹었습니다. 요리 스킬이 오릅니다.]

빠르게 움직이면서도 알짜배기만 골라 먹는 눈!

시종은 앞에서 달려가면서 깜짝깜짝 놀라는 표정을 지었다. 어떻게 저렇게 움직이면서 잽싸게 집어먹을 수 있는 거지? 주변 플레이어들도 놀란 눈으로 태현을 쳐다보았다.

이건 단순히 민첩이 높아서 빨리 먹는 게 아니었다. 움직임 자체는 그렇게 빠르지 않은데, 누군가가 집으려고 하는 요리를 알아챈 다음 최단거리로 먼저 집어버리는 괴물 같은 솜씨! 마치 마술 같은 움직임이었다.

"저, 저거 뭐 하는 놈이야?"

"아, 잘 먹었네."

고개를 갸웃거리는 시종은 무시하고, 태현은 옷깃을 매만졌다. 귀족이 입고 있던 옷답게 제법 폼이 났다.

"테란드 남작, 오랜만이군."

"……?"

대로 끝 광장에 도착하자, 뚱뚱한 귀족 한 명이 태현에게 말을 걸었다.

"오늘 이 자리에 참석할 줄 알았지. 에랑스 왕국의 보석 같은 혀로 유명한 네가 참석하지 않을 리 없으니까 말이야."

"어…… 음…… 그래! 나도 너를 여기서 만나서 반갑다!"

귀족은 태현의 말에 당황한 것처럼 보였다.

"뭐냐? 무슨 생각이냐? 그렇게 말하면 네가 뭐라도 된 것 같냐?"

"아니, 그냥 인사한 건데……."

"됐다! 무례한 놈! 오늘 누가 진정한 미식가인지 국왕 폐하 앞에서 보여줄 생각이니 단단히 각오하도록!"

원래 사이가 안 좋았는지, 태현이 기껏 친절하게 말해줬는데도 귀족은 화를 내며 가버렸다.

'그런데 요리사들이야 승부를 한다고 쳐도 미식가들은 어떻게 승부를 하지?'

태현은 고개를 갸웃거렸다. 요리야 먹고 평가를 하면 된다지만, 누가 진정한 미식가인지는 어떻게 구분할 방법이 없었던 것이다. 그러나 그 방법은 곧 알 수 있었다.

"국왕 폐하 납시오!"

광장에 앉아 있던 귀족들이 재빨리 자리에서 일어서서 고개를 숙였다.

저 멀리 높은 계단에서 풍채 좋은 남자가 손을 흔들었다.

"오늘…… 이 좋은 자리에…… 와준……."

"……뭐 이리 느리게 말해?"

"이놈! 테란드 남작! 국왕 폐하의 말이 지겹기라도 한 것이냐!"

태현의 옆좌석에 앉은 뚱뚱한 귀족은 아까의 원한을 풀겠다는 듯이 속삭여 댔다. 그러나 그 귀족은 스스로 무덤을 판 것이었다. 이런 진흙탕 싸움이야말로 태현의 주무대!

"예? 국왕 폐하의 말이 지겹다고요? 아니, 아무리 그래도 너무하신 거 아닙니까?"

갑자기 쏟아지는 시선!

태현에게 속삭인 귀족은 당황해서 고개를 저었다.

"저, 저는 그런 말 한 적 없습니다!"

태현은 거기에 쐐기를 박았다. 매우 미안한 목소리로 다시 말하는 태현!

"죄송합니다. 제가 눈치 없게 크게 말해서……."

"그, 그게 아니라…… 이놈 테란드 남작! 어디서 모함을!"

[고급 화술 스킬을 갖고 있습니다. 추가 보너스를 받습니다. 귀족을 상대로 말싸움에서 승리합니다. 명성이 오릅니다. 악명이 오릅니다.]

고급 화술 스킬을 갖고 있는 태현을 상대로 말로 승부를 건 것은 멍청한 짓이었다. 저 멀리 에랑스 국왕은 허허 웃으면서 말했다.

"내 말이 지루했나 보군."

"아, 아닙니다!"

상대 귀족은 사색이 되어 손을 저었다. 그러나 태현은 멈추지 않았다. 넙죽 고개를 숙이는 태현!

"죄송합니다, 폐하! 제가 눈치 없게 크게 말해버리는 바람에 이 자리의 분위기를 해쳤습니다!"

"괜찮네, 테란드 남작. 지루할 수도 있지. 조금 더 빠르게 말하도록 하겠네. 같은 동료 귀족을 감싸주려는 그 갸륵한 마음은 내가 기억해 두도록 하지."

[왕궁 내 테란드 남작의 평판이 오릅니다. 변장한 상태기 때문에 당신의 평판은 오르지 않습니다.]

"크으웃⋯⋯!"

죽일 듯이 노려보는 뚱뚱한 귀족! 그러나 태현은 귀를 파며 딴청을 부릴 뿐이었다.

"테란드 남작, 절대 용서하지 않겠다!"

"웅? 국왕 폐하를 용서하지 못하겠다고?"

"아, 아니! 내가 언제!"

뚱뚱한 귀족은 재빨리 입을 다물어 버렸다. 더 이상 말을 걸었다가는 정말 돌이킬 수 없을 정도로 피해를 입을 것 같았던 것이다.

한바탕 다툼이 끝나고, 국왕의 느릿느릿한 연설이 끝나자, 드디어 본론이 나왔다.

"이 자리에 그대들을 부른 이유는, 오늘 내가 모은 요리사들을 시험해 보기 위해서네."

〈진정한 요리사를 찾아라-귀족 미식가 퀘스트〉

풍요로운 에랑스 왕국은 대대적으로 요리사들을 불러서 축제를 벌인다. 특히 이번 에랑스 국왕은 맛있는 요리에 관심이 많은 왕. 그는 왕궁으로 불러모은 요리사들을 시험해 보려고 한다.

이 자리에 모인 사람들은 모두 왕국의 미식가로 이름 높은 사람들이다. 요리사들의 요리를 맛보고, 어떤 요리사가 가장 뛰어난 요리사인지를 맞춰라.

그 평가가 제대로 되었을 경우 국왕이 매우 만족하리라.

보상: ?, ??, 국왕이 손수 만든 미식가 메달.

'……저건 쓰레기 아닌가?'

〈국왕이 손수 만든 미식가 메달〉이라니. 아무리 봐도 별로 좋을 것 같지는 않았다. 물론 태현은 입 밖으로 내지 않고 속으로 생각했다.

어쨌든 퀘스트가 뭔지는 대충 알았다. 국왕이 데리고 있는 요리사들의 요리를 먹고, 어떤 요리사가 좋은지 알아맞히면 되는 것 아닌가. 태현에게는 쉬운 퀘스트였다.

'아니…… 아닐 수도 있겠군.'

생각해 보니 여기 올 정도의 요리사라면 기본적으로 요리 스킬이 높을 것이다. 중급은 기본이고 고급 정도도 가능. 그러면 만들어져서 나오는 요리 차이는 재료나, 다른 추가 스킬 정도. 그렇다면?

'요리도 요리지만 왕의 눈치를 봐야 하는 퀘스트군!'

태현은 깨달았다. 이건 요리보다는 왕의 눈치를 봐야 하는 퀘스트였다. 국왕이 심사할 테니, 당연히 국왕이 좋아하는 요리를 좋다고 칭찬을 해줘야 고평가를 받을 것이다.

둥둥둥-

북소리와 함께 뒤에서 요리사들이 걸어 나오기 시작했다.

모두 다 다른 생김새였지만, 얼굴에는 긴장감이 가득!

'어? 두 명 빼고 나머지는 다 플레이어잖아?'

태현은 순간 놀랐지만 내색하지 않았다. 생각해 보니 여기 플레이어들이 있어도 이상할 건 없었다. 요리사 플레이어들에게 이런 왕궁으로 들어가 국왕의 요리사가 되는 건 엄청난 기회였다. 다른 플레이어들이 이곳저곳 돌아다니면서 퀘스트를 깨서 간신히 공적치 포인트를 모을 때, 국왕의 요리사로 들어간 요리사 플레이어는 손쉽게 공적치 포인트를 모을 수 있었다. 판온에서 강해지는 방법은 다양했으니까.

요리사들이 점점 가까워지자, 태현은 요리사 플레이어들의 얼굴을 알아볼 수 있었다. 놀랍게도 그들은 태현이 본 적 있는 사람들이었다.

"파즈, 용케 여기까지 왔군. 도중에 떨어질 줄 알았는데."

"흥. 너 같은 놈의 비겁한 수단에는 당하지 않는다."

파즈. 그는 판온의 유명 요리사 플레이어 중 한 명이었다. 대형 길드 하나와 계약을 맺고 지원을 받으며 돌아다니는 요리사 플레이어! 현실에서도 유명 셰프인 걸로 화제가 된 적 있는 플레이어였다.

이번 요리 대회에서 가장 강력한 우승 후보 중 하나! 그걸 알고 있었기에 다른 플레이어들도 견제의 시선이 가득했다.

"비겁한 수단이라니. 그 정도 견제를 극복 못 하면 여기 올 자격이 없지. 안 그래?"

"더 이상 너하고 이야기하고 싶지 않다. 차오."

그랬다. 태현이 얼굴을 알아본 플레이어 중 한 명, 차오.

〈레스토랑〉길드의 길마! 도시의 요리 재료를 전부 사버리는 견제 방법으로 태현과 악연을 맺었고, 그다음에는 에다오르의 투기장에서 만났다. 요리에 독을 풀어서 팔려다가 오히려 태현에게 역공을 당한 그들!

'이크'

태현은 멈칫했다. 차오는 당연히 태현에게 이를 갈고 있었던 것이다. 대형 길드 연합에 들어가서 '뭐든 고용해서 김태현 죽이죠!'를 외치고 있는 길드 중 하나가 바로 〈레스토랑〉 길드였다. 물론 차오는 태현의 얼굴을 알아보지 못했다. 그리고 다른 사람들도 마찬가지였다.

솔직히 무리였다. 설마 미식가 NPC 중 한 명이 납치당해서 플레이어로 바꿔치기 당했다는 걸 누가 예상했겠는가!

'심지어 나도 예상 못 했지!'

태현은 그렇게 생각하며 요리사 플레이어들을 훑어보았다. 서로 노려보면서 의욕을 불태우는 파즈와 차오, 그리고 다른 요리사 플레이어 몇몇. 마지막으로……

"후후. 그래도 신경 쓸 수밖에 없을걸. 우리 둘 중 한 명이 여기서 이길 테니까."

"……아니, 그건 아니다."

"무슨 소리를 하는 거야? 저 놈들은 다 떨거지잖아."

차오의 말에 다른 요리사 플레이어들은 발끈했다. 물론 그들은 스킬이나 명성, 세력 모두 차오나 파즈한테 밀리기는 했다. 그래도 여기까지 온 것만으로도 충분히 괜찮은 실력! 이렇게 무시당하고서 가만히 있을 사람은 없었다. 그러나 파즈는 고개를 저으며 손가락으로 누군가를 가리켰다.

"저 요리사 플레이어, 저번 퀘스트에서 봤는데 실력이 대단하더군. 그렇게 쉽게 방심할 수는 없을걸."

"뭐? 무슨 저런 듣보잡을……"

"방심하려면 마음대로 해라. 더 이상 말하지 않겠다."

파즈가 손가락으로 가리킨 사람은…… 주현영이었다.

'……넌 왜 또 거기 있냐?'

생각해 보니, 저번에 주현영을 만났을 때 말한 게 있었다.

에랑스 왕국에서 국왕 요리사 퀘스트를 깨고 있다고.

설마 이게 이렇게 연결될 줄은 몰랐지!

'어떻게 해야 좋을까…….'

태현이 머리를 굴리는 동안, 요리사 플레이어들의 시선이 주현영에게 향했다. 차오와 파즈, 이 두 사람이 가장 위협적인 적이라고 생각했는데, 갑자기 새로 나타난 것이다. 차오와 달리 파즈는 더러운 수법이나 가볍게 말하는 사람이 아니었다. 그렇다면 주현영의 실력은 보장된 것이나 마찬가지!

'뭐 하는 플레이어야?'

'아는 사람? 본 적 없는데.'

'나도 본 적 없어. 길드도 없는 거 같은데.'

보통 그렇게 시선이 쏟아지면 당황하거나 좀 주눅이 들어야 하는데, 주현영은 흔들리지 않았다.

올곧은 시선으로 앞만 바라볼 뿐! 역시 태현이 '눈부셔!'라고 평가했던 사람!

주현영은 외유내강 그 자체였다.

-티 내지 말고 들어.

주현영의 눈동자가 살짝 흔들렸다. 갑자기 태현의 귓속말이 날아온 것이다.

-지금 네 앞에서 두 번째에 있는 귀족 있지?
-네? 네.
-그게 나야.

평소 감정을 잘 드러내지 않는 주현영이었지만, 오랜만에 어이없다는 표정을 지었다. 물론 태현을 향해!

-대체 어쩌시다가……?
-과거는 됐고, 지금 일에 집중하자고. 지금 보니까 요리사들 대회 같은데. 맞아?
-네. 맞아요.
-저기 있는 놈은 그…… 이름이 뭐였지? 어쨌든 더티하게 노는 놈이고.
-차오예요.

그렇게 많이 뜯어내 놓고 이름도 기억 못 하는 태현!
차오가 들었다면 욕이 나왔을 소리였다.

-네가 명백하게 불리한 상황이잖아. 내가 도와줄게.

현재 태현이 앉아 있는 자리는 평가위원의 자리!

이것 하나만으로도 엄청난 강점이었다. 태현은 설마 이런 제안을 거절할 사람이 있다고는 생각하지 않았다. 태현의 기준에서 이런 건 당연히 해야 할 방법!

그러나 주현영은 아니었다.

-네? 아뇨. 괜찮아요. 저 혼자서 해볼게요.

'애 성격을 까먹고 있었군…….'

태현은 그제야 주현영의 성격을 다시 떠올렸다.

그래도 태현은 일단 설득하려고 들었다.

이런 기회를 날리는 건 너무 아쉽지 않은가! 게다가 태현은 주현영에게 요리 스킬로 스승/제자 관계를 맺은 상태였다. 주현영이 여기서 우승이라도 한다면 태현한테도 요리 스킬 보너스가 들어오는 상황!

-아니, 저 차오란 놈을 보라니까? 딱 봐도 속에 구렁이 몇 마리는 있을 놈이잖아. 이번 요리장에서도 뭔가 수작을 부렸을 게 분명해. 저기 요리사 랭커가 있는데도 자신만만하잖아.

-그렇긴 하네요.

주현영은 고개를 끄덕였다. 사실 태현이 누군가한테 '속에 구렁이 몇 마리는 있을 놈'이라고 하는 게 좀 웃기긴 했다. 속에 구렁이 많이 담고 있는 걸로 따지면 기네스에 올라갈 사람이 바로 태현 아닌가! 그러나 주현영은 굳이 말하지 않았다. 태현을 배려해 주는 착한 마음이었다.

-그렇지? 도와줄게?
-아뇨. 괜찮아요.
-상대방이 치사하게 나온다고 해서 저도 똑같이 굴고 싶지는 않거든요. 최선을 다하는 것만으로 만족해요.

태현과는 정반대의 가치관!
'최선을 다하는 것으로 만족하면 안 돼! 결과가 있어야지!'
태현은 속으로 외쳤다. 귓속말을 하지 않은 건 이미 소용없다는 걸 깨달았기 때문이었다.
주현영 같은 사람은 한번 고집을 세우면 꺾지 않았다.

-그래, 어쩔 수 없네. 최선을 다해. 응원할게.
-네. 감사합니다.

주현영은 고개를 끄덕이며 대답했다. 태현이 그녀의 고집을 들어준 것에 살짝 감동을 받은 것이다.

역시 사람의 진심은 통하게 되어 있어!

그러나 아니었다. 태현이 물러선 것은 주현영이 설득당하지 않을 것 같았기 때문이었다.

'그러면 뭐 알아서 해야지.'

포기할 생각은 조금도 없었다. 과정에 최선을 다하면 결과는 상관없다는 게 주현영의 가치관이라면, 무슨 수를 써서라도 결과를 만드는 게 태현의 가치관!

'생각해 보니, 어차피 주현영이 도와줄 건 별로 없었어. 내버려 두면 알아서 요리 열심히 잘할 테니까. 나머지는 내가 1등으로 만들면 된다.'

요리를 준비하면서, 주현영은 문득 궁금해졌다.

태현은 어떻게 도와준다는 거였을까?

'여기서 방법이 있을까? 아무리 심사위원이라도 혼자인데.'

태현이 혼자 심사를 보는 게 아니라, 다른 귀족들도 먹는 곳이었다. 게다가 그 평가가 틀릴 경우 태현만 망신을 당할 가능성이 큰 상황!

'분명히 태현 씨는 기상천외한 방법을 생각해냈을 거야. 나는 잘 모르겠지만.'

주현영은 더 이상 다른 생각을 하는 것을 멈추고 요리에 집중했다. 치사하고 더러운 수작은 실력으로 상대할 뿐!

정공법 그 자체!

다다다닥-

식칼이 부딪치는 소리와 함께 요리사들이 분주하게 요리하는 소리가 울려 퍼지기 시작했다.

-시작이다. 잘해라.

차오는 옆에 있는 요리사 플레이어 한 명과 눈빛을 교환했다.

'멍청한 놈들. 내가 아무 준비를 안 했을 줄 알았나?'

다른 놈들이면 모를까, 랭커인 파즈까지 있는데 순수하게 실력으로 부딪힐 생각은 조금도 없었다. 100% 확실한 방법을 쓰는 게 바로 차오였다. 차오는 자신만만한 표정으로 두꺼운 철제 냄비를 불 위에 놓고 스킬을 사용했다.

화르륵! 화려하게 파란색으로 피어오르는 불꽃!

요리용 불을 마음대로 조종하는 요리사의 고급 스킬, 〈고급 불꽃 조종〉이었다.

그 모습에 다른 요리사 플레이어들은 흔들리는 표정이었다. 겉모습도, 소리도, 차오는 확실히 다른 사람들을 압도하는 그런 재능이 있었다. 그러나 태현은 심드렁한 표정으로 그를 지켜볼 뿐이었다.

'저놈, 수상한데.'

차오는 나름 계략에 자신이 있었지만, 태현과 비교한다면 보름달과 반딧불 정도의 차이가 있었다. 차오가 어떤 계략을 생각하든지 간에, 이미 태현이 한번 해본 적이 있거나 한번 해볼까 생각한 적이 있던 계략! 남 괴롭히는 것에 관해서는 타의 추종을 불허하는 게 바로 태현이었다.

태현이 보기에, 요리사 플레이어 중에 수상한 놈이 한둘 있었다. 다른 요리사들이 차오의 스킬을 보고 깜짝 놀라는 표정을 지었을 때, 별로 놀란 것 같지 않은 플레이어들이 있었다.

여기서 놀라지 않는다는 건?

'이미 알고 있었다는 거겠지.'

차오야 유명한 플레이어니 이미 알고 있었을 수도 있다지만, 그래도 이런 상황에서 전혀 놀라지 않는다는 건 좀 수상했다. 그리고 태현은 차오의 수법을 이미 잘 알고 있었다.

'사람을 풀어서 물량으로 압박하거나, 몰래 사람을 보내서 속임수를 쓰거나.'

사람은 잘 변하지 않았다. 쓰던 수법을 쓰는 게 사람! 이 자리에 차오와 손을 잡은 놈이 있어도 놀랄 게 없었다.

스르륵

플레이어 중 한 명이 요리를 잠깐 멈추더니, 은근슬쩍 발걸음을 옮겼다. 노리는 건 파즈의 솥!

다들 요리하느라 정신이 없었다. 두고 온 재료를 가지러 오는 척하면서 은근슬쩍 접근하는 건 쉬운 일이었다. 게다가 차오가 직접 움직이는 게 아니라, 파즈는 신경도 쓰지 않고 있었다.

'크크. 방심하지 말았어야지.'

차오가 그를 고른 데에는 이유가 있었다.

스킬 〈시간 차 조리〉! 재료를 넣고 시간이 지나야 효과가 나타나게 만드는 스킬 중 하나였다. 평범한 요리 스킬이었지만, 이걸 남의 요리를 방해하는 데 쓴다면 매우 쓸모가 있었다. 당한 사람은 바로 눈치를 못 채고, 시간이 꽤 지나고 나서야 눈치를 챌 수 있었으니까! 물론 그때는 이미 늦은 거나 다름없었다.

"잠깐!"

갑자기 NPC로 보이는(태현이었지만) 귀족이 입을 열자 모두 고개를 들었다.

"요리를 하는데 움직이다니! 이 자리가 그렇게 만만해 보이는가!"

태현한테 지적을 당한 차오의 부하는 당황했다. 그렇지만 크게 당황하지는 않았다. 까다로운 귀족 NPC라고 해도 변명을 하면 넘어갈 수 있을 테니까. 여기까지 오기 위해 깬 퀘스트가 몇 개인데, 설마 트집을 잡겠는가?

"아, 아니. 두고 온 재료가 있어서…… 죄송합니다. 바로 갖고 오겠습니……."

"어허!"

"이 자리는 위대하신 폐하가 함께하신 신성한 자리다! 요리를 하는데 놓고 온 재료가 있다니! 정말 뛰어난 요리사라면 처음부터 완벽하게 준비를 했어야 하는 것 아닌가!"

"아, 아니. 그게 아니라……."

"듣고 싶지 않네! 자네는 준비가 덜 됐어! 여기서 요리를 하기 전에 마음가짐부터 다시 닦고 오게!"

재료 하나 놓고 왔다고(사실은 거짓말이지만) 미친 듯이 구박을 받은 요리사는 억울해 죽겠다는 표정을 지었다.

그가 뭘 그렇게 잘못했단 말인가! 그러나 더 기막힌 건, 다른 NPC들이 태현의 말을 듣고 고개를 끄덕이고 있다는 것이었다.

[당신의 설득이 실패합니다. 명성이 하락합니다. 왕궁 내 평판이 하락합니다.]

'저 귀족 놈은 대체 뭐 하는 놈인데 저렇게 까다로워? 게다가 화술 스킬도 높은 거 같은데…….'

변명이 통하지도 않고 그냥 밝혀 버렸다. 억울해도 어쩔 수 없었다. 요리사는 고개를 푹 숙이고 자리를 떠났다.

그 모습을 보며 태현은 회심의 미소를 지었다.

'한 명 제거.'

그러자 따갑게 들어오는 시선! 주현영이었다.

-제가 할 수 있는데요…….

-알아. 알지. 나는 그냥 이 귀족이 원래 했을 법한 소리를 했을 뿐이야. 나도 위장은 해야 할 거 아니야?

-……으읏. 알겠어요. 진짜 안 도와주셔도 되니까요!

'미안하다. 나도 요리 스킬 좀 얻자.'

온 김에 태현은 아주 제대로 본전을 뽑을 생각이었다.

'멍청한 놈. 그것도 설득 못 하고 쫓거나? 화술 스킬이 중급이라는 놈이…….'

차오는 부하를 욕했다. 요리 스킬에 화술 스킬까지 있어서 기대를 걸고 있었는데, 웬 이상한 귀족 놈에게 트집을 잡혀서 쫓거나 버렸다.

"허허. 테란드 남작이 아주 적극적이군."

"폐하 앞에서 저런 안일한 태도를 보인다는 게 참을 수 없었습니다. 저도 모르게 그만……."

"허허, 그 마음 고맙게 받지."

안 그래도 짜증 나는데 에랑스 국왕과 이상한 트집을 잡은 귀족 NPC는 화기애애하게 떠들고 있었다.

'침착하자. 그놈 없어도 충분히 이길 수 있다. 다른 준비만으로도 충분해.'

차오는 한 가지 준비를 더 해놓은 상태였다. 시작하기 전, 비싼 은신 포션을 사용해서 다른 사람들의 요리 재료에 접근한 것이다. 〈상급 요리 재료 변환〉 스킬을 사용하기 위해서!

요리 재료의 성질이나 맛을 바꾸는, 고급 요리 스킬을 갖고 있는 사람만이 배울 수 있는 비전 스킬이었다. 차오는 그 스킬을 사용해 다른 플레이어들의 재료의 성질을 하나씩 바꿔놓았다. 요리를 할 때는 몰라도 나중에 완성되면 뭔가 균형이 안 맞는 결과물이 나올 게 분명!

'그걸 눈치챌 수는 없을 거다!'

-요리 미래 예지.

파즈는 요리하는 도중 스킬을 계속해서 사용했다. 결과물을 먼저 볼 수 있는 사기적인 요리 스킬 중 하나였다.

'응? 왜 이렇게 되지?'

파즈는 결과가 생각했던 것처럼 나오지 않자, 넣으려고 했던 재료 중 하나를 재빨리 빼버렸다. 특수한 스킬은 차오만 있는 게 아니었던 것! 그리고 그건 주현영도 마찬가지였다.

-요리사의 직감!

〈행운의 요리〉 스킬을 태현한테 배우고 나서 계속해서 사용한 덕분에 추가로 얻게 된 스킬. 어떤 재료가 좋고 어떤 재료가 나쁜지 확인이 가능한 감별 스킬이었다. 주현영은 방심하지 않았다. 정정당당하게 싸우고 싶다고 했지만, 차오를 믿는 건 아니었다.

'돌다리도 두드려 보면서 건너는 거야. 철저하게.'

태현이 믿고 물러섰는데 실망시킬 수는 없었다. 주현영은 그렇게 생각하며 재료 하나하나를 정성껏 검사했다. 물론 그녀가 그러는 동안, 태현은 어떻게 수작을 부릴지 고민했다.

'설마 이 아이템을 진짜로 쓸 일이 있을 줄은 몰랐는데……'

신 잡아먹는 괴물의 촉수 꼬리:

신 잡아먹는 괴물의 몸통 끝에서 나온 촉수 꼬리다. 세상에서 가장 끔찍한 요리를 만들 때 쓸 수 있을 것이다.

복용 시 무조건 기절 상태에 빠짐.

신 잡아먹는 괴물의 점액질:

신 잡아먹는 괴물의 몸통에서 나온 점액질이다. 세상에서 가장 끔찍한 요리를 만들 때 쓸 수 있을 것이다.

복용 시 무조건 마비 상태에 빠짐.

태현은 아이템을 꺼내서 준비를 시작했다.

대회에서 한 명을 우승시키려면? 그 한 명을 꼭 밀어줄 필요는 없었다. 다른 모든 참가자를 떨어뜨려 버리면 되니까!

차오와 차원이 다른 사악함!

'큭큭큭…… 어디 한번 열심히 요리해 봐라, 차오!'

이쯤 되면 누가 악당인지 구분하기 힘든 상황!

"야! 너 어디 갔어! 김태현이 너 찾았는데!"

"우물우물…… 네?"

"그만 먹고!"

"케인 씨도…… 꿀꺽. 빨리 드세요. 안 드시면…… 꿀꺽. 늦을걸요?"

이다비는 우물거리면서 계속해서 음식을 챙겨 넣었다. 케인은 똑똑히 볼 수 있었다. 한 손으로는 음식을 입에 넣고 다른 한 손으로는 가방에 넣는 이다비의 신들린 컨트롤 솜씨를! 양손을 동시에 쓰는데도 한번 멈추는 모습이 없었다.

"아, 알겠어. 일단 먹고. 그런데 김태현 못 봤나?"

"케인 씨랑 같이 오시는 거 아니었어요?"

"그 자식이 날 팔았다고!"

"네? 팔았어요? 얼마에요?"

"……그런 뜻이 아니라……."

팔았다는 것에 놀라는 게 아니라, 가격부터 묻는 이다비!

"귓속말 보내셨어요?"

"이 자식이 보냈는데 무시하잖아. 어디 간 거야?"

"그냥 저희도 기다리면서 더 먹는 게 어떨까요?"

"에이 씨. 사람 버려놓고 자기 혼자만 어디 간 거야?"

케인은 미련을 버리지 못하고 주변을 두리번거렸다. 이렇게 거대한 이벤트라면, 태현을 따라다니는 게 가장 크게 이득을 볼 수 있을 것 같았던 것이다.

'어디로 간 거지?'

"뭐 스킬 없어요?"

"어?"

"〈아키서스의 노예〉인데 태현 님 찾을 스킬 하나 정도는 있을 것 같은데."

케인은 이다비의 말을 듣고 놀랐다.

그랬다. 〈아키서스의 노예〉 직업은 아키서스 교단의 교황인 태현과 아주 관계가 깊은 직업. 당연히 스킬이 있었다.

'왜 잊고 있었지?'

케인은 고개를 갸웃거리며 스킬창을 확인했다. 왜 잊고 있었는지 이해가 가지 않았다.

<주인님, 어디 계십니까?>

아키서스 교단의 최고 권력자의 위치를 찾아냅니다. 대가를 지불할 경우 바로 곁으로 이동할 수 있습니다.

'……아. 스킬 이름이 구려서 잊고 있었지.'

스킬 이름을 보니 떠오르는 이유!

정말 잊고 싶은 스킬 이름이었다.

케인과 이다비가 태현을 찾아서 헤매는 동안, 광장의 열기는 점점 더 뜨거워지고 있었다.

불꽃 튀는 요리사들의 요리 대결!

이제 그 요리도 슬슬 마무리를 향해 달려가고 있었다.

"다 됐습니다!"

"저도 끝났습니다."

"끝냈습니다!"

요리사 플레이어들이 하나둘씩 손을 들며 외쳤다. 실력이 비슷하다면 가장 먼저 끝내는 것도 보너스를 받을 수 있었다. 그러나 파즈, 차오, 주현영은 신중했다. 끝까지 요리에 집중했다.

'시간 보너스 조금 받자고 먼저 끝내는 건 멍청한 짓이지.'

'어차피 재료에 장치를 해놨어. 굳이 저런 보너스에 집착할 필요 없다.'

'마지막까지 최선을 다해서 하는 거야. 저런 보너스는 머릿속에서 잊고.'

삼인 삼색. 각자 이유는 달랐지만 방식은 비슷했다. 시간 보너스 조금 받자고 요리의 품질을 망치는 건 멍청한 짓!

언제나 가장 중요한 건 기본이었다.

"······다 됐다!"

"끝났다."

"저도 다 됐어요."

짝짝짝짝-

플레이어들이 요리를 끝내자, NPC들이 손뼉을 치기 시작했다. 태현은 가만히 있다가 눈치를 보고 급히 손뼉을 쳤다.

"……."

그걸 본 주현영은 뜨뜻미지근한 시선을 보냈다. 태현은 왠지 모르게 그 시선이 아프다고 느꼈다.

그러나 일은 일! 태현은 바로 작업에 들어갔다.

덜컥-

태현이 자리에서 벌떡 일어서자, 다른 NPC들의 시선이 태현에게 모였다.

"폐하, 외람된 말이지만 먼저 시식을 해봐도 되겠습니까?"

"그건 어째서인가, 테란드 남작?"

"첫 번째는 혹시 모를 독을 확인하기 위해서입니다. 물론 여기 요리사들은 모두 믿을 만한 사람들이지만, 혹시 폐하의 몸에 한 방울의 독이라도 들어간다면…… 흑!"

눈가에 손을 가져다 대면 울먹이는 태현. 그러나 주현영은 똑똑히 보았다. 태현이 눈 밑에 물방울을 바르는 것을!

"오오, 테란드 남작……! 그대가 그렇게 나를 생각해 줄 줄이야!"

[고급 화술 스킬을 갖고 있습니다. 변장에 추가 보너스를 받습

니다. 상대를 속여넘기는 데 성공합니다. 화술 스킬이 오릅니다.
에랑스 국왕이 크게 감동합니다.]

에랑스 국왕은 매우 기뻐했다. 이쯤 되자 태현은 테란드 남
작으로 위장해서 여기 들어온 게 아깝게 여겨졌다.

태현이 아무리 공을 들여도 결국 좋은 건 테란드 남작뿐 아
닌가!

"그리고 두 번째 이유는 테이블 위에 올라오기 전의 요리를
맛보고 싶기 때문입니다. 요리의 진정한 가치를 알기 위해서는
접시 위에 올라오기 전의 요리도 맛봐야 합니다."

"그런 건가?"

'나도 모르지!'

태현은 그냥 그럴듯하게 지껄였을 뿐이었지만, 왕은 그걸 듣
고 '오오, 그런 건가!' 하고 고개를 끄덕였다.

어지간하게 말하면 통한다! 태현은 고급 화술 스킬 레벨을
10까지 올려서 다음 단계로 넘어간다면 어느 정도가 될지 궁
금해졌다. 아무나 붙잡고 '내가 네 아버지다'라고 해도 통하지
않을까? 싶을 정도로 강력한 수준!

"폐하! 아무리 그래도 테란드 남작에게만 그런 특혜를 주는
것은……."

아까 태현에게 시비를 걸었던 NPC가(태현은 아직 그 귀족의 이

름도 모르고 있었다) 손을 들고 항의했다.

태현이 혼자 주목을 받는 걸 보니 질투가 난 것이다. 그러나 국왕은 한 번 손을 흔드는 것으로 입을 다물게 만들었다.

"됐네. 내가 허락했네."

"예……."

"테란드 남작, 한번 맛을 보게나. 그대의 평이 궁금하군."

"예! 폐하!"

태현은 씩씩하게 플레이어들을 향해 걸어갔다. 플레이어들은 모두 긴장한 눈빛으로 태현을 쳐다보았다.

"먼저……."

태현은 천천히, 거드름을 피우며 플레이어 앞에 섰다. 여기까지 올라온 요리사 플레이어였기에 요리 실력은 확실했다. 주현영을 1등으로 만드는 것 말고도, 여기 요리를 먹어서 스탯 보너스를 챙긴다!

[레드 드래곤의 꼬리 고기를 이용한 스테이크를 먹었습니다. 체력이 영구적으로 15 증가합니다. 화염 내성이 영구적으로 5% 증가합니다.]

[드래곤의 활력 버프를 받습니다.뛰어난 요리사의 요리를 맛보는 것으로 요리 스킬이 오릅니다. 요리 스킬이 모자라 완전한 레시피를 얻지 못합니다.]

'맛있다!'

씹는 순간 강하게 느껴지는 탄력. 적절하게 되어 있는 간. 거기에다가 복잡하게 구성되어 있는 각각의 맛. 요리 실력도 실력이지만 요리 재료도 엄청나게 좋은 걸 썼다는 걸 알 수 있었다.

'하긴, 레드 드래곤의 꼬리 고기를 썼다고 하니…… 다른 재료도 어마어마했겠지.'

태현은 살짝 반성했다. 여기 있는 플레이어들은 차오, 파즈, 주현영뿐만이 아니었다. 다른 요리사 플레이어들도 각자 나름의 각오를 하고 이 자리에 있는 것!

쉽게 물러서기 위해 온 사람은 아무도 없었다.

'그래. 나도 최선을 다해서…….'

"짜군."

갑자기 싸늘해지는 분위기! 태현한테 '짜다'라는 말을 들은 요리사는 당황한 표정이었다.

요리 스킬이 초급일 때도 듣지 못했던 맛 평가!

'맛있다'가 아니라 '짜다'라니!

"예?!"

"짜다고."

물론 전혀 짜지 않았다. 태현은 맛있게 먹었다. 그러나 지금 중요한 건 얼굴에 철판을 까는 것.

주현영을 1등으로 만들려면?

'다른 모든 플레이어를 꺾어버리면 그만이지!'

악당 그 자체!

그리고 태현은 선동에서 끝낼 생각이 없었다. 짜다고 말하는 거 자체는 〈고급 화술 스킬〉로 넘어가질 테지만, 실제 맛은 먹으면 알게 될 테니까. 거짓말을 진짜로 만들어야 했다.

샤르륵-

은근슬쩍 움직이는 태현의 손길!

아무도 예상하지 못했다. 심사위원 역할을 맡은 귀족 NPC가 요리사들의 요리에 훼방을 놓을 거라고는!

태현은 플레이어들의 방심을 정확히 꿰뚫었다.

스테이크 요리 위로 떨어지는 아주 적은 양의 소금!

소량의 소금이라고 얕볼 게 아니었다. 태현이 갖고 있는 행운의 요리 스킬과, 그냥 요리 스킬의 효과.

거기에 가장 강력한……. 괴식 요리 스킬까지!

[괴식 요리 스킬을 갖고 있습니다. 소량의 재료로 요리의 효과를 크게 뒤흔듭니다. 〈레드 드래곤의 꼬리 고기를 이용한 스테이크〉의 맛을 바꾸는 데 성공합니다. 요리 스킬이 오릅니다. 괴식 요리 스킬이 크게 오릅니다.]

[악명이 오릅니다. 계속해서 괴식 요리를 만들 경우 괴식 요리

사들의 관심을 살 수 있습니다.]

태현은 순간 당황했다. 괴식 요리사라니. 뭔가 친해지기 싫어지는 이름!

'정말 만나고 싶지 않다!'

그러나 태현은 알고 있었다. 이런 놈들은 언제나 만나기 싫어해도 알아서 찾아온다는 것을. 예를 들면, 펠마스나 타이럼 사냥꾼 같은 놈들!

"이노오오옴……!"

유 회장은 허리를 문지르며 신음 소리를 냈다. 아까 강하게 날아와 부딪힌 토끼의 충격이 아직도 남아 있는 것 같았다.

이제는 확실하게 알 수 있었다. 태현한테 보기 좋게 속았다는 것을!

'이놈! 두고 보자!'

유 회장은 속은 놈이 바보라는 걸 잘 알고 있었다. 이걸로 화를 내면 스스로가 더 우스워질 뿐.

"어, 아저씨. 아직 거기 계세요?"

아까 도와준 플레이어들이 유 회장을 발견하고 말을 걸었다. 유 회장은 얼굴을 붉히며 대답했다.

"토, 토끼한테 당해 가지고……."

스스로 말하면서도 부끄러운 내용! 그러나 플레이어들은 비웃지 않았다. 그들도 여기서 이미 경험을 했기 때문!

"그 토끼 강하죠."

"저희도 몇 번 죽었어요."

뭔 놈의 토끼가 저렇게 강하단 말인가. 유 회장은 플레이어들의 말을 들으며 혼란에 빠졌다.

"원래 초보자들끼리 파티 맺으면서 다녀야 하는 게 기본인데…… 사실 타이럼 시는 이제 초보자들이 잘 안 보여요."

"……?"

"소문이 퍼져서 다들 여기서 시작하는 걸 피하거든요."

"……."

"아저씨 같이 속아서 온…… 아니."

"……속아서 온 거 맞으니 편하게 말해도 괜찮네."

"네. 속아서 온 사람들 말고는 여기서 시작하는 초보자들이 없어서 파티 구하기가 좀 힘들어요."

그렇게 말하고서 두 플레이어는 서로 마주 보았다.

"아저씨, 그냥 저희 파티에 들어오실래요?"

"맞아요. 그냥 레벨 10까지 찍어드릴 테니까 다른 마을 가서도 괜찮아요."

눈물겨운 우정! 같은 타이럼 시에서 시작했다는 것만으로 두 플레이어는 유 회장에게 아낌없이 친절을 베풀고 있었다.

유 회장은 더더욱 감동했다.

'기특한 녀석들……!'

현실에서 만나면 기특한 젊은이로 바로 입사를 시켜줬을 정도의 감동! 물론 두 플레이어는 눈앞에 있는 중년 엘프가 회장님이라고는 상상치도 못했다.

"아니야! 나는 여기를 떠나지 않겠어."

"어떡하시려고요?"

"뒷산에 가서 낚시를 하겠네."

두 플레이어는 모르고 있었다. 유 회장도 고집 하면 한 고집 하는 사람이라는 것을!

타이럼 시에 떨어진 이상, 유 회장은 보기 좋게 타이럼 시에서 성공해서 태현의 코를 납작하게 누르고 싶었다.

"아니, 아저씨. 그건 좀……."

"맞아요. 다른 도시에 가시는 게 나을 거예요."

"아니야! 난 여기서 하겠어."

설득하려던 두 플레이어는 단호한 유 회장의 태도에 설득을 포기했다.

"그러면 호수까지만 모셔다 드릴게요."

"저희가 해드릴 수 있는 건 그것밖에 없네요. 가능하면 그냥 다른 곳으로 가셨으면 좋겠는데…….”

"……자네들!"

유 회장은 눈물을 글썽거리며 감동했다. 최근에 이렇게까지 감동을 한 적이 별로 없었던 것 같았다. 굳이 따지자면 유지수 한테 생신 축하 편지를 받았을 때 정도?

"자네들 혹시 취직은 했나?"

"예? 그게 무슨?"

두 플레이어는 유 회장이 농담하는 줄 알고 흘려넘겼다.

픽! 퍼퍼픽!

달려들던 토끼들은 순식간에 쓰러지고, 셋은 곧바로 뒷산 에 있는 호숫가로 향했다.

"쓰군."

"!!"

"시군."

처음 요리사 플레이어가 태현에게 망신을 당했을 때만 해 도, 다른 사람들은 '저 멍청한 놈, 그런 실수를 하다니'라고 생 각했다. 그러나 세 명 연속으로 혹평이 나오자, 그들도 슬슬 깨달았다. 플레이어가 실수를 한 게 아니라, 지금 시식을 하고 있는 귀족 NPC가 이상하다는 것을!

'저거 뭐 저렇게 까다로워?'

'이번 심사에서 까다로운 역할을 맡은 NPC로군.'

당황스러웠지만, 요리사 플레이어들은 바로 받아들였다. 여기까지 오는 퀘스트는 어렵고 고된 퀘스트들이었다. 저런 까다로운 귀족 NPC 하나 때문에 그들은 흔들리지 않았다.

'오히려 잘됐지. 저 귀족만 극복하면 돼.'

'저 귀족의 혹평은 무시해도 된다. 다른 귀족들하고 왕의 혀를 만족시키면 그만이지.'

설마 태현이 여기까지 걸어오면서 요리 하나하나를 다 망치고 있다고는 생각지도 못하는 그들!

그리고 태현은 차오 앞에 섰다. 이미 서로 몇 번 만난 적 있는 그들이었지만, 차오는 태현을 눈치채지 못했다.

자부심과 자신감이 넘치는 표정으로 태현을 쳐다볼 뿐!

'내 요리를 맛봐라! 다른 놈들과 차원이 다를 테니!'

태현은 신중하게 요리를 한 스푼 떠서 입으로 옮겼다.

"쿨훏둟훏궭!"

그리고 요리를 옆으로 뱉으며 뒹굴뒹굴 구르기 시작했다.

"뭐야?!"

차오는 깜짝 놀라서 외쳤다. 그만큼 당황한 것이다.

이제까지 다른 플레이어들에 대해 태현이 혹평을 했을 때에도 차오는 놀라지 않았다. '내 계략이 통했구나'나 '역시 실력이 부족한 놈들이군'이라고 생각했던 것이다. 아무리 까다로운 귀족이라도 그의 요리를 먹고 불평을 하리라고는 생각지도 못했다.

그만큼 공을 들이고 심혈을 기울인 요리! 온갖 비열한 속임수를 쓰지만, 차오가 요리사 직업에 쏟은 노력과 시간은 결코 거짓말이 아니었다. 그러나 차오가 쏟아온 땀과 노력과는 상관없이, 태현은 바닥에서 미친 듯이 굴러댔다.

뒹구르르! 데굴데굴!

누가 봐도 맛이 없어서, 아니, 맛이 끔찍하게 괴로울 정도로 없어서 보여주는 리액션!

"쿠헉헉! 커헉! 컬헉헉!"

태현은 인간이 냈다고는 보기 힘든 괴성을 질러댔다.

그 위로 날아오는 주현영의 따가운 시선!

다른 사람들과 달리, 이 상황의 진실을 알고 있는 주현영의 눈빛은 차가울 수밖에 없었다. 그러나 태현은 멈추지 않았다. 이런 시선 하나 때문에 멈췄다면 태현은 여기까지 오지도 못했을 것!

-뭐 하시는…… 거예요……?

-맛이 없어서.

-그게 어떻게 맛이 없어서 보여주는 반응이에요?!

주현영이 이렇게 격한 반응을 보여주는 건 매우 드문 일이었다. 그만큼 상상을 벗어난 태현의 바닥 구르기 쇼!

-와, 나도 상상도 못 했지. 이렇게 맛이 없을 줄이야. 사람이 맛이 없으면 이렇게 구르게 되더라고. 나 이제 슬슬 마무리해야 되니까 귓속말 그만할게. 안녕!

-네? 잠깐만요, 잠깐만요!

주현영의 귓속말은 쿨하게 무시하고, 태현은 자리에서 일어섰다. 주변은 정말 조용했다. 바늘 떨어지는 소리가 들릴 정도의 정적이었다. 태현의 구르기 쇼가 불러온 효과!

"흠. 흠."

태현은 헛기침을 몇 번 하고 입을 열었다.

"내가 먹어본 요리 중 최악의 요리군."

"말도 안 돼!!"

차오는 발작하듯이 외쳤다. 받아들일 수 없는 현실!

"내 요리가 어디가 잘못됐길래!"

"어허, 감히 어디서!"

엄격, 진지, 근엄한 표정으로 말을 이었다. 태현은 필요하다면 얼마든지 진심에 호소하는 연기를 할 수 있었다.

"지금 그 태도를 보니 확실히 알 수 있군. 자네의 요리는 오만에 가득 차 있네! 먹는 사람은 생각하지도 않고 자기 실력만 과신하는 오만함만이 느껴지는군! 진정한 요리는 그런 게 아닐세. 먹는 사람을 생각하는 마음이 담긴 요리! 그게 진정한 요리야!"

"……그게 뭔 개소리?"

차오는 기막혀서 외쳤다. 실력이 있으면 요리가 맛있는 거지 뭔 오만이 나온단 말인가! 그러나 태현은 차오를 설득하려고 이런 말을 한 게 아니었다.

이렇게 그럴듯한 말을 한 이유는 하나! 분위기 조성!

[자리의 귀족들이 당신의 설득에 감동합니다. 차오의 요리 평가에 페널티가 붙습니다.]

차오를 아주 확실하게 절벽 밑으로 밀어버리는 태현!

계략을 꾸미는 데에서 태현은 차오와 차원이 달랐다. 괴식 요리 스킬을 활용해서 맛을 망치고, 거기에 혹시 모를 수습을 대비해 분위기까지 불리하게 만드는 철저함!

"다, 다른 귀족들…… 다른 귀족들이 먹으면 다를 거야!"

차오는 현실을 부정하듯이 외쳤다. 그러나 아니었다.

'먹어도 상관없다. 오히려 먹으면 더 확실해지지.'

다른 귀족들이 먹어도, 태현과 같은 똑같은 반응을 보일 수밖에 없었다. 왜냐하면 태현이 넣은 아이템은……

신 잡아먹는 괴물의 점액질:

넣는 것만으로도 요리를 완벽하게 망쳐 버리는 식재료!

다른 귀족들이 차오의 요리를 입에 대는 순간 태현보다 더 격렬한 반응을 보여줄 게 분명했다.

"요리는 마음! 마음을 담아서 하는 요리를 배우게!"

남의 요리에 이물질을 넣어놓고 당당하게 연설하는 태현!

짝짝짝짝짝-

왕이 손뼉을 치기 시작하자, 귀족들도 따라서 손뼉을 치기 시작했다. 갑자기 연출되는 감동적인 분위기!

진실을 아는 주현영만 입을 작게 벌리고 쳐다볼 뿐이었다.

CHAPTER 4

CHAPTER 8

-적당히 해주세요!

주현영의 귓속말을 무시하고, 태현은 주현영 앞에 섰다.

다른 플레이어들은 크게 기대하지 않는 표정이었다. 차오도 저렇게 망신을 당하고 그들도 망신을 당했는데, 주현영 같은 플레이어가 뭘 할 수 있겠는가?

"어헉!"

태현이 비명을 지르자 플레이어들이 수군거렸다.

"역시."

"저럴 줄 알았어."

"저 귀족 놈, 대체 뭐 하는 놈이야?"

그러거나 말거나, 태현은 바들바들 손을 떨며 말했다.

"이 맛은…… 물고기가 살아서 움직이는 것 같은 맛이다!"

-그거 죽은 지 사흘 됐거든요? 숙성까지 다 끝낸 거거든요……?

그 착하던 주현영도 참을성을 잃고 항의했다.

물론 태현은 끝까지 무시!

"바다를 헤엄치는 물고기의 활력이 그대로 느껴지는 것 같은 이 맛은 마치 신세계와 구세계의 중간적인……."

점점 더 따가워지는 주현영의 눈빛.

태현은 멈추지도 않고 계속해서 떠들어댔다. 그러자 다른 플레이어들의 표정이 경악으로 변했다. 전원이 혹평을 받았는데, 주현영의 요리만 찬양을 받는 믿을 수 없는 상황!

'이게 대체 어떻게 된 거야?'

'내가 지금 꿈을 꾸고 있는 건가?'

도저히 상식적으로 받아들일 수 없는 상황!

차라리 차오가 이겼다면 '저놈 무슨 개수작을 부렸구나!' 하겠는데, 주현영은 아무리 봐도 음모와는 거리가 멀었다. 그런 걸 꾸밀 능력도 없어 보였고.

요리사 플레이어들은 귀신에 홀린 것 같은 표정으로 그저 바라볼 뿐이었다.

우르르-

태현의 광기 넘치는 시식이 끝나고, 다른 귀족들이 요리를 먹기 시작했다. 그걸 본 플레이어들은 일말의 희망을 가졌다. 저 또라이 같은 귀족은 몰라도, 다른 NPC는 좀 정상적인 입맛을 가지고 있지 않을까?

"이런, 왜 이렇게 짜나!"

"이 요리는 재료가 좀 이상한 거 같군!"

"퉤퉤퉤퉤!"

그러나 이미 요리의 맛은 틀어진 상황! 게다가 차오의 요리를 먹은 귀족은 아까 태현보다 더 격렬하게 마비 증상을 보였다. 물론 가짜로 연기를 한 태현과 달리, 진짜 마비 증상을 겪은 귀족 NPC는 분노해서 차오에게 달려들었다.

"이 건방진 요리사 놈! 무슨 요리를 만든 것이냐! 감히 폐하 앞에서!"

"예? 그럴 리가 없습니다!"

"이놈! 네가 먹어봐라!"

차오는 이해가 가지 않는 얼굴로 요리에 손을 뻗었다.

[마비 상태에 빠집니다.]

"이놈을 당장 쫓아내라!"

[요리 평가를 최악으로 받습니다. 왕궁 내 당신의 평가가 매우 하락합니다. 명성이 떨어집니다. 에랑스 왕국의 요리사들이 당신의 이름을 듣고 이번 일에 대해 이야기할 수 있습니다.]

"잠깐만! 뭔가 잘못된 거야! 잠깐만!"
차오는 그렇게 외쳤지만 아무도 들어주지 않았다.
질질질-
결국 친위대 병사들에게 끌려 나가는 차오!
귀족 NPC들, 그리고 마지막으로는 국왕까지 전부 시식을 마쳤지만 평가는 달라지지 않았다. 주현영의 요리 외에는 전부 다 크고 작은 수작이 부려져 있는 상황! 그 결과, 국왕은 별로 고민도 하지 않고 주현영의 요리를 골랐다.
"이 요리가 가장 훌륭하군."
"폐하의 말씀이 맞습니다!"
"저도 그렇게 생각했습니다!"
"충성충성충성!"
"허허, 역시 테란드 남작이야. 요리란 무엇인가 진정으로 알고 있는 남자야."

"감사합니다, 폐하!"

[에랑스 국왕의 친밀도가 오릅니다.]

태현은 슬슬 테란드 남작의 이름으로 쌓아 올린 게 진짜로 아까워지기 시작했다. 완전히 죽 쒀서 남 주는 일 아닌가!

그래도 어쩔 수 없었다. 꼬리가 길면 잡힐 테니까. 이번 일이 끝나면 뒤도 돌아보지 않고 튀어야 했다.

"오늘 가장 뛰어난 요리사는 주현영, 그리고 가장 뛰어난 미식가는 테란드 남작으로 하겠네."

국왕의 입에서 말이 나오는 순간, 태현의 앞에 메시지창들이 우르르 뜨기 시작했다.

[에랑스 왕궁 미식가 중 가장 뛰어난 미식가로 인정받았습니다. 주현영이 에랑스 왕궁 요리사로 임명되었습니다. 사제 관계로 추가 보너스를 받습니다. 명성이 오릅니다. 요리 스킬이 오릅니다. 스킬 <완벽한 미식>을 얻습니다.]

[이번 일이 알려진다면 에랑스 왕국 내 요리사들과 미식가들의 관심을 받을 수 있습니다. 그러나 변장한 상태라 받지 못합니다.]

[아이템을 얻었습니다.]

[아이템을 얻었습니다.]

태현이 메시지창을 확인하며 싱글벙글하는 동안, 요리사 랭커 파즈는 굳은 표정으로 주현영에게 다가갔다.

"역시, 이번 퀘스트에서 경계해야 하는 플레이어는 그쪽이었군."

"아니, 그런 게 아니라요……."

"변명은 하지 않겠다. 지금 이런 일이 일어난 건 차오 때문이겠지. 이런 음모를 꾸밀 사람이라면 차오밖에 없으니까. 그나마 다행인 건 저런 비열한 놈이 아니라 네가 우승한 거겠지."

주현영은 차마 파즈의 눈을 마주 보지 못했다. 지금 이 일의 원인은 저기서 흐뭇하게 웃고 있는 귀족(으로 변장한 태현)이었기 때문!

"차오의 음모를 너는 실력으로 극복했고, 나는 극복하지 못했다. 그 차이였을 뿐이야. 훗, 나도 아직 멀었군."

"아니, 그런 게 진짜 아니……."

"현실에서 셰프라고 받들어주고 게임 안에서는 랭커라고 받들어주니 자만했던 모양이야. 처음부터 다시 수련하겠다."

주현영은 그냥 입을 다물었다. 이제 뭐라고 말해도 들어줄 것 같지 않았기 때문이었다.

"혹시 너도 현실에서 요리사인가?"

"그렇긴 한데요……."

"역시. 그럴 줄 알았어. 네 이름을 기억하도록 하지. 다음에는 지지 않겠어!"

파즈는 멋지게 말하고서 빙글 돌아 걸어나가기 시작했다.

"이야. 매너 좋은 사람이네."

어느새 태현이 옆에 다가와 있었다. 주현영은 가늘어진 눈초리로 태현을 쳐다보았다.

"제가 알아서 한다고 했는데……."

"아니~ 나도 나름 안 끼어들려고 했는데, 요리가 다 저 모양이잖아. 먹어봤어? 내가 오바한 게 아니라니까."

주현영은 한숨을 쉬더니 고개를 저었다.

"어쩔 수 없었겠죠. 태현 씨도 퀘스트를 깨야 하니까요."

역시 태현과는 비교도 안 되는 선량한 마음씨!

"이해해 주니까 고맙네."

"게다가 저 혼자서 했다면 이기지 못했을 것 같고요. 차이가 좀 크다고 느꼈어요."

"에이, 괜찮아. 괜찮아. 다음에 붙게 되면 또 훼방을 놓으면…… 안 되나?"

"다음에는 실력으로 이기게 해주세요. 그때까지 요리 스킬 올릴 테니까!"

주현영은 단호하게 말했다. 안 그랬다가는 정말로 태현이다음에도 괴상한 음모를 꾸밀 것 같았기 때문이었다.

"저는 지금 들어가서 국왕님 만나고 시험적으로 요리 몇 개해야 해요. 퀘스트 메시지창이 떠서요."

"나는…… 음……."

"태현 씨는 괜찮으세요?"

"사실 안 괜찮지."

태현의 직감은 언제나 잘 맞는 편이었다.

그 직감이 말하고 있었다. 더 버티면 위험하다고!

'소란은 다 일으키고, 묶어 놓은 귀족도 있으니까 슬슬 도망쳐야지.'

더 뽑아먹고 싶기는 했지만 그건 지나친 욕심 같았다.

'그냥 정문으로 나가도 되려나?'

"테란드 남작, 우리와 같이 식사 좀 하겠나?"

생각한 지 얼마나 됐다고, 아까 같이 시식을 한 귀족 NPC들이 태현에게 말을 걸어왔다. 낭패인 상황!

-도와드릴까요?
-아니, 괜찮아. 필요하면 부탁할게.

태현은 자신만만하게 그들을 따돌리고 나갈 준비를 했다. 그러나 귀족 NPC들은 생각보다 만만치 않았다. 간다고 해도 끈질기게 물고 늘어지는 그들! 고급 화술 스킬로도 따돌려지지 않자 태현은 살짝 당황했다.

'얘네들 왜 이래?'

"조금 더 미식, 요리에 대한 이야기를 합시다! 테란드 남작!"

"당신의 요리에 대한 열정에 감동했소!"

태현은 그제야 깨달았다. 이 NPC들이 태현을 붙잡고 놔주지 않는 이유는 하나밖에 없었다. 너무 강렬한 임팩트를 남긴 것!

감동한 귀족들이 어떻게든 더 이야기를 하려고 태현을 붙잡고 있는 것이었다.

'아니, 이런 미친……'

설마 자기가 했던 일들이 이렇게 발목을 잡을 거라고는 생각지도 못했다. 태현은 당황하면서도 빠르게 머리를 굴렸다.

지금 상황에서 가장 좋은 방법은?

-야!

그 순간 들어오는 귓속말!

-너 어디서 뭐 하고 있는 거냐?! 은신이라도 한 거야?

귓속말을 건 것은 스킬을 사용해 태현이 있는 광장 앞까지

도착한 케인이었다.

광장 앞까지 도착했는데도 아무리 찾아봐도 보이지 않는 태현! 물론 케인에게 '김태현이라면 분명 귀족으로 변장해서 사이에 끼어 있겠지'라고 의심할 능력은 없었다.

"여기 맞는데? 왜 안 보이지? 사람들 사이에 있는 것도 아니고."

"변장한 거 아닐까요?"

"누구로 변장해? 저기 귀족 NPC들하고 요리사 플레이어들밖에 없잖아. 쟤네는 고렙 요리사라서 김태현이 변장할 수 없어. 저기가 어디라고."

"혹시 저 귀족들?"

"……말이 되는 소리를 해라."

"그렇죠?"

서로 마주 보고 웃는 케인과 이다비!

"귓속말 보내봐야겠다."

"처음부터 그러시지 그랬어요."

"이 자식이 별일 아닌 걸로 귓속말하면 구박한다고……!"

서러움이 가득 담긴 케인의 대답!

-너 어디서 뭐 하고 있는 거냐?! 은신이라도 한 거야?

-나 네 앞에 있다. 손 들고 있는 귀족 안 보이냐?

케인은 눈을 크게 떴다. 정말 귀족 NPC들 사이에 손을 들고 있는 귀족이 있었던 것!

-네가 왜 거기에 있냐?!

-그건 나중에 설명할 테니까 소란 좀 일으켜.

-뭔…… 소란?

-그건 네가 생각해야지. 빨리!

-어, 어, 어…….

케인은 당황했다. 소란을 일으키라니. 여기서?

광장 주변에는 이번 요리 축제를 구경하러 온 플레이어들이 많았다. 그뿐만이 아니었다. 거기에 축제를 관리하는 여러 NPC가 우글거리고 있었던 것이다. 이런 상황에서 어떻게 소란을 일으킬 수 있을까?

"내가 레드존 길마, 케인이다!"

이다비는 깜짝 놀라서 케인을 쳐다보았다. 이 사람 갑자기 왜 이래?

"내가 레드존 길마, 케인이다!!"

"왜 그래요?"

"내가 레드존 길마, 케인이다!!"

세 번째 외치자 이다비는 더 이상 묻지 않고 거리를 벌리기 시작했다.

웅성웅성!

케인이 광장 앞에서 소리를 질러대자, 다른 플레이어들이 웅성거리며 떠들기 시작했다.

"저거 케인 아니야?"

"케인? 케인이 누구야?"

"너 케인도 모르냐? 그 김태현하고 같이 다니는 놈!"

"아, 그……."

"김태현이 누군데?"

"한국 쪽 유명한 플레이어."

"한국? 걔네들은 왜 그렇게 유명한 플레이어들이 많아?"

워낙 플레이어들이 많다 보니 그중에는 태현을 모르는 해외 플레이어들도 있었다. 그들이 떠드는 사이, 케인이 일으킨 소란에 병사들이 달려오기 시작했다.

"무슨 소란이냐!"

"내가! 케인이다!"

"앗, 저놈은! 현상금이 걸린 놈이다!"

"……기억하고 있었냐!"

케인은 투덜거리며 몸을 돌려 도망치기 시작했다.

에랑스 왕국에서는 딱히 그렇게 한 것도 없는데!

잡히면 골드를 내고 풀려날 수 있지만, 케인은 그럴 생각이 조금도 없었다.

"저놈 잡아라!"

"뭐야, 뭐야? 무슨 일이야?"

"하하! 잡을 수 있으면 잡아봐라!"

순식간에 광장 주변에서는 크게 소란이 벌어졌다. 태현에게 말을 걸던 귀족들도 그 소란을 구경하려고 움직일 정도!

'지금이다!'

태현은 재빨리 광장에서 벗어나기 시작했다. 아무도 태현을 쳐다보지 않았다. 그만큼 재빠른 움직임이었다. 등 뒤로 쏟아 지는 주현영의 시선이 조금 따가웠지만, 태현은 기분 탓이라고 생각했다.

'기분 탓이겠지, 기분 탓!'

"이야, 잘했어. 케인. 역시 케인이야!"

"대단해요, 케인 씨!"

태현과 이다비는 케인에게 손뼉을 치며 칭찬했다. 그러나 케 인의 표정은 바뀌지 않았다.

"왜 그런 곳에 변장해 가지고 들어가 있는 거냐……!"

"하하, 살다 보면 그럴 수도 있는 거지. 네가 에랑스 왕국에서 현상금 걸린 것처럼."

"그건 예전 일이라니까!"

"아까 병사들 보니까 안 잊고 있던데. 됐고, 이제 이 요리 축제에서 건질 건 다 건졌으니까 바로 이동하자. 오래 있어봤자 좋을 게 없지."

"그러죠."

"난 요리 못 먹었는데?!"

태현을 찾느라 요리를 제대로 먹지 못한 케인만 억울할 뿐!

"이다비! 너도 못 먹었잖아!"

"네? 전 먹을 거 다 먹었는데요?"

케인과 달리, 이다비는 움직이면서도 계속 요리를 집어 먹었던 것이다.

케인과는 차원이 다른 집념!

"야 이 치사한……!"

"뭐?? 케인이 있었다고?"

"네. 광장 앞에서 난리를 쳤다고……."

"……김태현이다! 그 자식이 뭔가 한 게 분명해!"

차오는 바닥을 쾅 내려찍으며 분노에 찬 목소리로 외쳤다.

물론 다른 길드원들에게는 '드디어 우리 길마님이 미쳤나 보다'로밖에 보이지 않았지만.

'김태현이 왜 나와?'

'몰라. 저번에는 길 가다가 넘어지셔 놓고 김태현 탓하시던데.'

'우리 길드가 망할 때가 된 거 아닐까?'

그러나 차오의 추측은 사실이었다. 길드원들에게 설명할 방법이 없어서 그렇지!

"이 자식들…… 내 말을 못 믿는 거냐! 들어봐라! 케인 그놈이 최근에 김태현과 따로 다녔던 적이 있냐?"

"없었죠?"

"그러면 그 주변에 김태현이 있었을 거다. 김태현이 여기 왜 있었겠냐?"

"글쎄요……?"

"놈의 강력한 경쟁자인 나를 견제하려고 온 게 분명해! 내가 여기 왕궁 퀘스트를 깨고 있다는 정보를 얻고서!"

차오를 쳐다보는 길드원들의 시선이 살짝 더 차가워졌다.

"저, 길마님. 김태현은 마계 퀘스트 깨고 있느라 바쁘지 않나요?"

"끝나고 온 거겠지!"

"그러니까 마계 퀘스트를 하다가 길마님 소식을 듣고 견제

하려고 여기까지 와서……."

"……저 귀족 NPC들을 매수한 거겠지!"

더욱더 차가워지는 길드원들의 시선!

"아…… 네……. 그런 거겠죠. 길마님이 그런 거라면……."

"이 자식들아! 맞다니까! 아니면 그게 설명이 안 돼!"

"그래요. 길마님이 맞는 걸로 합시다."

"야!!"

길드원들에게까지 신뢰를 받지 못한 차오는 분노했다.

그런 차오가 보여줄 반응은 하나였다.

대형 길드 연합의 길마들을 다시 소집!

-김태현 그 자식을 처리합시다!

-그거 저번에 암살자들 보내지 않았나? 돈도 꽤 들었을 텐데.

-그놈들이 제대로 일 안 하고 있잖습니까!

길드 연합에게서 의뢰를 받은 플레이어 중 한 명, 잭.

잭은 길드 연합에게 이렇게 보고했다.

'최대한 끝까지 따라붙었는데 김태현이 타고 있던 배가 갑자기 사라져 버렸다!'라고.

잭은 사실만 말했지만, 다른 플레이어들에게는 '이 자식이 지금 장난하나'라고밖에 들리지 않았다. 애초에 잭 같은 플레이어한테 신뢰고 뭐고 있을 리 없었으니 더더욱!

-애초에 그런 놈들을 믿은 게 잘못이라니까. 내가 말했을 텐데. 그런 놈들은 먹고 튈 놈들이 많다고.

-맞아. 우리는 말렸어.

'이 자식들이……'

차오는 이를 갈았다. 대형 길드 연합이라고 해도, 그들의 의견이 모두 일치하는 건 아니었다. 이들 중에서 차오나 쑤닝처럼 당한 적이 있는 플레이어들은 태현에게 이를 갈았다. 그렇지만 당한 적 없는 길드들은 태현에게 딱히 적대심이 없었다. 자기들의 이익을 더 키우는 게 우선!

-그래서 김태현을 두고 보자고?! 연합의 뜻을 잊었나? 연합의 적은 먼저 처리해야지!

-아니, 그래서 김태현이 뭘 했는데?

-나도 축제 영상 봤는데 김태현은 보이지도 않더라.

'크으윽……!'

차오는 주먹을 쥐었다. 분명 김태현이 한 게 맞았다. 그의 직감이 그렇게 비명을 지르고 있었다. 그런데 설득할 방법이 없었던 것!

-그리고 우리는 지금 김태현 같은 놈한테 신경 쓸 시간이 없어. 너도 그만 집착하고 네 일이나 하라고. 김태현처럼 혼자 다니는 플레이어는 한계가 있다니까.

-맞아. 맞아.

'이 새끼들이 김태현한테 당해봐야 정신을 차리지!'

차오는 설득을 포기했다. 지금은 여기 길마들을 설득할 수 있을 것 같지 않았다. 게다가 때가 너무 안 좋았다.

지금 저들이 저러는 이유는……

'프리카 대륙 투기장 리그때문이겠지!'

한국에서 다시 시작하는 투기장 리그. 판온 1에서 한번 실패했던 리그였지만, 눈치 빠른 플레이어들은 느끼고 있었다. 이번에는 뭔가 좀 다를 거 같다고.

만약 그렇다면, 이 투기장 리그는 엄청난 기회였다. 다른 사람들보다 빠르게 먼저 들어가 자리를 잡아놓으면, 그 이후 프로 리그가 커질 경우 대박이 나는 것이다. 어떤 게임이든지 간에, 리그의 시작과 함께한 플레이어는 언제나 강한 인상을 남겼으니까.

'한국 대회가 뭐 그리 대단하다고…… 어차피 커질 리그라

면, 기다리기만 해도 리그가 더 생길 텐데!'

이번 투기장 리그 예선에 참가하는 팀들은 대부분 한국 팀이었다. 한국 방송사가 주최하는 대회였으니 당연했다. 그러나 길드 연합의 길마들이 노리는 건 예선이 아니었다.

초대 팀!

수많은 팀이 몰려 있는 복잡한 예선을 뚫는 건 아무리 실력이 있는 팀이어도 힘들었다. 아무리 레벨이 똑같아지고 스탯이 똑같아져도, 판온의 스킬은 정말 이상하고 예측 불가능한 게 많았던 것이다. 가장 이상적인 건 싸우지 않고 본선으로 나가는 것이었다. 그게 바로 초대팀이었다.

방송국 측에게서 '예선이 아닌 본선에 바로 참가해 주세요' 하고 요청을 받는 것. 태현이나 이세연이 받은 게 바로 저거였다.

지금 길드 연합의 길마들은 투기장에 특화된 길드원들을 모아 투기장을 돌리고 있었다.

명성을 얻으면 자연스럽게 들어올 초대! 그 초대를 받고 본선에 바로 진출할 생각이었던 것이다. 당연히 태현을 견제하는 데 신경을 쓸 여유가 없었다.

차오는 빠득빠득 이를 갈았다. 소원이 있다면, 제발 이 이기적인 놈들도 꼭 김태현한테 공평하게 당해줬으면 좋겠다는 것뿐!

"이 주변 같은데……."

태현은 주변을 두리번거렸다.

지금 있는 곳은 에랑스 왕궁의 앞, 상점 거리였다.

찾는 것은 악마 대장장이, 사루온! 마계에서 만난 퀘스트를 깨기 위해 온 것이었다.

'가능하면 크고 강력한 폭탄 스킬이었으면 좋겠다.'

기계공학 비전 스킬이라면 다양하게 가능했지만, 태현이 원하는 건 하나였다. 크고 강력한 폭탄!

물론 크고 강력한 폭탄은 다른 곳에서 만들어지고 있었다. 태현이 생각지도 못하는 곳에서.

-신의 예지.

태현은 길을 확인하며 스킬을 사용했다. 이 스킬을 잘못 사용했다가 귀족을 사칭하게 되었지만…… 그래도 〈신의 예지〉는 좋은 스킬이었다.

'여긴가?'

덜컥-

문을 열고 안으로 들어가자, 평범해 보이는 상인이 보였다. 어디에서나 흔히 볼 수 있는 상인 NPC! 아무리 봐도 마족과는 관련이 없어 보이는 상인 NPC였다.

그러나 신의 예지는 여기를 가리키고 있었다.

태현은 잠깐 고민했다. 어떻게 해야 할까?

척척척-

태현은 상인 앞에 섰다. 그리고 말했다.

"마족 개×× 해봐."

갑자기 싸늘해지는 분위기! 케인도 태현을 이상한 놈 보듯이 보고 있었다. 갑자기 상점 안에 들어가서 한다는 소리가 저거라니! 그러나 그 뒤에 일어난 일은 더 믿을 수 없는 일이었다.

"크핫핫. 내 정체를 눈치채다니. 훌륭하다! 너는 시험을 통과했다!"

펑!

상인의 몸이 연기로 뒤덮이더니, 근육질의 악마의 모습으로 변했다.

[악마 대장장이, 사루온을 찾았습니다. 퀘스트를 완료했습니다. 악명이 오릅니다. 기계공학 스킬이 오릅니다. 악마들만이 만들 수 있는 아이템의 제한이 풀립니다. 계속해서 악마들과 상대할 경우, 안 좋은 소문이 퍼질지도 모릅니다.

"어떻게 눈치챈 거지? 인간치고는 대단하군!"

태현은 차마 말할 수 없었다.

아무나 붙잡고 '너 마족 개×× 해봐!'라고 하려고 했다고는!

'계속하다 보면 언젠가는 나오겠지'라는 생각이었다.

"내 정체를 알아챘으니 그런 대담한 말을 한 거겠지?"

"물론! 그 이유 외에는 상상할 수도 없지!"

'아, 이 사람 아무나 붙잡고 나올 때까지 마족 개×× 해봐 라고 하려고 했구나……'

이다비만이 진실을 알아차렸다.

[칭호: 위대한 파괴자를 갖고 있습니다.]

[칭호: 자폭하는 기계공학자를 갖고 있습니다.]

[칭호: 악마의 혓바닥을 갖고 있습니다.]

[칭호: 악마를 속인 자를 갖고 있습니다.]

[사루온의 친밀도가 급격하게 증가합니다. 기계공학 비전 스킬 퀘스트의 조건을 충족시켰습니다.]

이제까지 해오면서 쌓아왔던 칭호들!

그 칭호들은 사루온의 호감을 사기에 충분했다. 성을 날리고 악마를 속이고 자폭을 하는 짓들이야말로 악마 대장장이의 취향!

"너는 너무 대단하군. 언젠가 제자가 되고 싶은 놈이 찾아

올 거라고는 생각했지만, 이래서야 뭘 시킬 게 없는데."

"안 시키고 그냥 비전 스킬을 주면……."

"그건 안 되고."

[설득에 실패합니다.]

'쯧.'

태현은 혀를 찼다. 메시지창을 보고 날로 먹을 수 없나 싶었는데, 그건 아닌 모양이었다. 그래도 사전에 깨야 하는 퀘스트들은 넘어갈 수 있었다. 이제까지 저지른 사건들 덕분!

'폭탄을 많이 터뜨려서 정말 다행이야. 앞으로는 더 많이 터뜨려야겠군.'

남들이 들으면 기겁할 생각을 하는 태현이었다.

"으음. 고민이 되는데. 너 정도 되는 인간은 워낙 드물어서, 어떤 일을 시켜야 할지 모르겠다."

"그냥 줄…… 수는 없고, 너 정도 되는 인간에게 어울리는 퀘스트는 뭐가 있을까……."

사루온이 뭔가 굉장히 어려울 것 같은 퀘스트를 시키려고 하자, 태현은 불안해지기 시작했다.

"아니, 꼭 어려운 걸 해야 하는 건 아니지 않나?"

"시끄럽고."

"그보다 무슨 비전 스킬인데? 보상은 알려줘야지!"

"퀘스트, 퀘스트……."

사루온도 태현 못지않게 성격이 꼬여 있는 악마!

둘이 자기 할 이야기만 하는 사이, 밖에서 거대한 굉음이 들렸다.

콰콰콰콰콰콰콰콰쾅!

사루온은 고개를 들고 외쳤다.

"이 소리는…… 폭탄의 소리다! 규모가 어마어마한 폭탄!"

"그쪽이 터뜨린 건가?"

"무슨 소리야? 내가 한 게 아니다! 궁금해지는군. 이 도시에서 나 말고 이 정도 되는 폭탄을 터뜨릴 존재가 있다니!"

"우리는 노예가 되지 않는다!"

"판온의 주인이 된다!"

"가브리엘 만세!"

어디서 많이 들어본 것 같은 소리가 에랑스 왕국 거리에 울려 퍼졌다. 확성 아이템을 사용해 크게 키운 목소리!

"저거 뭐 하는 미친놈이야?!"

"컨셉질은 너네 안방에서 해! 지금 이게 뭐 하는 거야!"

"요리 쏟았잖아, 이 자식아!"

앞에서 소리를 지르는데도 플레이어들은 당황하거나 겁을 먹지 않았다. 당연했다. 여기는 에랑스 왕궁 앞 거리! 기사단부터 시작해서 강력한 NPC들이 우글거리는 마굴이었다.

여기서 무슨 소란이라도 피운다면 바로 달려와서 제압될 수밖에 없었다. 가끔가다가 저렇게 관심을 끌고 싶어 하는 플레이어들이 소란을 피웠지만, 언제나 순식간에 제압당했다.

"어? 저거 가브리엘 아니야?"

"가브리엘이 누군데?"

"예전에 대장장이들끼리 손잡고 길드 하나 쓰러뜨린 놈들 있어."

눈썰미 좋은 플레이어 한 명이 가브리엘의 정체를 알아차렸다. 그러나 그렇다고 달라지는 건 없었다.

유명한 플레이어들에 비해서 가브리엘은 듣보잡 그 자체! 하루에 유명 인사들이 수십 명이 넘게 나오고, 판온 게시판에는 온갖 사건들이 우르르 몰려나오는데, 이름 없는 길드 하나 잡은 가브리엘의 이름을 아는 사람은 많지 않았다.

"야! 그만하고 꺼지라고!"

"자꾸 방해할래?"

순식간에 쏟아지는 야유! 보통 사람들이라면 당황할 법도 했지만, 가브리엘은 눈썹 하나 까딱하지 않았다.

활활 타오르는 눈동자!

"들어라! 이제까지 우리를 구박하고 업신여긴 놈들아! 기계 공학 스킬을 배웠다고 푸대접한 놈들아! 우리는 더 이상 참지 않을 것이다!"

말 한마디 했는데 야유의 세례가 쏟아져 들어왔다.

"저놈 언제까지 저러는 거야?"

"뭐 하려고 올라간 거냐? 폭탄이라도 던지게? 여기 사제들 많아서 폭탄 터뜨려 봤자 대미지도 안 들어가!"

"네가 김태현인 줄 아냐?"

가브리엘은 그 말을 듣고 홱 고개를 돌렸다. '네가 김태현인 줄 아냐'라고 말했던 플레이어는 그 기세에 움찔했다.

"그래, 말 잘했다! 나는 김태현이 아니지! 하지만 김태현에게 서 배웠다!"

태현이 듣는다면 '내가 언제 가르쳤어, 미친놈아!'라고 했을 것이다. 그러나 태현은 지금 이 자리에 없었다.

"힘을 보여주지 않으면 결코 사람들은 달라지지 않는다는 걸! 오늘 기계공학이 얼마나 강력한 스킬인지, 우리가 얼마나 강력한지 보여주겠다! 봐라!"

"진짜 폭탄이네?"

"터뜨려 봤자 얼마나 크겠어."

"혹시 모르니까 방어막 좀 걸어놓을까?"

타타탁-

저 멀리서 병사들이 달려오는 게 보였다. 그걸 본 플레이어들은 안심했다. 그러나 가브리엘이 만든 폭탄은 그런 수준으로 막을 수 있는 게 아니었다.

"이것이 기계공학의 정수! 끓어오르는 궁극의 역병 폭탄이다!"

콰콰콰쾅!

폭탄이 터지자, 녹색 연기가 엄청난 속도로 빠르게 퍼져 나갔다. 그러나 그뿐! 아무 대미지도 입지 않았다.

가브리엘의 말에 움찔했던 플레이어들도 두리번거리더니 상황을 깨닫고 비웃기 시작했다.

"터뜨리는 거 실패한 거냐! 푸하하!"

"그러니까 기계공학이 욕을 먹지! 그것도 못 터뜨리냐!"

야유에도 가브리엘은 흔들리지 않았다. 당당하게 외쳤다.

"멍청한 놈들. 폭발만이 기계공학이 아니다! 이제 곧 알게 될 거다. 죽는 것보다 더 끔찍한 병에 걸리게 됐다는 걸!"

[끓어오르는 궁극의 역병에 걸렸습니다. HP가 지속적으로 감소합니다.]

"뭘 이딴 걸 갖고 난리야?"

"맞아."

플레이어들은 코웃음을 쳤다. 이런 식의 디버프나 저주는 수십 개도 넘는 종류가 있었다. 이제 와서 딱히 가브리엘의 폭탄에 겁을 먹을 이유는 없는 것!

"저주 걸린 분들 오세요! 제가 해제해 드리겠습니다."

"HP는 제가 힐해 드릴게요!"

광장에 모인 사람 중에서 사제 직업들도 꽤 있었다. 저주 해제에 자신이 있는 플레이어들은 사람들을 불렀다.

-하급 체력 회복.

-데메르의 저주 해제!

그러나…….

[해제할 수 없는 저주입니다.]

"뭐, 뭐야?"

"왜 저주 해제를 못 해?"

"안 되는데? 해제가 안 돼!"

"안 되기는 뭐가 안 돼. 네 레벨이 낮아서 그렇겠지. 여기 고렙 사제 있으니까 이분한테……."

"저, 저도 안 되는데요?"

처음에는 사제가 실패한 줄 알았지만, 시간이 지나자 다들 경악한 표정을 지었다. 사제의 문제가 아니었다. 저주의 문제!

"으하하하하! 기계공학 대장장이를 무시한 놈들! 자기 렙 좀 높다고 게임 내에서 횡포를 부리고 다니던 놈들! 앞으로도 그러고 다닐 수 있나 보겠다!"

"야 이 미친 자식아! 이 저주 풀어!"

"저주를 푸는 방법은 나도 모른다! 알아서 잘 해봐라!"

가브리엘은 다짜고짜 로그아웃을 해버렸다.

여기서 다시 재접속을 할 경우 바로 감옥에 들어가는 건 물론이고, 지금 병사들이 쫓아오는 상황에서 나가면 페널티를 크게 받는 상황. 그러나 가브리엘은 상관하지 않고 나가 버렸다. 레벨이나 경험치, 스탯이나 스킬 같은 건 이미 포기한 가브리엘이었다.

원하는 건 단 하나. 판온에 제대로 보여주는 것!

그리고 그 의지에 대답이라도 하듯이, 자리에 있던 전원에게 퀘스트창이 떴다.

〈끓어오르는 궁극의 역병을 막아라-대륙 퀘스트〉

대륙의 가장 사악한 저주 중 하나인 끓어오르는 궁극의 역병. 누군가가 그 저주를 찾아 대륙에 퍼뜨렸다. 저주를 해결하라.

보상: ?, ??, ??

대륙 퀘스트! 대륙 규모 퀘스트인 주제에 짧고 간단한 설명. 그러나 경험 많은 플레이어들은 긴장한 기색을 감추지 않았다.

'이거 어려운 퀘스트다!'

'일단 이 저주를 피해야 해. 걸리면 위험하다!'

대륙의 가장 사악한 저주라니. 뭔지 몰라도 일단 걸리면 위험해 보였다. 폭탄이 터진 광장에 있지 않던 플레이어들은 소식을 듣고 재빨리 피하려고 했다.

그러나…….

[끓어오르는 궁극의 역병에 걸린 사람과 접촉했습니다. 끓어오르는 궁극의 역병에 걸렸습니다.]

"뭐?!"

걸린 사람과 접촉만 해도 저주가 옮겨붙는 강력함!

단순하지만 무시무시한 효과였다.

기겁을 한 플레이어들은 재빨리 달려 나가기 시작했다. 여기 있다가는 100% 저주 감염!

몇몇 재빠른 플레이어들은 스스로에게 버프를 걸었다. 저주를 막아낼 수 있는 각종 버프!

그렇지만 의미가 없었다.

[저주 방어의 축복이 무시됩니다. 끓어오르는 궁극의 역병에 걸렸습니다.]

"뭐 이런 미친?!"

대륙의 가장 사악한 저주 중 하나라는 게 괜히 붙은 이름이 아니었다. 방어 불가능에, 걸린 사람과 접촉하면 바로 전염되는 강력함!

"가브리엘인가 가부리살인가 하는 그 ×× 어디 갔어?!"

"찾아! 죽여 버린다!"

"이거 풀고 가라 그래!"

패닉하는 사람들! 방금까지 요리 축제로 흥겨웠던 광장은 고함과 욕설로 가득 찬 장소로 변해 버렸다. 그나마 저주에 걸린 플레이어 중 머리가 돌아가는 사람들은 어떤 저주인지 확인하려고 했다.

'그래서 이거 대체 어떤 저주지?'

HP가 쭉쭉 떨어지기는 했지만, 그거 말고 다른 일은 일어나지 않았다.

이런 거라면 죽으면 풀리는 저주 아닐까?

"안 돼! 나 지금 사망 페널티 받으면 안 된다고!"

"물약 어딨어?!"

잃을 게 많은 플레이어는 절대 죽지 않으려고 발버둥 쳤지만, 여기 광장에는 잃을 게 별로 없는 저렙 플레이어들도 많았다. 그들은 저주를 확인하더니 고개를 갸웃거렸다.

"그냥 죽으면 풀리는 거 아냐?"

"한 번 죽지 뭐."

그러나 그들은 죽지 않았다. 정확히 HP가 1에서 멈췄기 때문이었다.

딱 1! 지나가는 쥐한테 한 대 맞으면 죽는 HP!

"더 안 내려가는데?"

HP가 1로 고정되자, 몇몇 성질 급한 플레이어들은 스스로 공격해서 피를 깎았다. 어차피 사망 페널티는 별로 없으니 그냥 죽어서 해결하자!

[HP가 0으로 내려가 사망합니다.]

[HP가 0으로 내려가 사망합니다.]

왕국 광장 곳곳에 자해하는 플레이어들이 나타났다.

회색빛으로 변해서 사라지는 플레이어들! 저렙 플레이어들이야 저런 선택이 가능했지만, 고렙 플레이어들은 아니었다.

그들은 필사적으로 발버둥 쳤다.

"이, 일단 밖으로 나가자! 여기 있으면 저주를 풀어도 다시 걸릴 거야!"

그 말을 시작으로, 플레이어들은 흩어져서 도시 밖으로 나가기 시작했다. 자기가 저주에 걸린 상태라는 건 잊어버린 채, 다른 사람을 피하겠다는 생각만으로!

상황은 완전히 가브리엘이 예상한 대로 흘러가고 있었다.

밖에서 커다란 소란이 벌어지는 동안, 태현은 사루온과 마주 보고 있었다. 물론 태현에게도 퀘스트창은 떴다.

'어떤 미친놈이 이런 저주를 퍼뜨렸대?'

태현은 상상도 못 했다. 소심하게 기계공학의 길을 물어본 그 대장장이 플레이어가 이런 폭탄을 터뜨렸을 거라고는!

사루온은 박수를 치며 말했다.

"아주 잘 됐군. 네게 어울리는 퀘스트가 없었는데, 이번 일을 시험으로 삼지. 이 끓어오르는 궁극의 역병 저주를 찾아 해제한 다음 갖고 오도록. 그러면 비전 스킬을 전수해 주겠다."

"아니, 잠깐……."

"음, 아주 좋아. 너 정도 되는 모험가에게 맞는 시험이려면 이 정도는 되어야지. 운이 좋았군."

"잠깐만이라고 하는 소리 안 들리냐!"

태현은 울컥해서 외쳤다. 대륙 퀘스트가 장난도 아니고, 깨는 게 보통 힘든 게 아니었다. 게다가 운도 어느 정도 필요했다. 게다가 이번 퀘스트는 저주의 해제 방법부터 찾아야 하는 고난이도의 퀘스트! 어떤 저주인지는 몰라도 쉽게 해결하는 건 불가능해 보였다.

'대체 어떤 놈이 이딴 저주를 퍼뜨린 거야?'

태현은 이를 갈았다. 이제까지 한 업적 때문에 쉽게 갈 수도 있었는데, 갑자기 생겨난 대륙 퀘스트 때문에 비전 스킬 퀘스트 난이도도 같이 올라갔다. 깰 수밖에 없는 상황!

"그런데 그 비전 스킬이 뭔데?"

"으하하. 악마가 미리 알려줄 수는 없는 법이지."

태현의 눈이 가늘어졌다. 명백히 의심하는 눈초리!

'이 자식. 별 쓰잘데기없는 비전 스킬 갖고서 이렇게 생색내는 건 아니겠지?'

보통 각 스킬의 비전 스킬은 정말 강력한 스킬이었다. 그렇지만 태현은 기계공학 스킬에 대해 잘 알고 있었다.

강력한 대신 꽝도 많은 복불복 스킬! 어느 스킬이나 꽝 취급받는 스킬은 있기 마련이었지만, 기계공학은 그 정도가 좀 심했다. 괜히 사람들이 기계공학을 기피하는 게 아니었다.

'이 자식, 만약 이 퀘스트 다 깼는데 별거 아닌 보상 나오면 각 교단 공적치 포인트 전부 사용해서 레이드해 주마.'

사루온은 태현이 속으로 레이드 계획을 세우고 있다고는 생각지도 못한 채 호탕하게 웃었다.

"너라면 충분히 할 수 있을 거다. 이번에 퍼진 역병 폭탄을 찾아서 가지고 와라!"

"그런데 깰 수 있겠냐? 대륙 퀘스트잖아."

"태현 님은 대륙 퀘스트 깬 적 있잖아요."

"그렇긴 하네."

케인과 이다비는 태현 뒤에서 떠들어댔다. 태현이 퀘스트 수락을 하는 걸 보고 '진짜 할 수 있나?' 싶었던 것이다.

그런데 생각해 보니 태현은 이미 대륙 퀘스트를 깬 적 있던 사람! 이번에도 쉽게 깰 수 있을 것 같았다.

"아니, 간 좀 보고 안 되겠다 싶으면 포기할 거야."

그러나 태현은 냉정했다. 이제까지 대륙 퀘스트를 깰 수 있었던 건, '깰 수 있는 대륙 퀘스트'가 나와서였다. 그러나 지금 나온 대륙 퀘스트는 어떻게 깨야 하는지 알 수 없는 대륙 퀘스트! 게다가 보상도 확실하지 않았다. 아키서스의 화신 직업 퀘스트는 권능이 보장되어 있었지만, 이건 정체를 알 수 없는 기계공학 비전 스킬이었다.

'확인 좀 해보고 안 되겠다 싶으면 다른 퀘스트부터 깨야지.'

태현에게는 우선순위가 있었던 것.

"네가 포기하면 포기하는 거겠지만…… 근데 이거 무슨 저주냐?"

"그러게요. 대륙 퀘스트 정도면 엄청 강력한 저주 아닌가?"

사루온의 상점 안에 있던 셋은 밖에서 일어난 상황을 보지 못했다. 태연하게 밖으로 나서는 그들!

"아까 밖에서 시끄러운 소리 들리던데, 퀘스트하고 관련 있는 거 아닌가?"

"에이, 설마요. 여기가 어딘데."

"하하. 하긴 그렇지?"

순진하게 대화를 나누는 케인과 이다비. 그러나 태현은 둘의 대화를 듣고 움찔했다.

"으아아악! 살려줘!"

"저주 걸리기 싫다고!"

"모두 도망쳐!"

저 멀리서 달려오는 플레이어들!

태현은 설마가 사람을 잡는다는 걸 다시 한번 느꼈다. 아까 밖에서 난 소리가 정말 이 퀘스트와 관련된 소리였구나!

"뭐, 뭐야?!"

케인은 당황해서 비키려고 했지만 달려오는 플레이어들이 너무 많았다. 그대로 부딪히는 케인과 이다비!

[끓어오르는 궁극의 역병에 걸린 사람과 접촉했습니다. 끓어오르는 궁극의 역병에 걸렸습니다.]

둘은 그대로 저주에 걸려 버렸다. 태현은 그 와중에도 재빨리 피하는 움직임을 보여주었지만, 하필이면 케인이 붙어 있었다.

[끓어오르는 궁극의 역병에 걸린 사람과 접촉했습니다.]
[끓어오르는 궁극의 역병을 회피하는 데 성공했습니다.]

태현은 메시지창을 보고 크게 놀라지 않았다. 이제까지 회피한 스킬과 공격이 수십 개가 넘었다. 이 정도 회피 가지고 놀랄 단계는 지난 지 오래!

그러나 지금 다른 자리에 있는 플레이어들이 태현을 봤다면 놀라서 뒤집어졌을 것이다.

수많은 버프 스킬, 방어 스킬, 치유 스킬, 회피 스킬…… 하여튼 어떤 스킬로도 피하는 게 불가능했던 것. 접촉한 플레이어는 전원 전염!

그런데 태현은 태연하게 그 법칙을 피해간 것이다.

당사자야 이게 얼마나 대단한 건지 모르고 있었지만…….

"HP 깎인다!!"

케인과 이다비가 허둥거리는 동안, 태현은 빠르게 상황을 파악했다.

퍽!

"야!"

케인을 바로 걷어차는 태현!

"이거 접촉하면 저주 걸리는 거군."

"이 자식아! 넌 피도 눈물도 없냐!"

케인은 넘어져서 외쳤다. 1초도 고민하지 않고 걷어차는 태현이 얄미울 수밖에 없었다. 그러나 물론 태현이 이런 항의에 눈 하나라도 깜박하는 사람은 아니었다.

"어디서 나까지 전염시킬 뻔한 놈이 뻔뻔하게……. 넌 내가 전염됐으면 네 직업 때문에 페널티 엄청 먹었을 거다. 감사한 줄 알아!"

맞는 말이었지만 케인은 왠지 모를 억울함이 가슴 가득히 올라오는 걸 느꼈다. 케인이 흑흑거리며 구석에 쭈그리고 있는 동안, 태현은 상황을 파악해 나갔다.

'에랑스 왕궁 앞이라고 방심하고 있었는데 너무 안일했군. 하긴, 저주 퍼트리려는 놈이 사람 많은 곳을 노리겠지. 아무리 그래도 여기서 터뜨릴 줄은 몰랐는데…… 대체 뭐 하는 놈이지?'

태현은 이 저주를 퍼뜨린 방법에서 뭔가 익숙함을 느꼈다.

어디서 많이 본 것 같은 익숙함! 정답은 태현. 스스로의 방법이었다.

가브리엘은 태현이 나온 영상 하나하나를 놓치지 않고 전부 찾아보았다. MBS의 방송뿐만 아니라, 다른 플레이어들의 개인 방송에 잡힌 태현의 모습까지 수십 번 넘게 돌려볼 정도로 집요 하게! 그 결과 가브리엘은 스토커에 가까운 능력을 얻게 되었다.

김태현이라면 어떻게 했을까? 김태현이라면 이 상황에 어떻 게 했을까?

이 저주가 담긴 역병 폭탄을 에랑스 왕궁 앞 광장에서 터뜨 린 것도 그 결과였다. 태현이라면 어디서 어떻게 터뜨렸을지를 생각해 보니, 가장 사람이 많고 잘 퍼질 만한 곳이 나온 것! 어 떻게 보면 태현이 저지른 짓이 돌아온 셈이었지만, 태현은 그 건 상상도 못 하고 고민에 잠겨 있었다.

'보아 하니까 저주 전염력이 엄청나게 강한 것 같아. 케인도 나름 고렙인데 부딪히자마자 전염되어 버렸지. 저주 피한 놈이 몇 명이나 있으려나?'

가볍게 회피에 성공한 태현은 알지 못했다. 태현을 제외한 모든 플레이어가 바로 전염되어 버렸다는 것을!

'저주 막을 수단 있는 사제나 마법사 아니면 위험한 거 아니 야? 빠르게 퍼지겠는데.'

태현은 생각을 멈추고 케인에게 물었다.

"야, 저주 효과 뭐냐?"

"HP가 더럽게 빨리 떨어진다!"

"뭐? 그거밖에 없어?"

"그거라니 이 자식아! 네 피 깎이는 거 아니라고 막말이냐?!"

스킬과 포션을 사용하면서 HP를 올리려고 버둥거리던 케인은 울컥해서 외쳤다. 태현은 이다비를 쳐다보았다. 케인과 달리 이다비는 평온하게 가만히 있을 뿐이었다.

"넌 왜 가만히 있어? 같이 저주 걸리지 않았나?"

"포션 값 아까워서 안 쓰고 있어요."

"……정말 너답다."

저번 퀘스트에서 알게 되었다. 이다비에게는 사망 페널티를 무시할 방법이 있다는 것을. 그래도 그렇지, 포션 아끼려고 회복도 안 하다니!

"그리고 굳이 회복 안 해도 죽지는 않을 것 같은데요."

"그건 무슨 소리지?"

"HP가 1에서 더 안 내려가요."

태현은 움찔했다. 대륙 퀘스트가 뜰 정도로 강력한 저주가, 플레이어를 죽이는 것도 아니라 HP 1에서 멈춘다고?

이건 뭔가 이상했다. 물론 전염성만으로도 정말 강력하기는 했지만, 이건 설마…….

"설마 이거, 계속 HP 1로 고정은 아니겠지?"

태현의 말에 케인이 고개를 홱 쳐들었다.

"뭐, 뭐?"

"그거 아니면 대륙 퀘스트 정도로 뜰 저주가 아닌데……."

"말도 안 돼! 이거 안 풀리면 어쩌라고! 아무것도 못 하잖아!"

"내가 잘못 생각했을 수도 있지. 일단 보자고. 다른 놈들도 많이 걸렸을 테니 효과야 곧 나오겠지."

그러나 불길한 예감은 언제나 맞는 법이었다. 태현의 추측이 맞다는 게 증명되기까지는 채 며칠이 걸리지 않았다.

-죽었는데도 저주가 안 풀려요!! 이거 뭔가 잘못된 거 아닌가요?

-이거 버그임!! 죽었다가 다시 들어왔는데도 HP가 1임! 어서 고쳐 주셈!

-판온 일 이렇게 할 거냐? 버그 빨리 고쳐라!

죽었다가 다시 들어온 플레이어들은 여전히 HP가 1인 상태라는 것을 깨닫고 경악했다. 아직 상황을 파악 못 한 그들은 버그라고 생각하고 항의했지만…….

-버그 아닙니다.

그랬다. 버그가 아니었다.

끓어오르는 궁극의 역병. 이 저주의 강력함은 그 전염성과 지속성에 있었다. 보통 저주는 죽으면 풀리는데, 이 저주는 그렇지 않았다. 해제가 되기 전까지는 계속 HP가 1이 될 때까지 쭉쭉 감소하는 저주!

아무리 힐을 해도, 포션을 마셔도 소용없었다. 그때 잠시 올라갈 뿐, 저주는 계속해서 HP를 1까지 내렸다.

그야말로 끔찍한 저주!

필드로 나가서 사냥을 하려고 해도 할 수 없고, 퀘스트를 깨려고 해도 대부분의 퀘스트를 깰 수 없었다. HP가 1이면 마을 앞 토끼한테 맞아도 죽을 수 있는 상태!

상황을 파악한 플레이어들은 방향을 바꿨다.

동정심에 호소하기 시작한 것이다.

-아니, 이건 좀 아니지 않나요? 아무것도 할 수가 없어요!

-이건 좀 해결을 해주셔야 하지 않을까요?

그러나 판온 운영진은 냉정했다. 게임 내 벌어진 이벤트에는 간섭하지 않는다. 그게 어떤 이벤트라 할지라도!

-플레이어들이 해결책을 찾아내는 것도 판온이고, 찾아내지 못하는 것도 판온입니다. 저희는 여러분들을 믿습니다.

물론 플레이어들이 그 말을 듣고 '아 그렇군요 우리의 노력이 부족했습니다. 다시 한번 찾아보겠습니다'라고 반응할 리 없었다.

-장난하냐!!
-판온 운영진은 반성하라!

포기하지 않고 항의하는 사람들도 있었지만, 대부분의 플레이어들은 일찌감치 포기했다. 판온 운영진의 저런 정책은 1에서부터 유명했던 것이다.

-해결 방법을 찾아야 해.
-저거 터뜨린 가브리엘은 뭐 하는 놈이야?
-몰라. 처음 들어보는 놈이야.
-김태현 제자라던데?
-진짜 제자 맞아? 같이 다니는 걸 본 적이 없는데. 누가 김태현한테 물어봐.
-내가 5골드 줄 테니까 제발 이 저주 좀 누가 풀어봐!
-일단 풀기 전까지는 난 숨어 다녀야겠다. 대도시는 들어가지도 못하겠네.

-너희 조심해라. 지금 저주 걸린 놈들 중에서 남 옮기려고 하는 놈들 많다. 나도 당했다.

-에이, 아무리 그래도 그렇지. 설마 그런 놈들이 있어?

-네가 못 당해봐서 그래! 지금 반갑게 인사하는 놈들 가장 조심해라. 손뼉이라도 치면 그냥 끝이야!

저주가 터지고 나자, 판온의 모습은 색다르게 바뀌기 시작했다. 먼저 에랑스 왕국의 대도시에 플레이어들의 모습이 엄청나게 줄었다. 도시에 남아 있는 플레이어들은 이미 저주에 걸려서 밖에 나가는 걸 포기한 플레이어들이었다.

"근데 어차피 우리는 밖에 잘 안 나가지 않았나?"

"그러게? 역시 제작 직업이 짱이라니까."

제작 직업 플레이어들은 상대적으로 피해가 적었다. 도시 안에서 제작만 해도 어느 정도 퀘스트가 해결이 되었으니까.

가장 피해를 본 건 전투 직업 플레이어들!

"아니, HP가 1인데 뭘 어떻게 깨라는 거야?!"

"다른 놈들도 한번 걸려봐라! 같이 죽자! 에이!"

시간이 흐르고 저주의 효과가 정확하게 알려지자, 플레이어들은 나눠지기 시작했다.

-시간 지나면 누가 풀어주겠지.

포기하고 도시 안에서 퀘스트를 깨는 플레이어들.

-억울해서 못 참겠다! 다른 놈들도 저주 걸려야 해!

나 혼자는 못 죽겠다는 마음으로 다른 도시에 가서 저주를 퍼뜨리려는 플레이어들.

-여기 저주 해결해 주는 포션 팔아요! 단돈 1골드!

이번 기회에 한몫 잡아보겠다는 마음으로 사기를 치는 플레이어들.

-잠깐, 지금 다들 HP가 1이면 내가 한 대 때리면 죽는 거 아냐?

평소에 싫어했던 놈들을 찾아가는 플레이어들까지!

잃을 게 많은 고렙 플레이어들은 아예 도시를 피했다. 중앙 대륙은 넓어서 숨을 곳이 많았다. 판온은 혼란으로 끓어올랐다.

그러나 위기는 곧 기회. 이번 사건이 커지자, 욕심을 내는 플레이어들이 생겼다.

-이거 해결만 할 수 있으면 대박 아닌가?

-저번에 사디크의 화염 퀘스트는 해결 못 했지만, 이번에는 반드시 해결한다!

경험 많은 랭커 탐험가 파티들도 퀘스트 해결에 뛰어들었다. 그중에는 저번에 사디크의 화염을 해결하겠다고 나섰다가 태현한테 뺏긴 파티도 있었다.

"포션 팝니다! 저주를 한 방에! 3골드라는 파격가!"

"이 새끼 사기꾼이에요! 믿지 마세요!"

"진짜 저주 해제 포션이에요! 레벨 100 넘는 사제가 만들어 준 포션! 이 자식은 자기가 못 사서 훼방 놓는 거니까 믿지 마시고! 자! 와서 사세요! 다 팔리면 사지도 못해요!"

태현 일행은 아직 에랑스 왕궁 앞 거리에 있었다.

저주 폭탄 때문에 완전히 뒤바뀐 분위기! 왕궁 같은 곳은 아예 플레이어의 출입이 불가능하게 바뀌었다.

'퀘스트 준비하던 놈들은 피눈물 좀 흘리겠네.'

다른 플레이어들이야 도시를 떠난다, 사람 적은 곳으로 숨는다, 요란을 떨어댔지만……. 태현은 그러지 않았다.

어차피 상관없었으니까!

케인과 이다비는 걸렸고, 태현은 회피로 저주를 계속 피할 수 있었다. 이 도시에서 가장 여유만만한 게 바로 태현!

"이 자식, 장사 방해하지 말고 저리 가라니까!"

"내 골드 내놔!"

"죽고 싶냐? 응? 안 꺼져?"

"쳐봐! 쳐봐! 페널티 받고 싶으면 쳐보라니까!"

사기를 치던 플레이어와 사기에 당한 플레이어가 멱살을 잡고 다투는 게 보였다. 그걸 본 태현은 아쉽다는 듯이 말했다.

"이런 일이 생길 줄 알았다면 미리 준비를 해서 사기를 치는 건데……"

케인은 귀를 의심했다. 방금 뭐라고 했지?

"뭐라고?"

"이런 일이 생길 줄 알았으면 미리 포션 만들어서 크게 사기를 치는 거였다고. 이제 와서 하기에는 늦었지. 푼돈밖에 안 될 테니까."

"넌 저걸 보고 그런 생각밖에 안 드냐?!"

"상황을 활용하는 법을 배워야지."

"맞아요! 저도 똑같은 생각 했어요."

이다비는 손을 들고 동의했다. 케인은 기가 막혀서 둘을 쳐다보았다. 지금 HP가 1까지 떨어진 상황인데 저런 생각이 든다는 게 신기했다.

'저 인간들은 진짜……!'

"HP 1인 걸 고칠 생각이나 하자고!"

"난 괜찮은데? 저주 안 걸렸는데?"

"저도 상인이라 밖에 안 나가도 괜찮은데요?"

빠드득!

케인의 이 가는 소리가 들렸다.

"그만 놀릴까?"

"그래요. 좀 더 놀리면 우실지도……."

"울긴 누가 울어!!"

"케인은 여기까지만 놀리고, 일단 계획을 좀 짜보자고. 나야 그렇다 쳐도 너희 둘은 밖에 나갔다가 재수 없으면 한 번에 훅 갈 수 있을 테니……."

"싸우려면 싸울 수는 있어. 포션 빨고 스킬 쓰면 어느 정도 HP는 차니까."

"매번 그렇게 할 수는 없지. 싸우는 건 최대한 피해야 하려나? 지금 공개된 정보가……."

태현은 게시판을 켜서 확인했다.

끓어오르는 궁극의 역병 저주. 이 저주에 당한 플레이어들이 워낙 많다 보니 관련 정보가 미친 듯이 올라오고 있었다.

한시라도 빨리 이 저주가 해결되기를 바라는 마음! 정보가

하도 많아서 거짓 정보도 몇 개 있었지만, 그걸 거르더라도 꽤 쓸만한 정보가 많았다.

-저주 폭탄을 터뜨린 건 가브리엘이라는 기계공학 대장장이 플레이어다.

-터진 곳은 에랑스 왕궁 광장 앞. 거기서 저주 걸린 플레이어들이 곳곳으로 움직이면서 저주를 퍼뜨리고 있음.

-저주에 걸리면 HP가 1까지 계속 내려감. 회복해도, 죽어도, 계속 1까지.

-가브리엘이 김태현한테 기계공학을 배웠다는 소문이 있음.

"아니, 어떤 새끼가 이딴 헛소문을 퍼뜨리는 거야?"

태현은 자기가 말해준 것도 잊어버리고 당당하게 외쳤다. 옆에서 이다비가 고개를 끄덕이며 말했다.

"그러게 말이에요! 아무리 태현 님이 NPC로 위장해서 남의 퀘스트를 망치고, 점령한 성에 오크 군대를 끌고 가신 적이 있다지만 이건 너무 심한 누명이잖아요!"

"……너 나한테 뭐 쌓인 거 있니?"

"네? 없는데요?"

이다비의 표정을 보니 진심으로 말한 것 같았다. 태현은 갑자기 스스로의 행동을 반성하게 됐다.

의심을 받아도 이상하지 않을 행적들!

"어?!"

게시판을 보던 이다비가 깜짝 놀랐다. 그걸 보고 태현은 고개를 갸웃거렸다.

"왜? 뭐 중요한 정보라도 있냐?"

"미국에 사는 길 베이브 씨가 이거 해결해 주는 사람한테 현상금 쏘신다고……."

"……필요한 정보나 찾을래?"

"이것도 필요한 정보에요!"

전 세계 사람들이 즐기는 판온. 거기서 터진 대규모 재해.

덕분에 몇몇 별난 부자들은 이 질병(?)을 해결해 주는 사람한테 실제로 돈을 주겠다고 현상금까지 건 것이다.

"아니, 이런 거에 돈을 걸어? 왜?"

케인은 이해가 가지 않는다는 듯이 말했다. 태현은 심드렁하게 대답했다.

"돈 많은 사람에게는 껌값이지. 게다가 이런 걸로 홍보도 되고."

"홍보?"

"저런 부자가 자기 혼자 있겠냐. 기업 사장이면 이번 사건이랑 같이 엮여서 기업 이름이 퍼질 거 아니야. 다 그게 홍보지."

둘의 대화와 상관없이, 이다비의 눈빛이 반짝였다.

"꼭! 해결하죠!"

"너는 참 한결같아서 좋다. 그래. 알겠으니까 좀 게시판이나 찾아봐. 정보를 모으라고."

셋은 머리를 맞대고 정보를 확인하기 시작했다.

-퀘스트 터지기 전, 도망친 가브리엘과 대장장이들이 에스파 왕국 남쪽에서 발견된 적 있음.

-몇몇 탐험가 파티가 고문서를 확인하고 에스파 왕국 남쪽으로 이동했음.

-교단 소속 플레이어들에게 에스파 왕국 남쪽으로 가는 퀘스트가 나옴.

"으음……."

수많은 정보 중, 무엇이 진짜고 거짓인지 걸러내는 건 보통 일이 아니었다. 이런 데에서 가장 빛을 발하는 게 경험! 판온 1에서 온갖 경험을 겪은 태현은 직감적으로 눈치챘다.

"에스파 왕국 남쪽이다."

믿기 힘든 정보는 거르고, 사실만을 보고서 예측했을 때, 가장 가능성이 높았다. 가브리엘도 거기서 모습을 보였었고, 랭커 탐험가 파티도 거기로 향했으니, 지금 확률이 가장 높은 곳은 거기!

"에스파 왕국 남쪽이면…… 어? 지금 거기 사람 많지 않나요?"

에스파 왕국의 남쪽으로 쭉 내려가면 항구가 나왔다.

그 항구에서 배를 타면……. 바로 프리카 대륙! 그리고 지금 프리카 대륙에서는 투기장 리그 준비로 플레이어들이 모여들고 있었다.

"이야, 거기 볼만하겠는데."

"남 이야기하듯이 할 때가 아니지 않냐?"

"뭐 나야 저주 안 걸리는데."

'아오, 한 대 때리고 싶네. 진짜.'

HP가 1이라면 태현도 한 대 맞으면 죽을 텐데, 정작 저주에 안 걸리니 뭘 할 수가 없었다.

케인은 분노를 조절할 수밖에 없었다.

"일단 거기 가보자고. 거기서 다른 플레이어들이 하는 거 보고 끼어들면 되겠지."

"역시 태현 님이에요!"

스스로 퀘스트를 깨는 것보다는, 다른 사람들이 퀘스트를 깨고 있는데 끼어들 생각부터 먼저 하는 태현!

"마가 껴도 단단히 꼈지, 이게 뭐야?!"

배장욱은 머리를 헝클어뜨리며 투덜거렸다.

'단순히 게임 내에서 일어난 사건 하나 아닌가'라고 말하는 사람들도 있었지만, 수많은 사람과 이권이 걸린 판온은 더 이상 단순한 게임이 아니었다.

지금 MBS 내에는 긴장된 분위기가 감돌았다. 이번에 터진 사건 때문이었다.

원래 마계에서 귀환한 태현의 특집을 대대적으로 밀어서 대박을 치려고 했었다. 그리고 충분히 가능했었다. 예고편만 나왔을 때에도 사람들의 반응은 뜨거웠던 것이다.

그런데 갑자기 끼어든 역병 저주 사건!

그 사건 때문에 사람들의 관심이 분산되어 버렸다. 지금 방송 특집은 대부분 다 이 역병 저주에 관한 특집이었다.

〈끓어오르는 궁극의 역병 저주란?〉, 〈저주를 피하는 방법〉, 〈저주 해결 퀘스트 진행 방송〉 등 방송국들은 기회라는 듯이 방송을 편성하고 있었다. 태현의 마계 특집도 나름 선방하고 있었지만, 평소 태현의 인기를 생각해 본다면 많이 아쉬운 편이었다.

'개인 방송하는 놈들만 신나게 됐어.'

정규 프로그램을 편성해서 방송에 내보내는 방송국은 이런 퀘스트에 취약할 수밖에 없었다. 빠른 정보를 원하는 시청자들은 퀘스트에 도전하는 탐험가 플레이어의 개인 방송을 찾아가는 것이다.

"판온 측에 요청은 해봤나요?"

"당연히 해봤지. 안 된대. 게네 꽉 막힌 걸로 유명하잖아. 젠장, 가상현실 게임은 게네가 다 잡고 있으니까 아쉬운 게 없겠지."

그리고 지금 더 큰일인 것은, 곧 프리카 대륙 투기장 리그의 예선이 시작된다는 점이었다. 많은 플레이어가 프리카 대륙의 투기장으로 가고 있어서 흥행이 예상되고 있었는데, 거기에 저 주가 끼어든 것이다. 이대로 간다면 참가자들이 얼마나 빠질지 알 수 없었다.

'제발 누가 빨리 해결 좀 해줘라……!'

배장욱은 초조한 마음으로 중얼거렸다. 지금 할 수 있는 건 기다리는 것밖에 없었다.

"그런데 소문을 들어보니까, 이거 터뜨린 가브리엘이라는 플레이어가 김태현 제자라고……."

"김태현 제자? 김태현한테 제자가 있었나?"

"그렇죠? 저도 그런 건 들어본 적이 없어서요."

자리에 있던 모두가 의아해했다. 태현의 영상을 통째로 받아서 편집하는 그들이었다. 제자라고 할 만한 사람은 있지도 않았다.

"피디님, 제가 쓰는 계정에 쪽지가 하나 와 있는데요."

직원 중 한 명이 배장욱에게 말을 걸었다. 방송국 명의의 SNS 계정을 운영하는 직원이었다. 그러다 보니 시청자들이나 플레이어들의 반응들이 어마어마하게 이 계정으로 쏟아져 들어왔다. 쪽지 하나를 신경 쓸 계정이 아닌 것!

"무슨 쪽지인데?"

"자기가 가브리엘인데, 이야기하고 싶다고……."

배장욱은 깜짝 놀랐다. 정말 가브리엘이 쪽지를 보냈단 말인가? 어떤 이유 때문에?

방송국 쪽이 방송 문제 때문에 머리를 싸매고 있다는 건 생각지도 못하고, 태현은 마음 편하게 왕궁을 떠날 준비를 하고 있었다. 시청자 수에 일희일비하는 플레이어들과 달리, 태현에게 시청률이나 시청자 수는 그냥 알아서 따라오는 것!

"사람 없으니까 쾌적한데? 그냥 안 풀리는 게 더 낫지 않을까?"

"김태현!!"

원한 가득한 목소리. 태현은 소리가 난 쪽으로 고개를 돌렸다. 어디서 많이 본 놈들이 서 있었다. 차오와 그의 길드원들, 그리고 처음 보는 플레이어들 여럿!

"뭐냐? 오랜만에 만나서 반갑다고 인사해 주려고 부른 건가?"

"그래. 인사해 주려고 부른…… 게 아니라! 이 자식, 김태현! 뻔뻔하게 모르는 척할 셈이냐!"

"뭘?"

"내 퀘스트를 방해했잖아!"

차오는 바락바락 소리를 지르며 태현을 노려보았다. 옆에 있는 길드원들은 창피하다는 듯이 시선을 돌리고 있었다.

'아니, 왕궁 퀘스트 실패한 게 왜 김태현 때문이냐고.'

'내가 어떻게 알아. 길마가 슬슬 맛이 가고 있다니까. 김태현한테 몇 번 당하더니 사람이 이성을 잃었어.'

'우리 이 길드 나가야 하지 않나?'

길드원들이 속으로 생각하는 것도 모른 채, 차오는 방방 뛰며 태현을 노려보았다. 아무리 생각해도 태현밖에 이유가 없었던 것!

"이야. 재주도 좋네. 어떻게 알았냐?"

태현은 신기하다는 듯이 대답했다.

"뭐라고?!"

차오보다 뒤에 있던 길드원들이 더 놀랐다.

"정말 김태현이 한 거였다고?"

"길마님이 미친 줄 알았는 읍읍……."

홱!

차오가 돌아보자 말하던 길드원은 바로 입을 다물었다.

"내가 뭐라고 했냐! 김태현이 했다고 했잖아 이 ×××들아! 왜 나를 못 믿어!"

"죄, 죄송합니다……."

'그걸 믿는 게 더 이상한 거지!'

차오와 길드원들이 서로 시끄럽게 떠들자, 태현은 손을 한 번 흔들어주고 떠나려 했다.

"그럼 잘 있어라. 나중에 또 보자고."

"그래, 잘 가…… 가 아니라 이 자식이! 감히 NPC들을 매수해서 날 엿 먹여?"

"매수? 매수 안 했는데?"

"……?"

"매수가 아니라 내가 NPC로 변장해서 들어갔어."

갑자기 주변이 조용해졌다. 태현의 말을 들은 플레이어들은 귀를 의심했다.

"뭐라고?"

"내가 NPC로 변장해서 들어갔다고. 네 요리 먹고 난리 치던 놈 기억 안 나냐?"

차오의 눈동자가 커졌다. 설마, 설마 그 NPC가……!

"그거 때문에 눈치챈 줄 알았는데 아니었나 보네? 뭘로 눈치챈 거야 그러면?"

"이, 이, 이 자식……!"

"그러면 네 요리에 뭐 넣은 것도 모르고 있었냐?"

"뭐?"

"네 요리 먹고 다른 NPC들도 마비 걸렸잖아. 그게 왜 그랬겠냐."

"매수가 아니면……."

"그야 내가 네 요리에 다른 재료 넣어서 그런 거지."

태현한테 복수하려고 왔다가 새로운 사실만 알고 더 열만 받게 된 차오! 그 모습을 본 케인은 고개를 저었다.

'저놈은 이미 호구를 잡혔어!'

태현한테 당해본 선배(?) 피해자로서, 케인은 차오의 속마음이 이해가 갔다.

분노와 억울함과 기타 등등의 감정으로 폭발 직전! 그러나 그 마음을 냉정하게 추스르지 못하고 덤벼드는 건 자살행위였다. 냉정하게 덤벼들어도 승산이 적은데 저렇게 감정적으로 덤벼들어서는 더더욱 무리!

'더 강해져서 왔어야지! 멍청하기는!'

차오가 듣는다면 두 배로 열 받을 생각을 하고 있었다.

"네가 내 요리에 다른 재료를 넣었다고?!"

"들었으면서 왜 모르는 척이야? 넣었다고 했잖아."

표정 하나 변하지 않고 대답하는 태현의 모습. 그 모습이 차오를 더욱 분노하게 만들었다.

"이 자식! 감히 내 요리에!"

"다른 놈은 몰라도 네가 그러면 좀 뻔뻔하지 않냐?"

말은 맞는 말! 태현의 말에 무의식적으로 차오의 길드원 중

한 명이 고개를 끄덕였다. 그걸 본 태현이 길드원을 손가락으로 가리켰다.

"쟤 고개 끄덕였다."

설마 태현이 이 상황에서 고자질할 거라고는 상상하지 못한 길드원은 사색이 되었다. 차오가 눈을 부라리고 쳐다보자 손사래 치며 아니라고 부정하는 길드원!

"어쨌든 고맙다. 퀘스트 보상은 잘 받았고. 너 있어서 다른 플레이어들도 의심 안 하더라. 그러게 평소에 좀 착하게 지내지 그랬냐."

상처를 후비다 못해 헤집고 소금을 뿌려 버리는 태현의 도발!

차오는 이를 갈며 말했다.

"오냐, 계속 그렇게 말해봐라! 곧 그 낯짝에 한 방 제대로 먹여줄 테니까."

태현은 고개를 갸웃거렸다.

"뭐 어떻게 하려고?"

차오야 요리사 플레이어였고, 그의 길드원들도 대부분 요리사 플레이어였다. 즉 전투력만 보면 태현보다 한참 아래인 플레이어들! 그러면 여기서 싸울 수 있는 전력은 차오가 데리고 온, 처음 보는 얼굴의 플레이어들뿐만이라는 건데…….

'뭐 레벨 높은 놈들인가? 무슨 방법이라도 있나?'

태현은 살짝 긴장했다. 언제나 방심해서는 안 되는 게 판온!

게다가 태현은 이제 나름 잘 알려진 플레이어였다. 태현을 상대하러 온 놈들은 무슨 숨겨진 방법 하나 정도는 갖고 있다고 봐야 했다.

"크크크…… 김태현. 허세를 부리는군. 그래 봤자 알고 있다. 아까 이야기를 들었거든."

"너희 파티 놈들이 저주에 걸렸다는 말을 들었다고!"

"응?"

태현은 뭔가 오해가 있다 싶어 말하려고 했다. '저주에 걸린 건 여기 케인이랑 이다비지 내가 아니야 멍청한 놈아'라고 말하려고 한 것이다. 그러나 차오는 신이 나서 태현한테 말할 틈을 주지 않았다.

"그렇게 허세를 부리면 눈치를 못 챌 줄 알았냐? 지금 네 HP가 1이라는 건 알고 있어! 즉, 제대로 한 대만 맞으면 곧바로 죽는다는 거지!"

스르릉-

차오 옆에 있던 플레이어들이 바로 무기를 꺼내 들었다. 그걸 본 케인이 고개를 절레절레 저었다.

"멍청한 놈들……."

결국 이 상황에서 가장 피해를 보는 건 케인!

'포션 값 아까워 죽겠는데, 젠장!'

아까워도 어쩔 수 없었다. 안 먹으면 바로 죽을 테니까.

"자, 김태현! 어떠냐! 아직도 허세를 부릴 셈이냐!"

"저놈들은 저주에 안 걸렸냐?"

"하하! 우리가 너처럼 멍청한 줄 아냐! 우리는 전원 저주에 걸리지 않았다!"

"아, 그래?"

태현은 곧바로 케인을 붙잡고 앞으로 집어 던졌다.

"가라, 케인!"

"야 인마!"

앞으로 날아가는 케인! 예전이었다면 욕을 하고 허둥지둥했겠지만, 케인도 이제 태현한테 당한 경험이 많이 쌓인 상태였다. 어떤 돌발 상황에도 쿵짝을 맞출 수 있게 된 것!

케인은 날아가면서 태현이 뭘 원하는지 깨달았다.

쾅!

"저, 저거 피해라!"

기다리고 있던 플레이어들은 기겁해서 외쳤다. 케인과 부딪히면…… 저주가 확실하게 전염!

"어딜 가냐, 이 자식들아! 너희들도 좀 당해봐야지!"

케인은 신이 나서 팔을 뻗었다.

태현한테 당한 걸 다른 놈들한테 푼다!

[끓어오르는 궁극의 역병에 걸린 사람과 접촉했습니다. 끓어

오르는 궁극의 역병에 걸렸습니다.]

곧바로 뜨는 메시지창. 저주에 걸린 플레이어는 절망에 찬 목소리로 외쳤다.

"안 돼-!"

이제까지 잘 피해왔는데!

"아직 안 끝났다. 노예의 쇠사슬!"

촤르륵!

원래는 타겟을 잡고 앞으로 끌고 오는 스킬이었지만, 지금 상황에서는 무엇보다도 위협적인 스킬이었다.

"모두 피해!"

"맞으면 끝장이다!"

덤비려고 온 플레이어들은 싸우는 걸 잊고 케인을 피해 이리 뛰고 저리 뛰었다.

"흠. 케인 혼자 싸우니까 좀 외로워 보이네."

"그러네요?"

태현은 이다비를 빤히 쳐다보았다. 그 시선에 이다비는 불안하다는 듯이 웃었다.

"설, 설마……."

"너도 가라, 이다비!"

"잠깐만 으아아앗!"

-아키서스의 축복!

둘을 적들의 한가운데에 던져 버린 다음 태현은 〈아키서스의 축복〉을 사용했다. HP가 얼마나 깎이든 간에 모든 공격을 전부 다 회피해 버릴 사기적인 스킬!

그 틈을 타 이다비와 케인은 닥치는 대로 부딪히고 접촉해 저주를 걸어댔다.

"멍청이들아! 피하는 건 포기하고 김태현을 공격해! 지금 공격하면 한 방이라고!"

차오는 발을 동동 구르며 외쳤다. 어떤 피해를 감수하더라도 태현을 공격해야 하면 되는 상황이었다.

솔직히 그들 몇 명이 죽어서 로그아웃 당해도 태현 한 명을 잡으면 엄청난 이득 아닌가! 그래서 기껏 데리고 왔더니 제대로 된 공격도 못 하고 허우적거리고 있었다.

"제대로 공격 안 하면 돈은 없다! 빨리 공격해!"

차오의 말에 다른 플레이어들은 정신을 차리고 주문서를 꺼냈다. 이미 케인과 부딪혀 저주에 걸린 플레이어들은 잃을 게 없었던 것이다.

-하급 약화의 저주! 하급 발목 잡기 저주!

마법이나 스킬이 아닌 주문서를 꺼낸 이유는 하나. 태현의 회피를 뚫고 빠르게 대미지를 넣기 위해서였다. 어차피 1만 깎으면 되는 상황이니 명중률이 높고 빠른 공격이 제일 필요한 상황!

"가라!"

퍼퍽!

태현에게 주문서의 저주가 적중하자 푸른색 연기가 잠깐 피어올랐다. 그걸 본 플레이어들은 환호성을 질렀다.

"잡았다!"

"제대로 들어갔어!"

"애들아?"

"김태현 별거 아니라니까!"

"우리가 김태현을 잡았다! 지금 이거 영상 올리고 있지?"

"애들아? 내 말은 안 들리니?"

"이제까지 아무도 김태현을 못 잡았는데 우리가 김태현을 잡았……."

"얘들아. 내가 말하잖아!"

퍼퍼퍼퍽!

[HP가 0으로 내려가 사망합니다.]

"아. 맞다. 너희 HP가 좀 적겠구나. 까먹고 있었다."

멀쩡한 태현이 연기 사이에서 걸어 나오고 있었다. 그사이 공격을 받은 플레이어 하나는 꼼짝도 못 하고 즉사!

"뭐, 뭐야?"

"뭐긴 뭐야. 저주 안 걸린 거지. 너희들 공격도 안 맞아줄 수 있었지만……."

태현은 말끝을 흐리며 검을 들었다. 그걸 본 플레이어들은 침을 꿀꺽 삼켰다.

"있었지만?"

"그래. 있었지만. 왜 맞아줬을까?"

태현은 검으로 플레이어 한 명을 지목해서 물었다. 지목당한 플레이어는 지금 상황도 잊고 얼떨결에 대답했다.

"어, 어, 어…… 아! PK 페널티 안 받으려고?"

"정답."

[치명타가 터졌습니다!]

폭딜을 넣는 수단을 몇 가지나 갖고 있는 태현에게, 역병 저주에 걸려 HP가 1까지 내려간 플레이어들은 그냥 걸어 다니는 먹잇감에 지나지 않았다.

"미, 미친……."

차오의 입이 떡 벌어졌다. 모아온 플레이어들은 급하게 모아왔어도 나름 레벨 100 넘는 고렙 플레이어들이었다.

그런데도 아무것도 하지 못하고 한 방에 날아가다니.

파놓은 함정에 스스로 넘어간 셈!

차라리 서로 저주에 안 걸린 상태로 덤벼들었다면 이렇게 일방적인 싸움이 되지는 않았을 것이다.

"내가 원래는 선빵을 좋아하는 사람인데, 요즘은 좀 악명을 관리하는 바람에…… 자, 그래서 다음은 누구?"

"으아악!"

태현이 검을 내밀자 지목당한 플레이어는 비명을 지르며 뒷걸음질 쳤다. HP가 1밖에 없는 상황이니 스치기만 해도 사망!

그걸 본 태현의 입꼬리가 사악하게 올라갔다.

"에비!"

"으아아악! 살려줘!"

"나 죽이러 온 거 아니었냐?"

"저, 저놈이 돈 준다고 해서 온 거야! 난 너한테 아무런 원한 없어!"

"죽이러 와놓고 원한이 없다?"

"미, 미안해! 그건 잘못했어!"

"그래. 용서하지."

"……?"

"왜, 용서받기 싫어?"

"아, 아냐. 고마워?"

"그래. 얼마나 좋아. 용서하고 감사받고. 너도 좋지?"

"좋…… 좋은데."

"자. 이제 저기 가서 저놈 껴안아."

태현은 차오를 가리켰다. 싸우는 상황에서 요리사 플레이어들은 아무도 신경 쓰지 않고 있었던 것이다.

"어…… 어?"

"너 혼자 저주 걸리면 억울하잖아. 저놈이 너 데리고 왔다며. 안 억울해?"

"별, 별로 억울하지는……."

"아. 그래? 그러면 억울하게 해줄게."

태현은 검을 들어 올렸다.

"억울해! 억울해!!"

"그래, 그래야지. 자, 가서 껴안아. 그러면 억울함이 좀 풀릴 거야."

칼이 겨눠진 플레이어는 머뭇거리며 차오에게 다가갔다.

"뭐 하는 짓이야, 이 자식아! 돈 받았잖아!"

"어, 어차피 나한테 안 옮아도 저기 다른 놈들한테 옮을 거 아냐!"

"그게 말이 되는 소리냐!"

둘이 투닥거리며 말싸움을 하자, 태현이 친절하게 중재에 나섰다.

"거 시끄럽게 떠들지 말고, 껴안고 화해해. 자, 빨리!"

차오와 플레이어는 진짜 싫다는 표정을 지으며 서로 껴안았다. 서로를 향해 날카로운 말을 내뱉던 둘의 극적인 화해! ……는 물론 아니었다.

-죽고 싶냐? 응? 미쳤냐?

-이렇게 된 게 너 때문이잖아! 김태현이 역병 저주 걸렸으니까 한 방이라고 한 게 누군데!

차오와 플레이어는 험악하게 으르렁거렸다.

서로에게 억울한 게 많은 그들! 차오의 말만 믿고 여기까지 달려왔다가 저주만 걸리고 가게 된 플레이어는 어디에다가 하소연할 곳도 없었다.

짝짝짝-

태현은 손뼉을 쳤다.

"이렇게 화해하니 얼마나 보기 좋아. 너희들도 좋지?"

둘 다 대답이 없었다. 서로를 뚱한 표정으로 쳐다볼 뿐.

"안 좋냐? 좋게 해줘?"

스르릉-

"좋아! 좋다고!"

"그래. 이렇게 훈훈하니 참 좋잖아. 내가 웬만해서 눈물이 안 나는 사람인데 눈물이 나오네?"

아무도 믿지 않는 거짓말을 하며 태현은 다른 사람들을 향해 손가락을 까딱였다.

"이리로 오라고."

"저, 저희는 왜요?"

"뭘 왜야. 이 자식들아. 같이 와놓고. 맞고 올래? 아, 맞으면 못 오겠구나? 지금 HP 1까지 내려갔을 테니까."

"……."

"그냥 올래? 죽을래?"

우르르-

습격을 위해 대기하고 있던 플레이어들은 고개를 푹 숙이고 일렬로 늘어섰다. 태현에 의해 완전히 쥐락펴락 당하는 그들! 여기온 플레이어들은 그래도 나름 한가락 하는 플레이어들이었다.

고렙 플레이어와 랭커 플레이어의 사이에 있는 강자들! 그런데 제대로 된 싸움 한 번 하지 못하고 이렇게 제압당한 것이다.

차오 입장에서는 기막혔지만, 사실 그들도 할 말은 있었다. 태현이 저주에 걸리지 않았다는 걸 몰랐던 데다가, 태현이 〈아키서스의 축복〉을 걸어버린 다음 역병 저주에 걸린 동료들을 던져 버리는 무식한 방법을 쓸 거라고는 상상치도 못한 것이다. 게다가 태현은 판온 1에서부터 이런 부류의 플레이어들을 상대하는 데 이골이 난 사람이었다.

〈나는 어떻게 싸가지 없는 플레이어들을 상대했나? 싸가지 없는 플레이어들을 다루는 101가지 방법〉같은 책을 써서 내도 될 정도로 풍부한 경험!

'몰아붙인 다음 말 잘 들으면 봐줄 거 같은 분위기만 만들면 끝이지.'

이런 플레이어들은 자기 캐릭을 엄청나게 신경 썼다. 한번 죽기라도 해서 페널티를 받으면 망하는 거였으니까.

그 점만 노려주면 갖고 놀기 쉬웠다.

"자, 다들 서로 껴안아."

"자, 잠깐……."

"너 지금 내 화해의 시도를 무시하는 거냐?"

아직 저주에 안 걸린 요리사 길드원 중 한 명이 질색을 했지만, 태현은 냉정했다. 여기 온 놈들은 모두 저주에 걸려야 한다.

물론 태현 빼고!

CHAPTER 5

　사이좋게 습격자 전원이 저주에 걸리자, 태현은 흐뭇한 표정으로 고개를 끄덕였다. 그에 비해 습격자 플레이어들은 모두 다 죽겠다는 표정을 짓고 있었다.

　"이제 가도 됩니까?"

　그들은 매우 초라해진 목소리로 물었다. 이만큼 했으면 가도 되겠지?

　"응? 아니."

　"예? 다 걸렸는데요?"

　"무슨 소리야? 내가 언제 저주 걸리라고 했어? 내가 한 건 그냥 너희들끼리 화해시킨 거잖아."

　"……."

"설마 내 선의를 오해한 건가?"

"아, 아니요."

태현이 또 트집을 잡아서 괴롭힐까 봐 플레이어는 입을 다물었다.

"에이, 난 또 너희들이 오해한 줄 알고 화날 뻔했네. 어쨌든 이제 내 볼일 봐야지."

"네?"

-어둠의 화살!

[HP가 0으로 내려가 사망합니다.]

회색으로 변해서 사라지는 플레이어의 몸!

모두 깜짝 놀라서 태현을 쳐다봤지만, 태현은 혼자 고민할 뿐이었다.

"검술 스킬을 올릴까…… 이제 좀 있으면 고급이긴 한데. 아냐. 마법을 좀 더 올릴까? 아니면 투척? 앞으로 폭탄 쓸 일이 더 많을 거 같긴 한데……."

앞에 있는 플레이어들을 무시하고 무슨 스킬을 올릴지 고민하는 모습!

"아니, 시키는 대로 다 했잖아!"

"잘했어."

"고마워…… 가 아니라! 시키는 대로 했으면 그쪽도 뭔가 좀
해줘야지!"

"알겠어. 방송 내보내 줄게."

"그딴 거 말ㄱ…… 크아악!"

태현은 돌멩이를 던져서 플레이어 하나를 새로 때려잡았다.

[아이템을 얻었습니다.]

[아이템을 얻었습니다.]

처음부터 이 습격자 플레이어들을 내버려 둘 생각은 없었
다. 먼저 선공을 한 놈들이었다.

경험치와 아이템이 공짜!

귀찮게 서로 저주를 다 걸게 한 이유는 하나였다. 물론 난
이도도 엄청나게 내려가기는 했지만, HP를 1로 만들면…….

'스킬 경험치를 쌓기가 엄청 쉬워져!'

검술로 즉사, 마법으로 즉사, 투척으로 즉사…….

이제까지 부족했던 스킬 경험치를 쭉쭉 얻을 기회였다.

거의 스킬 경험치의 뷔페 수준!

"방송 내보내 주는 게 싫나? 케인은 못 나가서 안달이던데."

"내가 언제!!"

케인이 뒤에서 방방 뛰었지만 태현은 가볍게 무시했다.

"흠, 더 창의적으로 스킬을 올릴 방법이…… 아, 요리 스킬도 올릴 수 있겠군."

"뭔 요리 스킬을 PK로 올려?"

"그런 게 있다."

태현은 말과 함께 플레이어 한 명을 붙잡고 입에 괴식 요리로 만들었던 요리 하나를 집어넣었다.

[요리로 사람을 쓰러뜨렸습니다! 괴식 요리 스킬이 크게 오릅니다. 악명이 오릅니다.]

"악명 관리를 하려고 하는데도 이게 잘 안 되네."

설득력이 없는 말을 하며, 태현은 플레이어들을 하나하나 쓰러뜨려 나갔다. 그중 덤비려고 하거나 도망치려는 플레이어들은 물론 있었지만…… 가볍게 제압!

정상적인 상태였어도 태현에게는 이길 수 없는 놈들이었다. 저주를 맞은 상태에서는 더더욱 그랬다.

"아이템이 너무 많이 나와서 다 들고 다닐 수가 없네. 이다비, 좀 들어라."

"네!!"

"너 내가 아이템 다 기억하고 있는 거 알지?"

"네……."

태현에게 속마음을 들킨 이다비는 시무룩해졌다.

사라진 일확천금의 꿈!

여기 온 플레이어들은 딱 봐도 PK 용으로 장비를 맞춰 입고 온 플레이어들이었다. 당연히 현금으로도 가격이 꽤 나가는 장비들! 게다가 태현은 PK시 상대방의 가장 좋은 아이템들만 쏙쏙 빼내는 재주가 있었다.

"우리 친구들은 이제 다 끝났고, 남은 건 너희들이네?"

"히익!"

태현이 고개를 돌리자 차오의 길드원들은 기겁해서 시선을 피했다. 방금 로그아웃 당한 플레이어들과 달리, PK와 거리가 먼 요리사 플레이어들!

"괜찮아. 괜찮아. 내가 뭘 어떻게 하겠어?"

"방금 죽였……."

"뭐라고?"

"아, 아무것도 아닙니다."

태현은 친근하게 다가가 차오의 어깨에 팔을 올렸다. 누가 보면 진짜 친구라고 생각했을 모습! 차오는 정말 싫다는 표정 이었지만 차마 태현의 팔을 치우지는 못했다.

[끓어오르는 궁극의 역병에 걸린 사람과 접촉했습니다. 회피하

는 데 성공했습니다.]

"아, 맞다. 얘 저주 걸려 있었지. 어휴, 몸 관리 좀 하고 다녀라. 왜 저주 같은 걸 달고 다니냐?"

태현은 뻔뻔한 표정으로 차오를 밀어냈다.

차오는 속으로 생각했다.

'이 자식은 왜 저주에 안 걸리는 거야?'

생각해 보니 이상했다. 날고 기는 플레이어들도 다 걸렸다. 재수 없게 자리에 있던 랭커 플레이어도 걸렸다.

그런데 왜 태현만 멀쩡한 거지?

그리고 그런 의문을 품는 사람이 차오만은 아니었다.

-저거 뭐임??

-왜 저주 안 걸리냐??

-걸린 거 아냐?

차오의 길드원 중 방송을 켜놓고 플레이하는 사람들이 몇명 있었다. 레스토랑 길드를 욕하는 사람 반, 정보를 얻으려고 보는 사람 반 정도인 방송!

그래도 중국 쪽 방송인만큼 시청자 숫자가 꽤 많았다.

그리고 그들 눈에 들어온 이해 불가능한 상황!

태현을 공격하려다가 역으로 당한 것까지야 그냥 '저 한심한 놈들ㅋㅋㅋ' 하고 끝냈겠지만, 지금 저 저주가 걸리지 않는 건 확실히 이상했다.

-저거 뭐 하는 놈임?

-김태현이라고 유명한 한국 플레이어임.

-쟤 게임 엄청 재밌게 함. 나 쟤 방송 챙겨서 보잖아.

-뭐 하러 한국 놈 방송을 보냐?

-뭐래. 재밌으면 그만이지.

-왜 게임 잘하는 놈들은 다 한국 놈들이지?

-아, 시끄럽고. 그래서 저놈은 왜 저주 안 걸리는 건데? 물어보라고 좀 해.

-넌 저 분위기에서 물어볼 수 있을 거 같냐? 저거 완전 깡패네 깡패!

-김태현 인성 좋다고 하던데?

-뭐? 저게 인성이 좋다고?

태현을 알고 있던 중국인들과, 모르고 있던 중국인들 사이에서 혼란이 일어났다. 그가 모르는 곳에서 무슨 일이 일어나는지는 상상도 못 한 채, 차오는 퉁명스럽게 말했다.

"죽일 거면 빨리 죽여라!"

"뭐? 진짜?"

"내가 겁을 먹을 줄 알았냐? 죽여! 사망 페널티 정도는 얼마든지 회복해 주겠다!"

"흠, 네 퀘스트 동선 보면 부활 포인트가 아마 에랑스 수도일 텐데, 그러면 여기서 대기하고 있다가 부활할 때마다 죽여도 되나?"

협박에는 언제나 더 위의 협박이 있었다. 차오가 생각한 것보다 언제나 더 앞서나가는 태현!

"지금 저주 퀘스트 때문에 너 도와줄 놈들도 별로 없을 텐데? 네 친구들한테 여기 와달라고 하면 와줄 거 같냐? 나 같아도 안 오겠다. 오면 저주 걸리는데."

차오는 꿀 먹은 벙어리가 됐다.

"진짜 죽인다? 죽여도 되지?"

"아, 아니…… 그건 좀……."

"뭐? 잘 안 들리는데?"

"안…… 죽였으면 좋겠습니다……."

결국 꼬리를 내리는 차오!

태현은 흐뭇한 표정으로 고개를 끄덕였다.

"좋아. 그러면 말해."

"응? 뭘?"

"너희들 뭉쳤다면서? 대형 길드끼리. 어떤 놈들이 뭉쳤고 어디에서 뭘 하는지 다 말하라고."

"그, 그건 좀……."

"죽을래?"

"그래, 이렇게 말해주니 얼마나 좋아? 우리 앞으로 친하게
지내자고."

"필요 없어! 꺼져!"

"응? 뭐라고?"

"필, 필요 없다고……."

차오에게서 대형 길드 연합의 정보를 얻어낸 태현은 만족스
럽게 고개를 끄덕였다.

그런데 생각보다…… 별거 아니었다.

'별로 위협이 될 거 같지는 않은데?'

태현을 싫어하는 길드 연합이라고 김태산한테 들은 것 때
문에 살짝 긴장하고 있었다.

그런데 들어보니…… 거의 오합지졸 수준!

대형 길드 연합은 중국 쪽 대형 길드 몇 개와 유럽 쪽 길드,
미국 쪽 길드와 한국 쪽 길드가 연합한 형태였다. 그중 태현에
게 원한을 가진 차오나 쑤닝 같은 놈들이 있었고.

문제는 여기에서 태현에게 원한을 가진 길드보다 가지지 않

은 길드가 더 많다는 것이었다. 그러다 보니 태현을 공격하려고 해도 의견이 통일하지 않을 때가 많았고, 각자 이기적으로 굴 때가 많았다. 지금도 말을 들어보니 태현을 공격하는 것보다 이번 투기장 프로 리그를 준비하려는 길드들이 더 많았다.

솔직히 이해가 갔다. 태현을 한 번 죽여봤자 얻는 건 속 시원한 것밖에 없지만, 투기장 프로 리그에 참가해서 이름을 알린다면 비교도 안 되는 이익이 따라 들어오는 것이다.

'그래. 그래. 역시 사람이라면 그래야지. 판온 1 때 놈들이 이상한 거라니까?'

태현은 안심했다. 판온 1 때는 태현 하나 잡겠다고 모든 걸 걸고 달려드는 놈들이 정말 많았다. 어지간한 PVP는 자신 있는 태현도 질릴 정도로!

역시 그게 이상한 거였고, 판온 2가 정상이었다.

'내가 얼마나 선량하게 살아왔는데 말이야…… 판온 1의 놈들이 이상한 거였다니까.'

판온 1에서 태현의 피해자들이 듣는다면 피눈물을 흘릴 생각!

사람은 때때로 원한이 정도를 넘으면 이익이든 뭐든 상관없게 되는 경지가 있었다. 판온 1의 태현이 바로 그런 경지!

-내 캐릭 망가져도 좋다! 저놈 한 번만 죽여보자!

-너 때문에 8개나 깨온 연계 퀘스트가 망가졌다! 죽인다, 김

태현!

태현이 괜히 정체를 숨기고 다니는 게 아니었다. 현재 판온 2에서 태현의 위치는 한국의 유명 플레이어였다. 국내 유력 방송사의 간판 플레이어 중 하나라 한국 플레이어들은 대부분 알지만, 해외 플레이어들은 또 달랐다.

태현한테 직접적으로 당한 플레이어가 아닌 이상 다른 나라 플레이어에게까지 관심을 가지는 이들은 적었다. 한국이 그나마 게임으로 유명한 나라였기에 태현을 아는 플레이어가 나름 있었지, 아니었다면 덜 유명했을 것이다.

그러나 판온 1에서라면 태현은 전 세계적인 플레이어였다.

게임의 최전성기에서 1위와 2위를 다퉜으니 어찌 보면 당연한 것이었다. 즉 원한도 전 세계적 수준!

그러거나 말거나 태현은 안심했다. 이 정도라면 앞으로 별로 방해는 되지 않을 것 같았다.

"오늘 있었던 일은 다 입 다무는 거다."

차오는 으르렁거리며 길드원들에게 협박했다. 협박에 굴복해서 태현에게 길드 연합의 정보를 알려준 사실!

어찌 보면 그렇게 중요한 정보는 아니었지만, 배신을 했다는 것 자체가 중요했다. 괜히 알려졌다가는 다른 길드에게 꼬투리를 잡힐 수 있는 것이다.

"물론입니다!"

"저희 아까 김태현이 협박할 때 방송도 껐어요!"

길드원들도 양손을 들고 호응했다. 그들도 연합에서 쫓겨나면 불이익이 많았던 것이다. 요리사 직업인만큼 다른 길드의 지원이 필수적!

그러는 동안 태현은 움직이면서 이다비에게 말했다.

"파워 워리어 길드원들 시켜서 저기 레스토랑 길드 애들이 배신 때렸다고 광고 좀 날려라. 특히 중국 웹 사이트 쪽에 더더욱."

"네!"

해맑게 대답하는 이다비. 이런 부분에서는 특히 죽이 잘 맞는 둘이었다.

차오는 설마 한 시간도 지나지 않아서 중국 쪽 판온 관련 사이트에 '차오가 정보를 풀었다! 차오가 배신자다!' 이런 도배글이 올라올 거라고는 상상도 못 하고 있었다.

"근데 다른 교단 쪽 플레이어들은 역병 관련 퀘스트도 나오고 그랬다는데, 왜 내 교단은 아무 퀘스트도 없냐?"

태현의 질문에 아무도 대답하지 못했다. 생각해 보니 뭔가 이상했다. 다른 교단은 다 대륙의 위기다, 뭐다 하면서 퀘스트가 떴다. 그래서 에스파 왕국으로 가는 파티도 꽤 있었고.

그런데 왜 아키서스 교단만?

'근본이 없어서 그런가?'

교단의 다른 NPC들이 들으면 눈물을 흘릴 생각!

그러나 태현은 냉정했다. 아무리 봐도 아키서스 교단은 뭔가 근본이 없는 사기꾼들의 집합 같은 느낌이었다.

대륙의 위기가 오든 말든 알 게 뭐냐!

설마 그래서 퀘스트도 안 뜨는 게 아닐까? 대륙의 위기가 오든 말든 상관이 없으니까?

'그렇게 생각하니까 뭔가 좀 슬퍼지는데.'

마계에서 들은 아키서스에 관한 진실. 그걸 생각해 본다면 은근히 설득력이 있었다.

"지금 찾아보니까 에스파 왕국 남쪽에서 파티원들 모으는 파티가 꽤 많은데요? 퀘스트 깨려고 준비하는 파티 같아요. 거기 들어가는 게 좋지 않을까요?"

이다비는 게시판을 확인하고서 말했다. 현재 역병 저주를 해결하려고 에스파 왕국 남쪽에 모인 플레이어들은 두 종류로 나뉘었다.

첫 번째는 자기들끼리 깨고 자기들끼리 모든 보상을 먹겠다는 플레이어들이었다. 보통 이런 플레이어들은 랭커가 껴있는 파티였다. 스스로의 실력에 자신감이 있는 파티, 소규모로 깰 자신이 있는 파티였다.

두 번째는 자기들끼리 깰 자신이 없으니, 차라리 인원을 더 모아 대형 파티로 깨보겠다는 플레이어들이었다. 랭커들이 없을 뿐 대부분이 고렙이었다. 고렙 플레이어가 아니라면 이런 대륙 퀘스트에 도전하지도 않았다.

"그것도 괜찮겠네. 일단 남의 퀘스트에 들어갈 수만 있으면 되니까."

역병 저주를 해결만 하면 대장장이 비진 스킬을 받을 수 있었다. 아니면 각 교단 전투원들을 전부 모아서 사루온을 레이드해 버리던가!

태현은 진심으로 비전 스킬이 구릴 경우 사루온을 레이드할 생각이었다.

"그러면 가죠!"

"잠깐, 다 변장 좀 하자."

에스파 왕국에서 셋 다 사고를 친 적이 있었기에, NPC들한테 잘못 걸리면 골치 아파졌다.

"전 예쁘게 변장시켜 주세요!"

"그게 의미가 있나?"

태현과 같이 다니면서, 이제 일행은 변장 정도는 아무렇지도 않게 받아들였다. 숨 쉬는 것처럼 자연스러운 변장!

　[변장 스킬이 오릅니다.]

　"역병 저주 퀘스트 깰 플레이어 구합니다! 역병 저주 걸린 사람은 못 들어와요! 그만 물어보세요!"

　"야타 교단 중급 성기사로 역병 저주 해결 퀘스트 받은 사람입니다! 믿고 들어오세요! 다섯 명 선착순! 레벨 제한 있습니다!"

　"화염 마법 전문으로 익힌 마법사 구합니다. 최소 중급! 고급이면 무조건 환영입니다!"

　"탱커 세 명 구합니다. 대형 방패 다루는 분 우대! 꼭 대형 방패 아니어도 됩니다!"

　에스파 왕국의 남쪽 도시, 쿠드바 시에는 플레이어들이 많이 보였다. 원래 오크 종족을 고른 플레이어들이 많이 시작하는 왕국이다 보니 오크들도 꽤 있었다.

　다만 한 가지 특이한 점이 있다면, 서로 최대한 거리를 두고 접촉하지 않으려는 것!

　서로 좀 가까이 다가서면 날카롭게 반응했다.

"왜 다가와! 왜 다가오냐고! 너 저주 걸렸냐?!"

"저주는 무슨! 이 정도에서는 닿지도 않아!"

서로 조금만 거리가 좁혀져도 성질을 부리는 플레이어들!

한 번만 잘못해도 저주에 걸려 버리니 어쩔 수 없었다. 게다가 저주에 걸리는 순간 대부분 파티에서 받아주지 않았다.

"저주 걸리면 안 받아주나 본데요?"

"어쩌지?"

케인과 이다비는 당황했다. 둘은 저주에 걸린 상태였던 것이다. 그걸 본 태현은 쯧쯧거렸다.

"어쩔 수 없네. 일단 내가 들어가서 잘 말해볼게."

"그게 잘 말한다고 되나요?"

"들어가서 실력을 보여주면 되지."

태현은 자신만만하게 사람을 구하고 있는 파티 하나에 다가갔다. 그를 본 파티장이 태현을 위아래로 훑어보았다.

"직업 물어봐도 됩니까?"

"도적 계열입니다."

판온에서는 파티에 들어가더라도 정확한 직업은 말 안 해도 됐다. 하도 직업의 종류가 다양하다 보니, 직업의 정체도 가치 있는 정보였던 것이다. 보통 이럴 때 말하는 게 어떤 계열의 직업이었다.

"도적 계열이면 딜 좀 많이 넣으실 수 있습니까?"

"물론이죠."

태현의 대답에는 진심이 담겨 있었다. 폭딜 하면 태현, 태현 하면 폭딜! <아키서스의 화신>은 강력한 행운과 스탯 버프로 대미지를 폭발시키는 직업이었다. 태현은 거기에 특유의 잡캐 정신을 섞어서 더 독특하게 키워가고 있었지만…….

"오, 그래요? 지금 딜러 좀 더 구하고 있었는데."

태현의 대답에서 자신감을 느낀 파티장은 기뻐했다. 이런 플레이어의 실력은 보통 진짜였기 때문이었다.

"저주는 안 걸리셨고요?"

"네."

"흠, 또 뭐 있지…… 아! 레벨은 당연히 100 넘으시죠?"

"……네?"

보통 이런 퀘스트를 깨려는 플레이어들은 레벨 100 정도는 넘기는 고렙 플레이어들! 너무 당연한 조건이라서 굳이 말할 필요 있나 싶었던 조건이었지만, 태현에게는 이야기가 달랐다.

레벨이 100은커녕…… 80도 안 되는 태현!

"……."

갑자기 어색한 침묵이 감돌았다.

"혹시 안 되시나요?"

"예……."

"죄송합니다……."

퇴짜를 맞는 태현! 파티장은 설마 지금 그에게 말을 건, 레벨 100도 안 되는 플레이어가 태현이라고는 상상도 못 했다. 사실을 알았다면 두 손 들고 환영했을 파티장!

태현은 쓸쓸하게 뒤돌아서서 걸어갔다. 어깨에서 낙엽이라도 떨어질 것 같은 분위기였다.

그 뒤에서 목소리가 들렸다.

"왜 거절했어요?"

"저분 레벨 100이 안 된다고 하셔서……."

"아니, 여기 레벨 100도 안 되는데 오신 거예요? 무슨 자신감이래?"

태현은 화를 내지 않았다. 다만 속으로 생각했다.

던전에서 만날 경우 제발 먼저 덤벼와다오!

"빨리 파티원 모으고 던전 들어가야 해요. 지금 이 주변에 파티들이 너무 많다니까."

"관련 정보들이 많아서 헷갈릴 정도야. 그러고 보니 김태현은 저주 안 걸린다는 말 있던데, 이거 진짠가?"

"그 도적 랭커도 걸렸는데 김태현은 어떻게 안 걸린 거지? 그냥 헛소문 아니에요? 피했다던가?"

"김태현 직업이야 워낙 말 많으니까, 숨겨진 스킬로 막았을 수도 있겠지."

"이번에 사건 터뜨린 가브리엘이 김태현 제자라는 썰이 있던

데. 그거 진짜일까요?"

"내가 나름 김태현 방송은 다 챙겨보는데, 방송에서 가브리엘 나오는 걸 못 봤거든? 차라리 케인이면 모를까."

이제 하다못해 태현의 제자 취급을 받는 케인이었다.

"그러면 역시 가브리엘과 상관이 없는 건가?"

"그래도 난 김태현이 여기 올 거 같긴 해."

"어, 진짜요? 왜요?"

파티장의 말에 파티원이 화색을 보였다.

"자기 이름이 나왔잖아. 김태현이라면 나타나서 해결하려고 할 거 같단 말이지."

"와, 저 김태현 한번 직접 보고 싶었어요!"

그러는 동안 태현은 뒤에서 쓸쓸하게 걸어가고 있었다.

관심에서 완전히 멀어진 상황!

"김태현이라면 충분히 올 법해."

"그렇죠?! 저 진짜 기대되는데."

"야, 우리가 깰 생각을 해야지."

"헤헤, 그렇긴 해요."

"이거 깨기만 하면 교단 공적치는 무조건 보장된다. 이거 깨고 성기사들 데리고 다닐 거야."

"왜 돌아왔냐?"

케인은 놀라서 물었다. 태현 정도의 실력이라면 파티에 못 들어가는 게 이상한 것이었다.

"……제한에 걸려서."

"뭔 제한?"

"가만히 있어 봐. 다른 데 갔다 올 테니까."

"뭔 제한에 걸린 건데?!"

태현은 대답하지 않고 다른 파티에 도전했다.

그러나 그때마다…….

"레벨 100 이상은 되시죠?"

"저희는 레벨 110 이상만 받습니다."

"아니, 레벨 90도 안 되는데 왜 여기 왔어? 너무 뻔뻔한 거 아냐? 이 사람이 아주 날로 먹으려고 작정을 했네."

날카롭게 돌아오는 반응들!

태현은 케인에게 시선을 돌렸다. 그리고 생각했다.

'저놈을 잡고 이 파티원들한테 확 던져 버려?'

역병 저주를 퍼뜨려 버리고 싶은 충동!

태현은 결국 포기하고 돌아와야 했다. 그런 태현에게 이다비는 따뜻한 눈빛을 보냈다.

"그럴 수도 있지요."

"······더 괴로우니까 그만둬!"

비난보다 더 괴로운 동정!

그러는 와중, 태현에게 누군가 다가왔다. 차려입은 장비만 봤을 때에는 꽤 고렙이었다.

"저, 파티 구하세요? 저희 파티 들어오실래요?"

"레벨 100 제한 같은 건?"

"하하, 저희는 괜찮아요. 대신 저희는 지금 파티원 중에 역병 저주 걸린 플레이어들이 좀 있어서······ 싸울 때 좀 힘드시긴 할 거예요."

그랬다. 사실 지금 역병 저주를 가장 먼저 해결하고 싶은 플레이어들은 이렇게 걸린 플레이어들이었다. 해결 못 하면 플레이 자체가 힘든 상황!

"저희는 지금 다들 저주 걸린 상태라, 숫자가 좀 많아야 할 거 같아서 많이 모으고 있어요. 대신 회복 같은 건 기대하시면 안 되고, 알아서 싸우셔야 해요."

질보다 양! 역병 저주에 걸린 플레이어들이 선택한 전략이었다.

"좋습니다. 들어가죠!"

태현이 거절할 이유가 없었다. 솔직히 다른 파티 들어갈 상황이 아닌 셋이었기 때문! 둘은 역병 저주에 걸린 상황에, 태현은 보아하니 레벨 제한에 걸릴 것 같았다.

'하도 다른 파티 안 들어간 지 오래 되어가지고 레벨 제한을 잊고 있었네.'

보통 판온을 하다 보면 즉석 파티를 맺어서 던전을 공략하는 플레이를 많이 하게 됐다. 그런 플레이어라면 당연히 레벨 제한을 경험하게 되어 있었다.

그러나 그런 것과는 거리가 먼 태현!

언제나 굵직굵직한 대박 퀘스트만을 깨 왔기 때문에 이런 식으로 파티에 들어갈 일이 없었다.

걸어가는 태현의 귀에 대고 이다비가 속삭였다.

"설마 레벨 제한 걸린 건 아니죠?"

"……!"

케인과는 비교도 안 되는 눈치를 가진 이다비!

"수혁아! 여기야!"

정수혁의 친구들은 정수혁을 반갑게 불렀다.

그 정다운 태도에 정수혁은 멈칫했다. 예전의 어리바리한 호구가 아니었다. 태현과 같이 다니면서 급격하게 오른 눈치!

"너희…… 뭐 원하는 거 있냐?"

"어떻게 알았지?"

"……나 갈래."

"안 돼! 일단 앉아! 앉아!"

최진혁은 의자를 탁탁 치며 앉으라고 말했다. 정수혁은 경계의 눈빛을 보내며 옆에 앉았다.

앞으로는 투기장의 시대가 온다! 곧 열릴 투기장 프로 리그의 예선을 통과해 이름을 알리겠다!

그렇게 야심 차게 말했던 친구들이었다. 그 이후 딱히 연락이 오지 않았었다. 정수혁도 자기 퀘스트 깨느라 바빴기에 친구들을 신경 쓰지 못했었고.

'웬 이상한 놈이 우르크 지역에 날아와 가지고…….'

우르크 지역의 일일 퀘스트를 깨는 것만 해도 힘든 일이었는데, 웬 이상한 교단 NPC들이 단체로 날아왔던 것이다.

정수혁 입장에서는 날벼락이나 다름없는 일!

간신히 그들을 돌려보내고 돌아온 상황이었다.

"수혁아, 네 도움이 필요하다."

"뭔 도움?"

"프리카 대륙 투기장! 우리하고 같이 하자!"

그랬다. 최진혁이 찾아온 이유는 바로 투기장 때문이었다.

정수혁은 고개를 갸웃거리며 물었다.

"너희 다섯 명 팀 있잖아?"

"그게 어떻게 된 거냐면……."

최진혁은 손가락을 하나씩 꼽으며 설명했다.

"한 명이 역병 저주 걸려 가지고……."

정말 생각지도 못한 이유!

정수혁도 역병 저주 퀘스트창은 본 상태였다. 우르크 지역이라 그렇게 위험하지는 않았지만, 에랑스 왕국에서는 난리였으니까.

"저주 해결되면 같이하면 되잖아."

"그게 언제 해결될 줄 알고?"

"태현 선배님이 해결하려고 가셨다던데."

"뭐? 정말로?"

최진혁은 귀를 쫑긋거렸다.

언제나 들어도 신기한 태현의 이야기!

이렇게 가까운 곳에 그렇게 유명한 플레이어가 있다는 건 언제나 신기했다.

"그래도 그거 해결될 때까지는 못 기다려. 게다가 그 저주 걸린 애는 지금 몇 번 죽는 바람에 사망 페널티까지 심하게 받아지고 그거 복구해 보겠다고 빠졌거든. 우리랑 투기장 하기는 힘들 거 같아."

최진혁의 5인 투기장 팀은 생각보다 더 삐걱거리고 있었다.

아예 인원이 빠져 버린 상황.

"수혁아, 우리 팀에 들어와 주라!"

"맞아! 네가 딱이야!"

"아니…… 그건 좀……."

정수혁은 머뭇거렸다. 친구들은 정수혁의 실력에 뭔가 되게 많이 기대를 하고 있는 것 같았지만, 그게 아니었다.

물론 정수혁의 실력은 객관적으로 봤을 때 뛰어나기는 했다. 태현과 같이 다니면서 폭풍적으로 올린 레벨과, 〈아키서스의 교단 마법사〉라는 직업이 갖고 있는 가능성, 그리고 정수혁 본인의 끈기까지. 혼자 마탑 수련장에서 마법을 쓰는 것만으로 마법 스킬을 고급까지 찍는 플레이어는 정말 흔치 않았다. 태현이 괜히 같이 다닌 게 아니었던 것!

문제는…… 정수혁의 스킬에 있었다.

〈아키서스의 마법〉! 모든 마법에 랜덤 효과를 부여해 버리는 정말 상상을 초월하는 패시브 스킬.

이게 혼자 돌아다닐 때면 어떻게든 수습이 됐는데, 5:5 투기장 싸움에서 잘못 터지면 수습이 불가능했다.

잘못했다가 팀킬이라도 한다면? 상상만 해도 끔찍했다.

"……그래서 힘들다고."

정수혁은 구구절절하게 상황을 설명했다.

그래도 이렇게 설명을 하면 좀 이해를 하겠지!

그러나 친구들은 정반대의 반응을 보였다.

"바로 그거야!"

"그런 걸 원했어!"

정수혁의 얼굴이 더욱 멍해졌다.

"뭐라고?"

"그런 걸 원했다고. 역시 수혁이야! 김태현 선배님하고 같이 다니는 게 폼이 아니었어!"

"내가 말했잖아. 수혁이 실력이라면 분명 통할 거라고."

"아니…… 애들아?"

정수혁은 당황해서 끼어들려고 했지만 친구들은 신이 나서 자기들끼리 떠들고 있었다.

"내 말 제대로 이해한 거 맞지?"

"그래. 마법 쓸 때마다 랜덤으로 추가로 나간다고."

"그게 어떻게 좋은 건데?!"

정수혁은 더 이상 참지 못하고 감정을 터뜨렸다. 아무리 생각해도 투기장에서는 마이너스인 스킬!

탁-

그러나 최진혁은 정수혁의 어깨에 손을 올리고 진지한 목소리로 말했다.

"수혁아. 우리는 그런 거라도 필요한 상황이다."

"……."

그랬다. 〈아키서스의 마법〉이 더럽게 운빨인 스킬이라, 한 번 잘못 터지면 복불복으로 나가는 스킬이지만……. 오히려 그렇기에, 최진혁 팀에는 더더욱 필요했다.

최진혁 팀은 객관적으로 실력이 많이 부족했기 때문!

"우리가 다른 투기장도 돌고, 프리카 쪽 투기장도 가서 돌아 보려고 했잖아? 우리 실력…… 생각보다 구리더라고."

다른 쪽 투기장에서 졌을 때는 '에이 씨 레벨 때문에 졌네! 더러운 레벨빨!', '에이 씨 장비 차이 때문에 졌네! 더러운 템빨!' 같은 변명을 할 수 있었다. 그러나 프리카 대륙 투기장은 그런 변명이 완전히 차단되는 곳!

거기서도 몇 번이고 패배한 최진혁 팀은 인정할 수밖에 없 었다. 그냥 그들의 실력이 달린다는 것을!

"우리가 예선전 통과해서 본선을 올라가려면 한 가지 방법 밖에 없어! 운빨!"

"맞아! 그거 아니면 방법이 없다고!"

레벨과 장비는 봉인되지만, 직업과 스킬은 그대로 살아 있 었다. 평균적인 실력이 밀리는 최진혁 팀은 직업과 스킬에 모 든 걸 걸어볼 수밖에 없었다.

"수혁아! 운빨로 가자!"

"우리한텐 그거밖에 없어 이제!"

정수혁은 어이가 없어서 물었다.

"너 저번에 투기장에 인생을 건다고 하지 않았냐?"

"이게 거는 거지!"

"투기장을 하는 게 아니라 동전 뒤집기를 하겠다는 거 같은데……."

아픈 곳을 찌르는 정수혁의 말!

그러나 최진혁과 친구들은 물러서지 않았다.

끝까지 물고 늘어지는 그들!

다리를 붙잡고 흑흑거리며 비는 친구들의 모습에 정수혁도 결국 마음이 약해졌다.

"알겠어. 프리카 대륙으로 가서 합류하면 되지!"

"수혁아! 고마워!"

"아니, 근데 진짜 너무 기대하지 말라니까. 이거 스킬 역효과 뜰 때가 얼마나 많은데."

"괜찮아! 괜찮아!"

최진혁과 친구들은 정수혁의 말은 귓등으로 들으며 일단 신나 했다. 기분만 따지면 천군만마를 얻은 기분!

"혹시 김태현 선배님은 팀에 못 넣겠지?"

"네가 직접 말해봐라. 방송국에서 초대하셨다는데 거절하신 걸로 아는데 절대 무리지."

"와, 방송국에서 초대팀으로?"

최진혁은 부럽다는 표정으로 중얼거렸다. 그로서는 상상치도 못하는 대접이었다.

"그러고 보니 해외 몇 팀 정도 초대로 온다고 했었지?"

"한국 쪽에서는 이세연이 온다고 하던데, 그거 진짜인가? 아직 확정 아니지?"

시끌시끌-

각자 자기 할 이야기를 하자 순식간에 시끄러워졌다. 최진혁은 손을 흔들며 말을 멈추게 했다.

"지금 우리가 남들 신경 쓸 때가 아니지. 수혁이도 들어왔으니까 최선을 다해서 준비하자! 목표는 예선 통과!"

"좋았어!"

"가브리엘하고 대화 연결합니다."

직원의 말에 배장욱은 고개를 끄덕였다. 지금 판온에서 가장 많이 이름이 불리는 플레이어를 고른다면 바로 가브리엘이었다.

-가브리엘 개×××야!

-가브리엘 ××-×××-××야! 너 보이면 레벨 1 될 때까지 죽여 버린다!

역병 저주 때문에 제대로 피해를 본 플레이어들의 원한!

물론 그런 플레이어들만 있는 건 아니었다. 언제나 저런 식으로 크게 사건을 저지르는 플레이어에게는 팬이 생겼다. 판온 1의 태현에게 팬이 생겼던 것처럼.

-가브리엘 완전 갓브리엘 아니냐?
-가브리엘은 모든 플레이어를 평등하게 만들어주셨습니다. 여러분들도 모두 역병 저주를 옮깁시다. 역병 저주가 있다면 너도 한 방 나도 한 방!
-앞으로 다시는 기계공학을 무시하지 않겠습니다!

그렇게 화제가 됐던 가브리엘이었지만, 정말 사건이 터지고 귀신처럼 자취를 감추었다. 아예 접속을 안 하는 것 아닐까 싶을 정도로!

그런데 갑자기 이렇게 MBS 쪽에 접촉을 해온 것이다. 배장욱으로서는 당황할 수밖에 없었다.

'가브리엘은 해외 플레이어로 아는데?'

해외 플레이어면 해외 방송에도 나갈 곳은 많았는데 왜 하필 한국의 방송인 MBS에 연락을 해온 건지 알 수 없었다.

-안녕하세요. 가브리엘입니다.

"안녕하세요. 배장욱입니다. 무슨 일로 연락을 주신 겁니까?"

-태현 님 때문에 연락드렸습니다. 태현 님이 출연한 방송사가 여기라고 들어서요.

"태현 님??"

자리에 있던 직원들은 모두 고개를 갸웃거렸다. 이 무슨 극존칭?

"진짜 친한 거 아냐?"

"기계공학 제자 맞나? 진짜로?"

"아니, 아무리 그래도 그렇지 그러면 이 역병 폭탄을 김태현 플레이어가 퍼뜨린 거라고요? 설마……."

직원들이 떠들었지만, 배장욱은 '절대 아니다'라고 부정을 할 수가 없었다. 그가 본 태현은…….

'터뜨릴 수 있을 것 같은 사람이긴 하지!'

그건 부정할 수 없는 사실!

물론 태현은 전혀 상관이 없는 사건이었지만…….

"네. 김태현 플레이어가 계약한 방송사가 여기 맞습니다. 그런데 무슨 이유 때문에 연락하신 겁니까?"

-일단 태현 님한테 사과의 말씀을 좀 드리고 싶습니다. 보니까 마계 퀘스트가 방송으로 나갔는데 저 때문에 좀 묻힌 것 같아서 말입니다.

"아……."

배장욱은 놀랐다. 해외 플레이어인데 저런 거까지 안다니. 해외 플레이어는 저런 사실을 알기 힘들었다.

정말 김태현의 광팬이 맞구나!

'그런데 김태현은 별로 신경 안 쓸 텐데?'

배장욱 생각에 태현은 딱히 시청률을 신경 쓰지 않을 것 같았다. 시청률을 신경 썼다면 애초에 그런 식으로 플레이하지 않았을 것! MBS의 방송은 태현에게 덤 같은 것이었다. 게임을 하면서 어머니에게 댈 핑계도 만족시키고.

-정말 면목이 없습니다. 제가 그런 걸 신경 쓰지 못하다니. 좀 더 기다렸다가 터뜨렸어야 했는데…….

"아니, 굳이 그렇게까지 신경을 쓸 필요는…….."

배장욱은 대답하다가 멈칫했다.

만약에 조금 더 늦게 터뜨렸다면?

'이거 정말 큰일 날 뻔했잖아?'

아직 프리카 투기장 리그가 본격적으로 시작 안 한 상태여서 망정이지, 만약 본격적으로 시작한 상태에서 터졌다면 일정 자체가 틀어졌을 수도 있었다.

배장욱은 등골이 서늘해졌다.

-흑흑 저는 쓰레기입니다! 저는 쓰레기예요! 은혜를 원수로 갚다니! 태현 님은 지금 '머리 검은 짐승은 키우지 말아야 한다'고 생각하고 있겠죠!

"그러시지는 않을 것 같은데…… 잠깐, 그것보다 해외 플레이어면서 그런 속담은 어디서 배운 겁니까?"

계속 땅을 파고 들어가는 가브리엘의 모습에 배장욱은 더욱 궁금해졌다. 대체 둘이 무슨 사이길래 가브리엘이 저러는 걸까? 남들이 보면 헤어진 부모 자식 사이라고 해도 믿을 것 같았다.

물론 정답은 '아무 사이도 아니다'였다. 태현은 가브리엘이 누구였는지 제대로 기억도 못 하고 있었으니까!

"어쨌든 김태현 플레이어한테는 제대로 전해 드리겠습니다."

배장욱은 가브리엘과의 대화를 그만 끊으려고 했다.

-잠깐만요! 태현 님이 역병 저주를 깨려고 하고 있다는 게 사실입니까?

"그건 제가 말씀드릴 수 없는 부분인데요."

-그러면 제 말을 전해주세요! 저는 태현 님이 말한 대로 했다고! 전투 직업이라고 싸가지 없게 굴던 플레이어들도 이제 그러지 못하잖습니까! 지금 이게 다 역병 저주 때문에 그렇게 된 겁니다!

"그걸 전해달라고요?"

배장욱은 이해가 가지 않아서 고개를 갸웃거렸다. 이걸 왜 전해달라고 하는 거지?

-예! 이걸 들으시면 태현 님도 이해해 주실 겁니다! 역병 저주는 필요악이라고! 그러면 역병 저주를 풀 생각을 버리시겠죠!

"아, 네. 말은 전해 드리죠……."

대답하면서 배장욱은 고개를 갸웃거렸다. 저걸 듣는다고 태현이 생각을 바꿀 것 같지는 않았던 것이다.

배장욱은 일단 태현에게 연락해서 말했다.

"……그렇다고 합니다."

-저 걔 모르는데요?

'역시!'

1초도 고민하지 않고 바로 나오는 반응!

슬슬 배장욱 안에서 가브리엘은 스토커의 이미지로 굳어졌다. 실제로 스토커기도 했고!

-진짜 뭐 하는 놈인지 모르겠네요.

"어, 어쨌든 저는 전해달라는 대로 전해 드렸습니다."

-네. 들었습니다.

"혹시 역병 저주 퀘스트를 포기할 생각이 드셨습니까?"

-아뇨? 전혀요?

'역시!'

배장욱은 고개를 끄덕였다. 아무리 생각해도 저런 말에 넘어갈 태현이 아니었던 것!

-남들이 다 한 대 치면 죽는 상황이 좋긴 한데, 어차피 저거 저주 안 걸리는 놈들은 다 안 걸리는 상태고. 저도 보상 좀 얻고 퀘스트 깨야 하는 상황이라서…….

쑤닝이나 다른 태현의 적들이 역병 저주 걸린 상황이라면 신나서 PK를 하러 찾아갔을 것이다. 그런데 지금 차오한테 상황을 들어보니 굳이 그럴 필요가 없을 것 같았다. 태현의 적들은 제각각 이기적으로 구느라 뜻도 통일하지 못한 상황이었던 것이다. 그러면 굳이 상대할 필요 없이 태현의 이익을 챙기는 게 제일!

"아, 그리고 이 가브리엘이라는 플레이어가 이것도 전달해 달라고 했습니다."

⋯⋯?

가브리엘이 따로 전달해 달라고 한 말은 던전의 공략법이었다. 역병 저주를 찾은 던전의 공략법!

"태현 님이 저주 자체를 해결하지 않더라도 걸리신 저주는 풀어야 하니 전해달라고⋯⋯."

-걔 진짜 뭐 하는 놈이지? 어쨌든 잘 알았습니다.

배장욱은 침을 삼켰다. 이제부터가 중요했다. 이제부터는 계획에 태현을 끌어들일 차례!

배장욱은 긴장했다. 태현의 눈치는 보통이 아니었다. 만약 서둘러서 들키기라도 한다면 계획은 무조건 실패였다.

"그리고 가브리엘과 한 대화는 공개하지 않겠습니다."

-어? 그래도 되는 겁니까?

태현은 고개를 갸웃거렸다. 지금 역병 저주로 관심이 뜨거운 상황에서, 가브리엘과 한 대화는 모두의 관심을 제대로 살

수 있는 기회였다. 방송국으로서 그런 걸 포기하다니?

"괜히 공개했다가 방해가 될 수 있으니 말입니다."

-그래요? 고맙네요. 그런 배려는 안 해주셔도 되는데.

"하하, 태현 씨는 저희 방송사에서도 중요한 분이시니까요. 괜히 욕심을 부렸다가 방해라도 된다면 그게 더 손해죠."

배장욱은 더욱 자세를 낮추고 들어갔다. 사람의 마음이란 건 복잡해서, 상대방이 필요 이상으로 잘해준다면 갑자기 자기 자신도 뭔가 해줘야 한다는 생각이 들기 마련이었다.

-음, 그래도 이건 좀 미안한데…….

"그러면 다음에 간단한 부탁 하나 들어주시겠습니까?"

-부탁이요?

태현이 바로 OK를 하지 않고 되묻자, 배장욱은 움찔했다. 설마 들켰나?

-아버지가 부탁 함부로 받지 말라고 했는데.

"……."

-뭐, 괜찮겠죠. 근데 무슨 부탁입니까?

"방송 출연 부탁입니다."

-네? 뭐 현실로 나가서 연예인들이랑 떠들고 그러는 거 아니죠?

태현의 말에 배장욱은 순간 할 말을 잃었다.

그런 걸 시킬 리가 없지 않은가!

"물, 물론 그런 거 아닙니다."

-그런 거라면 뭐······.

'됐다!'

배장욱은 속으로 쾌재를 불렀다. 방심하지 않는 태현이 드물게 미끼를 문 것이다.

태현이 나가게 될 방송은······ 바로 프리카 대륙 투기장 리그 방송! 그것도 이세연과 함께!

배장욱은 이세연과 김태현이라는 두 흥행 보장 카드를 포기할 수 없었다.

'아니, 왜 이세연은 김태현 아니면 안 나간다는 억지를 부려서······ 자기 팀도 있으면서!'

김태현이야 혼자 돌아다니는 플레이어지만, 이세연은 그것도 아니었다. 그런데 왜 같이 팀을 하고 싶다고 해서 이렇게 고생을 하게 만드는 건지 알 수 없었다.

'역병 저주도 그렇고 정말 사람 고생 많이 시키는군.'

배장욱은 한숨을 쉬었다. 프리카 투기장 프로 리그가 사람을 제대로 고생시키고 있었지만, 그래도 기대되는 건 사실이었다. 언론도 그렇고 다른 나라에서도 관심을 보이고 있었으니까.

모두가 직감적으로 느끼고 있었던 것이다. 이번 대회가 성공적으로 마무리될 경우, 판온 1에서 실패했던 투기장 리그가 제대로 활성화될지도 모른다고. 해외 유명 플레이어 팀이 초대팀 관련으로 참석할 수 있냐고 먼저 연락을 해올 정도였으니······.

'태현 씨, 믿습니다!'

"왜 갑자기 한기가 들지?"

태현은 갑자기 싸늘해지는 느낌을 받고 고개를 갸웃거렸다.

"감기 기운 있으세요?"

"걸렸으면 상태 이상 떴겠지. 이상하다? 누가 나 노리나?"

보통 이런 감각은 누군가가 태현을 노리고 있을 때 느끼곤 했던 감각이었다. 예민하게 발달한 직감!

그게 바로 태현이 이제까지 온갖 함정을 겪었으면서도 버틸 수 있었던 비결 중 하나였다.

"음, 누가 태현 님을 노려도 이상하지 않기는 한데……."

"너는 사실을 아프게 말하는 재주가 있다?"

태현은 이다비의 입을 다물게 하고 퀘스트를 확인했다. 파티에 들어오고 나자, 파티장이 받은 퀘스트가 공유된 것이다.

〈고대 드워프의 미궁 탐험-끓어오르는 궁극의 역병 저주 퀘스트〉

고대 에스파 왕국에는 뛰어난 기술을 가진 드워프들이 살고 있었다. 오크들이 에스파 왕국을 점령하고 나자 드워프들은 사라졌지만, 그들이 만든 거대한 지하 미궁은 그대로 남아 있다.

데메르 교단의 신탁은 이 지하 미궁 안에 역병 저주를 풀 방법이 있다고 말하고 있다. 에스파 왕국 지하 미궁을 공략하고 역병 저주를 풀 방법을 찾아라.

보상: ?, ??, ??

파티장이 데메르 교단 소속 플레이어여서 그런지 데메르 교단창이 떴다.

태현 입장에서는 나쁠 것 없었다. 그나마 사이가 좋은 교단이 데메르 교단이었으니까!

'다른 교단 놈들이 이상한 거야.'

"어느 던전으로 들어갈까요?"

"던전이 하도 많아가지고…… 어디로 들어가든 차이 없으니까 최대한 많이 돌아야 하지 않을까?"

"에스파 왕국 지하 던전은 유명하지……."

태현이 퀘스트창을 확인하는 동안 파티원들은 자기들끼리 떠들고 있었다. 다른 파티에 비해 훨씬 화기애애하고 편한 분위기!

이유는 모두 다 역병 저주에 걸렸다는 점에 있었다. 다른 파티들보다 압도적으로 불리한 상황이니, 그들도 크게 기대를 하지 않고 있었던 것이다.

"여기 동쪽 고블린 언덕 밑 던전 입구는 이미 들어갈 대로 들어간 곳이야. 여기는 새로 들어가 봤자 뭐 안 나올 거 같아."

"오크 다리 쪽 던전 입구는 어때요?"

"거기도 너무 유명하지 않나? 좀 알려진 던전은 가봤자 의미 없을 거 같은데. 다른 사람들이 다 털어봤을 거 아냐."

에스파 왕국 지하에는 수많은 던전들이 있었다.

길 가다 발에 차이는 게 던전 입구! 그게 다 고대 드워프들이 만든 미궁이라는 설정이었지만, 플레이어들에게는 짜증만 날 뿐이었다. 던전이 하도 많아서 뭐가 좋은 던전이고 뭐가 나쁜 던전인지 파악하기 힘든 것!

어떤 던전은 30분 만에 돌파가 가능하고 보상도 별거 없는 짧은 던전이지만, 어떤 던전은 몇 시간은 기본으로 잡고 준비도 단단히 해야 들어가는 던전이었고…….

그러다 보니 에스파 왕국에서 활동하는 플레이어들은 이런 던전을 확인하고 공략하는 게 일과였다.

좋은 던전의 정보를 얻는 것도 능력 중 하나!

"그런데 여기 들어간 사람들도 결국 기계공학 대장장이들일 텐데, 어려운 던전은 못 들어가지 않았을까요?"

"무슨 특별한 방법이라도 쓴 거 아닐까?"

파티원들은 딱히 결론을 내리지 못하고 빙빙 돌았다. 그걸 본 태현이 끼어들었다.

"그냥 확실한 정보 없으면 가능한 대로 던전 도는 게 빠르지 않나요?"

"그렇긴 하죠?"

"그러면 그렇게 할까요?"

떠들던 파티원들도 움직여야 한다고 생각했는지 고개를 끄덕였다. 그 뒤를 따르며 태현은 생각에 잠겼다.

'기계공학 스킬이 중요한 던전이라……'

가브리엘은 태현한테 어떻게 던전을 통과했는지 정보를 전달했다.

-던전 밑에 고대 드워프들이 만든 기계 골렘들이 있습니다. 저는 그 골렘들을 조종하는 스킬을 찾아내서 던전을 뚫었습니다. 태현 님도 기계공학 스킬이 있으실 테니 그 골렘들을 찾으면 쉬우실 겁니다!

아주 중요한 정보였다.

문제는…….

'어떤 던전인지도 말해줬어야지 이 자식아!'

급하게 말하다 보니 어느 던전에 들어가야 하는지 말하는 걸 까먹은 가브리엘! 결국 다 찾아볼 수밖에 없었다.

'신의 예지 스킬도 지금은 잘 안 먹히고…….'

스킬로 표시된 길이 하나가 아니라 여러 개가 나왔다. 던전이 많다 보니 그런 것 같았다.

웅성웅성-

가장 가까운 던전 입구로 가고 있는데, 앞에서 떠드는 소리가 들렸다. 열 명이 넘어가는 파티 하나가 이미 와 있는 상태였다. 그들도 이 던전을 찾아보려고 온 것 같았다.

"저기, 우리가 먼저 왔거든요? 그쪽은 다른 곳 가시죠?"

상대 쪽 파티장이 앞에 나서더니 입을 열었다. 말은 정중했지만 태도는 거만했다.

'너희가 안 갈 거면 어쩔 건데'라는 게 전신에서 느껴지는 태도!

당연히 태현이 속한 파티의 파티장도 가만히 있지 않았다.

"던전 막는 거 비매너인 거 아실 텐데요? 그쪽이 뭔데 던전 들어가는 거 막아요?"

"아, 비매너인 거 누가 몰라요? 급하니까 이러는 거지. 우리 파티가 지금 만들어진 지 얼마 안 돼서 손발도 잘 안 맞아요. 괜히 같이 들어왔다가 스킬 잘못 맞을 수도 있다고요. 이건 배려해 주는 거예요."

"배려? 배려??"

"그쪽 분들 역병 저주 걸린 분들 아닌가? 스킬 잘못 맞으면 훅 갈 텐데, 그냥 다른 던전 가세요. 괜히 우리랑 같은 던전 들어왔다가 죽지 말고."

상대 파티장은 입가에 비웃음을 흘리며 말했다. 보는 사람을 열 받게 하는 미소! 그들은 태현 파티가 역병 저주에 걸린 플레이어들을 모은 파티라는 걸 알고 있었던 것이다.

'광장에서 파티원들 모을 때 봤나 보군.'

그러면 저런 자신감이 설명이 됐다.

"윽……."

상대 파티장의 협박에, 파티원들은 움찔했다. 그러는 사이 태현은 케인에게 귓속말을 보냈다.

-야. 저번에 했던 거 해라.

-진짜 하라고?

-진짜 하라고.

-난 뒷감당 못 한다!

케인은 손을 뻗어 상대 파티장을 조준했다. 그리고 스킬을 사용했다.

-노예의 쇠사슬!

차르르륵!

상대 파티장의 팔과 케인의 팔이 쇠사슬로 연결되더니, 상대 파티장이 그대로 앞으로 끌려왔다.

갑작스러운 기습. 상대 파티장은 재빨리 방패를 들고 공격을 방어할 준비에 들어갔다. 기습을 당했는데도 보여주는 반응치고는 재빠르고 좋은 반응!

그러나 케인은 그런 걸 노리고 있지 않았다.

그가 노리는 건…….

와락!

[끓어오르는 궁극의 역병에 걸린 사람과 접촉했습니다. 끓어오르는 궁극의 역병에 걸렸습니다.]

갑자기 싸늘해지는 분위기!

"미쳤습니까?!"

갑작스러운 상황의 변화를 받아들이지 못하고, 상대 파티장은 격렬하게 반응했다. 당장 칼을 휘두르지 않은 것만 해도 많이 참은 수준!

그러나 케인은 뻔뻔했다. 레드존 길마였을 때부터 원래 남 괴롭히는 데에는 어느 정도 소질이 있는 케인이었다. 그런 소질이 태현을 따라 다니면서 갈고 닦여진 상황!

얼굴 하나 변하지 않고 말하는 케인을 본 파티장은 더욱 기가 막혔다.

"지금 PK 해보자 이거죠?"

"PK? 좋지. 해봐."

케인은 히죽거리며 손가락을 까딱거렸다. 그 미소를 본 파티장은 움찔했다.

지금 그는 혼자서 적 파티원들 앞에 끌려온 상황이었다.

전투가 시작되면 순식간에 집중 공격을 당할 상황!

파티장이 당황한 걸 알자 케인은 더 히죽거렸다. 그 미소가 기분 나빠 파티장은 속으로 울컥했다.

'이 자식이 감히…….'

최근 그한테 이렇게 건방지게 구는 플레이어는 한 명도 없었다. 레벨 100을 넘긴 이상, 현재 판온에서는 나름 어깨에 힘을 주고 다녀도 되는 수준!

-야, 동시에 덤벼들어! 얼음 장벽 내 앞에 깔고, 뒤에 눈보라 갈겨! 어차피 HP 얼마 없는 놈들이라 금방 죽는다!

파티장은 이를 갈며 파티원들에게 명령했다. 그걸 눈치챈 태현은 웃으며 파티장을 끌어안았다.

"우리 친구, 왜 이렇게 화를 내고 그래? 판온은 사이좋게 해야지. 사이좋게 몰라?"

"이, 이거 놔라!"

"너 존댓말 하던 놈 아니었냐? 존댓말 어디 갔어?"

당황해서 그런지 예의 바른 척하던 파티장의 본심이 나왔다. 태현은 파티장의 손을 꼭 잡고 말했다.

"애들아! 광역기 쓸 거면 여기로 쏴라! 너희 파티장도 같이 죽을 테니까! 지금 HP 쭉쭉 깎이고 있을걸?"

그 말을 듣고 당황한 파티장은 자기 HP를 확인했다. 말하고 있는 사이 이미 절반 넘게 떨어진 체력!

"그리고 공격 시작하면 여기 이 친구가 아까 썼던 스킬을 다시 쓸 거야! 그 스킬 회피 안 되거든? 그러니까 무조건 한 명은 역병 저주 걸리고 시작하겠지?"

케인이 갖고 있는 스킬, 〈노예의 쇠사슬〉은 평소라면 그렇게까지 사기 스킬이 아니었다. 그저 상대에게 쇠사슬을 던져 바로 앞으로 끌어오는 스킬. 상대를 완전히 제압하는 것도 아니었기에 또다시 싸워야 했다.

그러나 케인이 역병 저주에 걸리고, 걸어 다니는 생체 병기가 되자 전혀 다른 스킬이 됐다. 무조건 걸리는 사람 한 명은 역병 저주로 끌고 들어가는 무시무시한 스킬!

"거기 마법사 같아 보이는데, 네가 광역기 쓸 거지?"

"어? 나?"

"그래, 너!"

태현한테 지목당한 마법사 플레이어는 당황해서 고개를 저었다.

"아니야? 마법 안 쓴다고?"

"쓸 생각 안 했어!"

"정말? 그러면 다른 놈한테 써야겠는데?"

태현의 말과 동시에 케인이 눈동자를 굴리기 시작했다. 그걸 본 상대 파티원들은 모두 시선을 피했다.

시선을 마주치는 순간 끌려간다!

"왜 시선을 피해? 응?"

"……."

"애들아! 싸우면 너희 중 한 명은 무조건 역병 저주 같이 맞는 거야. 이런 놈을 위해서 꼭 그렇게까지 해야 할 필요 있을까?"

-너희들, 이 ×× 말 듣는 거 아니지?!

태현이 말하는 동안, 파티장은 황급히 파티원들에게 귓속말을 보냈다. 그러나 대답 없는 파티원들! 심지어 파티장의 애타는 시선마저 피하는 그들이었다.

-야 이 의리도 없는 치사한 ××들아! 이러거냐!

서로 이익을 위해 즉석에서 모인 파티였다. 의리고 뭐고 있을 리 없었다.

태현은 씩 웃었다. 아무 소리도 나지 않았지만, 본능적으로 알 수 있는 상황! 파티는 이미 끝난 것이나 다름없었다.

"자, 너희 파티장 돌려줄 테니까 알아서 가라. 혹시 습격이라도 하면 가장 먼저 선빵 때린 놈은 무조건 역병 저주행이라는 걸 잊지 말고. 참고로 얘, 역병 저주 걸렸다? 조심하라고."

태현은 붙잡고 있던 파티장을 돌려보냈다. 파티장은 얼떨결에 파티원들에게 돌아갔다. 숨길 수 없는 어색한 분위기!

파티장은 파티원들을 노려보았고, 파티원들은 어색한 표정으로 파티장의 시선을 피했다.

"우리는 들어가죠?"

"네, 네?"

뭐에 홀린 것처럼 태현과 케인의 협박 쇼를 보고 있던 사람들은 깜짝 놀라서 말했다.

"쟤네는 한동안 저러고 있을 테니까 내버려 두고 들어가자고요."

"……네!"

분명 파티장은 따로 있었는데도, 파티원들은 자연스럽게 태현의 뒤를 쫓아서 안으로 들어갔다.

방금 있었던 일 때문에 자연스럽게 형성된 분위기!

던전 입구로 들어가려는데, 말싸움 소리가 들려왔다.

"비겁한 ××들! 나를 버려?!"

"먼저 끌려가 놓고 뭐라는 거야? 어? 어? 다가오지 마! 다가오면 공격한다?"

"이 ××들이 퀘스트만 받으면 다냐!"

"다야! 어쩔 건데!"

태현은 어깨를 으쓱거리며 말했다.

"추하게 싸운다. 그치?"

"그러게요?"

스킬 하나로 파티를 분열시켜놓고 뻔뻔한 태현과 이다비였다. 그걸 본 파티장은 고개를 갸웃거렸다.

'저 쇠사슬 스킬, 어디서 본 거 같은데?'

CHAPTER 6

CHAPTER 5

철컥, 철컥-

"몬스터다! 모두 전투 준비!"

원시 드워프 전사가 지하 동굴 안쪽에서 달려 나오자 플레이어들은 긴장한 표정으로 맞섰다.

원래라면 그렇게 긴장할 적은 아니었다. 그러나 그들은 지금 역병 저주에 걸린 상태! 회복을 해도, 버프를 걸어도, 방심하면 HP가 알아서 쭉쭉 깎였다.

재수 없으면 한 방에 갈 수 있는 상황!

"탱커분들, 스킬 좀 써주세요!"

그나마 가능한 보호막 스킬이나 회복 스킬은 탱커들에게 전부 집중됐다.

-모욕적인 손짓!

-방패 강타!

-방패 휘두르기!

-전투의 고함!

탱커들이 앞으로 달려 들어가 스킬을 사용하자, 원시 드워프 전사들의 공격이 탱커들에게 집중됐다.

타타탕-!

방패 위로 꽂히는 묵직한 공격들. 에스파 왕국 지하에서 종종 보이는 원시 드워프 종족은 일단 무조건적으로 선공부터 하는 호전적인 몬스터였다. 문제는 그런 주제에 머스킷을 사용한다는 것!

머스킷. 판온에서는 꽤 보기 힘든 무기였다. 강력한 한 발 대미지와 쓸데없이 멋있는 겉모습까지. 분명히 인기 있을 법한 무기였지만…… 활용이 너무 어려웠기 때문!

대장장이 기술 스킬, 기계공학 스킬은 기본이고, 드워프 종족을 골라야 하는데, 명중률도 나쁜 편에다가 공격 속도도 느렸다.

즉 이런 무기를 쓰는 플레이어는 필수적으로 공격 스킬이 적은 대장장이가 되는데, 대장장이가 명중률도 나쁘고 공격 속도도 느린 머스킷을 든다면 죽기 딱 좋은 것이다. 문제는 이런 곳에서 보이는 드워프 몬스터는 머스킷을 쓴다는 것!

"아니, 왜 원시 종족이면서 머스킷을 쓰는 거야? 저 자식들 기계공학도 안 배웠을 것 같은데."

태현은 투덜거리며 은신 스킬을 사용했다.

-행운의 은신!

빠르게 거리를 좁히고.

-행운의 일격, 행운의 일격, 행운의 일격, 우기기, 행운의 일격, 강격, 연타, 급소 공격, 격분!

숨 쉴 틈도 없이 폭발적으로 때려 넣는 딜 사이클! 갑자기 뒤에서 나타난 태현의 공격에 원시 드워프 전사들은 그대로 무너져 내렸다.

다른 딜러들이 공격을 하기도 전에 녹여 버리는 공격력!

"뭐임??"

뒤에서 공격을 하려고 준비하고 있던 사람들은 당황해서 눈을 깜박거렸다. 뭔가 착각했거나, 버그가 일어난 거 아닌가 의심할 정도의 폭딜!

여기 있는 플레이어들은 그래도 다들 레벨 100을 넘긴 고렙이었다. 랭커 중 상위권이 150을 넘어가고, 최상위 랭커들은 곧 200을 찍는다는 소문이 돌기는 했지만, 판온에서 레벨 100은 결코 낮은 레벨이 아니었다. 역병 저주에 걸려도 던전에 들어오려면 그 정도는 되어야 하는 것!

당연히 여기 나오는 몬스터들도 그 레벨 안팎이었다. 아무리 탱커가 아닌 딜러 계열의 직업이라도, 저런 식으로 폭딜을 넣는 건 보통 일이 아닌 것!

'게다가 레벨 100 안 된다고 하지 않았나?!'

그중 가장 놀란 건 파티장이었다. 분명 레벨 100이 안 된다고 했던 것이다. 그런데 저런 식의 딜량이라니.

그러거나 말거나 태현은 재빨리 드워프들에게서 아이템을 챙겼다.

[아이템을 얻었습니다.]

[아이템을 얻었습니다.]

'〈아키서스의 보이지 않는 손〉이 무슨 스킬인가 했더니…….'

태현은 고개를 절레절레 저었다. 마계까지 가는 고생을 하고서 간신히 얻어온 보상 스킬. 〈아키서스의 보이지 않는 손〉.

난해한 스킬 설명 때문에 처음에는 무슨 스킬인지 파악하지 못했지만, 이제는 무슨 스킬인지 알 수 있었다. 스킬을 사용할 때 추가로 손이 나와서 도와주는 스킬!

아까도 〈강격〉과 〈연타〉 스킬을 때려 넣을 때 허공에서 갑자기 투명한 손이 튀어나와 스킬을 추가로 시전했다.

아무리 간이 큰 태현이라도 섬뜩하게 느껴지는 모습!

어쨌든 덕분에 편하게 정리하기는 했다. 안 그래도 폭딜을 뽑아내는 태현의 스킬 세트에, 이런 식으로 추가타를 넣는 패시브 스킬은 궁합이 잘 맞았다.

"아이템은…… 음."

원시 드워프의 망가진 머스킷:

내구력 80/220, 공격력 80

스킬 '드워프식 사격' 사용 가능, 공격 시 일정 확률로 폭발. 레벨 제한 100, 종족 제한 드워프, 중급 대장장이 기술 스킬 보유해야 함, 중급 기계공학 스킬 보유해야 함. 원시 드워프들이 사용하는 머스킷이다. 오래된 물건이라 폭발할 가능성이 높다.

'이건 뭐…… 그대로 쓰기는 좀 애매한데?'

태현이 아이템을 확인하는 동안, 다른 파티원들도 각자 자기 할 일을 했다. 스킬로 일시적으로 HP를 올렸던 플레이어들은 스킬의 쿨타임을 채우며 휴식을 취했다.

역병 저주 때문에 느려진 공략 속도!

덕분에 태현은 다른 사람들에게 굳이 말을 꺼내지 않아도 시간을 벌 수 있었다.

[불안정한 장비 제작 스킬을 사용합니다. 추가 개조 스킬을 사용합니다. 중급 대장장이 기술 스킬을 갖고 있습니다. 추가 보너스를 받습니다. 중급 기계공학 스킬을 갖고 있습니다. 추가 보너스를 받습니다. <매우 불안정한 원시 드워프의 머스킷>을 만들었습니다. 스킬이 오릅니다.]

'중급 대장장이 기술 스킬도 간신히 8이군.'

다른 대장장이들이 들으면 기겁을 할 소리를 태연하게 하고 있었다. 폭탄을 사용한 온갖 깽판과 레벨 높은 NPC들의 장비를 뺏어서 여기까지 올린 스킬!

매우 불안정한 원시 드워프의 머스킷:

내구력 120/120, 공격력 160

스킬 '완전 랜덤 사격' 사용 가능, 공격 시 매우 높은 확률로 폭발, 낮은 명중률. 레벨 제한 80, 종족 제한 드워프, 중급 대장장이 기술 스킬 보유해야 함, 중급 기계공학 스킬 보유해야 함. 미치광이 기계공학 대장장이가 개조를 마친 머스킷이다. 제작한 사람만큼 미친 사람이 아니라면 쓰지 않을 것이다.

　-행운 부여.
　<매우 불안정한 원시 드워프의 머스킷>에 무작위로 버프가 걸립니다.

'괜찮네.'
　태현은 만족스러운 얼굴로 머스킷을 확인했다. 다른 사람들이 봤다면 '이딴 무기를 누가 써! 미쳤냐!'라고 하겠지만, 태현에게는 상관이 없었다. 압도적인 행운 스탯으로 대부분의 폭발 확률과 낮은 명중률을 커버할 수 있었으니까.
　<불안정한 장비 제작> 스킬로 내구도가 쉽게 떨어지고 파괴가 되는 게 아쉬웠지만, 어차피 태현은 일회용으로 사용할 생각이었다. 어디까지나 공격 보조용으로!
　'여기 파티원들이 쉽게 무너질 수 있으니 공격 수단 좀 더 만들어놔야지.'
　좁고 구불구불한 공간에, 파티원들이 HP가 낮다 보니 폭탄 공격은 위험했다. 잘못했다가는 팀킬 상황이 벌어질 수 있는 것이다.
　"태현 님, 태현 님."
　이다비가 소곤거리며 말을 걸어왔다.

"왜 그래?"

"지금 던전 입구 쪽에 플레이어들 모여 있다는데요?"

"아까 그놈들? 아직도 있다고?"

태현은 고개를 갸웃거렸다. 분위기를 봤을 때 분명 서로 싸우고 헤어졌어야 정상인 분위기!

"아니요, 새로 모인 사람들이요. 근데 우리 파티 욕을 엄청 하고서 대기 타고 있다는데요?"

"아까 그놈이 친구 불러왔네."

아까 케인한테 붙잡혀서 강제로 역병 저주를 받게 된 그 친구! 당연히 파티장이 그 모양이 됐을 테니, 파티도 강제로 해산이 됐을 테고…… 원한을 가질 수밖에 없었다.

"속 좁은 놈이네. 그치?"

"네. 속 좁은 놈이네요."

이다비와 태현의 대화를 들은 케인은 고개를 절레절레 저었다. 나쁜 일할 때 호흡이 너무 잘 맞는 저 둘!

"어? 이제 들어온다는데요?"

"기다리는 것보다는 그냥 안에서 싸우려는 건가 보지. 근데 넌 어떻게 밖의 일을 아냐?"

"저희 길드원이 지금 밖에서 보고 있거든요."

"너희 길드원은 왜 없는 데가 없냐?"

무슨 길 가다 발에 차이는 돌멩이처럼 보이는 파워 워리어 길드원들! 어느 도시든 어느 마을에든 '파워 워리어 길드원 있냐?' 하면 꼭 한 명은 나오는 수준이었다.

"안으로 들어오면 나야 좋지."

태현은 어깨를 으쓱거렸다. 지금 레벨 업도 해야 하는 상황인데, 알아서 경험치를 올려줄 수 있는 플레이어들이 우르르 들어와 준다는데 고마울 뿐!

태현에게 들킨 줄도 모르고 밖의 플레이어들은 흉계를 세우고 있었다.

"그중 한 놈이 이상한 스킬을 쓴다니까. 쇠사슬로 걸어서 거리 줄이는 스킬인데, 회피가 불가능해. 걸리면 무조건 접촉이니까 조심하라고. 역병 저주 걸려."

"특이한 놈이네? 유명한 플레이어인가?"

"어떻게 생긴 놈인데?"

"이런 장비에, 대충 이렇게 생겼는데."

"처음 보는 놈인데? 별거 아닌가 보다."

"그러니까 역병 저주 걸린 걸로 협박을 했겠지. 자폭으로 협박했잖아."

"하긴. 그것도 그러네."

"병국아. 할 거냐?"

"해야지. 역병 저주 걸렸을 때 바짝 벌어놔야 해."

김병국과 최은철은 서로를 보고 고개를 끄덕였다. 역병 저주는 어떤 플레이어에게는 기회였다. 특히 PVP를 통해 아이템을 뜯어내려는 플레이어에게는 더더욱!

"야, 근데 역병 저주 김태현이 퍼뜨렸다는데 진짜인가?"

"김태현 이야기는 하지 말라니까! 재수 없게!"

"미, 미안⋯⋯."

김병국이 화를 내자 최은철은 움찔했다. 둘은 예전에 얌전히 퀘스트를 깨던 태현을 만만하게 보고 PVP를 시도했던 적이 있었던 것이다. 그러다가 아주 탈탈 털렸지만!

물론 지금 태현의 명성을 생각해 본다면, 과거의 자신들을 때려서라도 말리고 싶을 정도로 무모했던 짓이었다. 복수심은 사라진 지 오래였다. 그저 만나지 않기만을 바랄 뿐!

"우리는 우리 할 거만 하자고."

둘 다 나름 PVP에는 자신이 있는 실력자였다. 그리고 상대방이 역병 저주에 걸려 있다면 더더욱 쉬워졌다.

비싼 장비들을 날로 먹을 수 있는 기회!

"그런데……."

"뭔가 좀……."

"이 사람들 길 못 찾는 거 아냐?"

태현과 이다비가 망설이는 말을 케인이 꺼냈다.

그랬다. 에스파 왕국의 지하 던전을 다 뒤져서 역병 저주와 관련된 던전을 찾아야 하는 이상, 사막에서 바늘을 찾는 것이나 마찬가지였다. 1번 방, 2번 방을 전부 다 클리어하고 들어왔는데도 딱히 성과가 없었다.

"죄, 죄송합니다. 찾아봤는데 잘 안 나오네요……."

파티의 탐험가 플레이어는 기가 죽어서 고개를 숙였다.

"괜찮아요, 괜찮아. 한 번에 찾을 거란 기대는 안 했으니까."

"맞아요!"

그런 탐험가 플레이어를 응원해 주는 다른 파티원들!

눈물이 날 것 같은 따뜻하고 훈훈한 분위기였다.

그러나 태현, 이다비, 케인 이 셋에게는 너무 낯설고 먼 분위기였다.

"얘네 왜 이렇게 훈훈하게 놀지?"

"저는 좀 더 살벌하게 치고받고 욕심을 부리는 분위기가 맞는데요……."

"야, 배부른 소리 하지 마라. 다른 파티는 너희 받아주지도 않았어."

"그건 태현 님도 마찬가ス…… 읍읍!"

"안 되겠다. 스킬 좀 써봐야지."

밤이면 모를까, 던전 안에 들어왔으니 〈신의 예지〉스킬도 나름 효과가 있을 것이다.

"근데 여기 파티 탐험가 있는데 네 말을 들을까?"

"야. 분위기 봐라. 내가 뭘 하자고 해도 들어줄 분위기다."

"그, 그렇긴 하네."

케인도 고개를 끄덕였다.

이 무슨 화기애애하고 따뜻한 분위기란 말인가!

PK 플레이어 출신인 케인! 파워 워리어 길마인 이다비! 판온 1 원조 PK 플레이어 태현까지!

그들에게는 어색할 수밖에 없었다.

"이쪽으로 돌아보죠."

"네!"

"이번에는 이쪽입니다."

"그렇게 하죠!"

"이번에는 저쪽으로 돌아볼까요?"

"좋습니다!"

"……거기는 왔던 곳인데?"

"하하, 사람이 실수도 할 수 있죠!"

태현은 당황스러운 표정을 지었다.

태현이 가장 약한 부류가 이렇게 착한 성격의 사람이었다. 딱히 스킬 설명 안 하고 길을 안내해도 뭐라고 반발하는 사람 없는 파티!

사실 파티원들은 아까 태현의 실력을 보고 따라오고 있는 것이었다. 그렇게 순식간에 몬스터들을 녹여댔으니, '아 랭커가 저주 잘못 걸려서 여기 들어왔나 보다'라고 생각하는 중!

랭커가 맞긴 맞았다. 저주는 안 걸렸지만…….

그러는 도중에도 파티장은 연신 고개를 갸웃거렸다. 태현, 케인, 이다비를 보니 뭔가 어디서 본 것 같은 느낌을 받았던 것이다.

'쇠사슬 스킬에, 레벨 100 안 되고…… 어? 왜 어디서 본 거 같지? 레벨 100 안 되는 유명 플레이어 중에 저런 플레이어가 있었나?'

뭔가 떠오를 것 같은데 안 떠오르는 간지러운 감각!

그러는 사이 태현은 빠르게 던전을 돌고 있었다.

"이쪽에서, 여기로 꺾어서 들어가면……!"

신의 예지 스킬이 명백하게 가리키는 길!

태현은 자신만만하게 던전 안의 입구를 열었다.

두둥-

그러자 나오는 청동 보물상자!

태현의 표정이 짜게 식었다. 물론 청동 보물상자 같은 건 던전의 보상 중 하나였고, 평소 던전을 공략하는 플레이어들이라면 크게 기뻐했을 것이다. 그러나 지금 태현이 찾는 건 퀘스트의 단서였지, 이런 보물상자가 아니었다.

"와! 보물상자다!"

"어떻게 찾으신 거예요?"

"진짜 대단하시다!"

태현의 속마음도 모르고 신나 하는 파티원들!

"MP 회복 속도 올려주는 옵션 달린 귀걸이 나왔어!"

"주사위 굴릴까요?"

"좋아요!"

훈훈한 분위기 속 태현의 질주는 계속되었다. 연신 들어가는 곳마다 보물상자를 찾아내는 귀신같은 능력!

'이 던전, 아무 단서도 없는 던전 아냐?'

태현은 슬슬 던전이 의심 가기 시작했다. 태현이 그러거나 말거나 이다비는 신이 나서 싱글벙글이었다.

"태현 님, 다음에 날 잡고 던전 탐사 한번 같이 해요!"

"좋냐? 응? 좋냐?"

"아야야! 골드 나오는데 당연히 좋죠! 이 보석이 얼마짜린

데! 현실 보석이나 마찬가지라고요!"

상인 직업 특전으로 알짜배기만 보물상자에서 건진 이다비였다.

"그놈들은 언제 오는 거야? 응? 차라리 싸우고 싶다고."

"그, 그건 저도 잘…… 던전 안에 들어온 걸 알 수는 없잖아요."

"지금 저기 분위기 훈훈한 거 보이지? 나 숨 막히고 답답해서 못 해먹겠다. 그냥 이 던전 빨리 끝내고 나가야……."

콰콰쾅!

그 순간 그들이 있던 넓은 방의 문이 부서지는 소리와 함께 플레이어들이 들어오는 소리가 들렸다.

"요리조리 피하면 못 찾을 줄 알았냐! 죽어라, 이 ××들…… 컥!"

"고맙다, 애들아!"

보자마자 냉큼 머스킷을 꺼내서 쏴버리는 태현!

철컥거리는 소리와 함께 펑 하고 굉음이 터져 나왔다.

[치명타가 터졌습니다! 행운 부여 스킬로 인해 상대방이 아군 공격 상태에 빠집니다.]

"뭐, 뭐……."

"뭐긴 뭐야 이 자식들아! 싸우러 왔잖아! 싸우자고!"

태현은 신이 나서 바로 덤벼들었다.

오히려 당황한 건 습격한 상대방 쪽! 문을 부수고 당황한 파티를 향해 준비한 대사를 말하려고 했는데, 문을 부수자마자 바로 숨 쉴 틈도 없이 공격이 들어왔다.

적은 모두 입구 밖에 있는 상황. 태현은 굳이 적들을 안으로 들여보낼 필요를 느끼지 못했다.

"용용아, 나와라!"

에스파 왕국에 들어올 때는 정체를 숨겨야 한다는 이유로 집어넣고 다녔던 용용이!

물론 용용이는 '주인이여, 경험치 때문에 이러는 건 아니겠지'라고 반박했지만 태현은 당당하게 우겼다.

신분은 숨겨야 하지 않겠는가!

"뭐? 용용……."

파지지지직!

마계에서 태현이 먹을 경험치까지 대신 먹어버린 용용이는 무시할 수 없는 수준이었다. 보스 몬스터가 쓰는 광역기가 순식간에 들이닥치는 수준!

"이런 미치……."

태현의 머스킷에 맞아 스턴 상태에 빠진 플레이어는 용용이의 공격을 직격으로 맞고 쓰러졌다. 그 쓰러진 플레이어를 밟고 올라선 다음, 태현은 검을 뽑아 들었다.

"저, 저, 저거…… 김태현이잖아!!"

김병국과 최은철의 비명이 방 안을 가득하게 울렸다.

"허, 참 좋군."

유 회장은 턱을 쓰다듬으며 호숫가를 쳐다보았다. 가상현실 게임이라고 우습게 여겼었는데, 실제로 해보니 전혀 달랐다. 현실 그대로를 갖다 놓은 것 같은 생생함!

왜 요즘 전 세계에서 판온이 유행하는지 알 것 같았다.

주변 경치를 감상하며 낚싯대를 기울이는 재미가 현실보다 더 쏠쏠한 것 같았다.

홀짝-

"음식도 맛있고 말이야."

친절한 두 플레이어가 주고 간 음식들. 별로 비싼 게 아니라고 들었는데도 꽤 감칠맛이 있었다.

부스스-

물론 가끔 저 멀리서 움직이는 토끼를 볼 때마다 떨어야 하는 불편함은 있었지만…….

[노란 비늘 물고기를 잡았습니다. 낚시 스킬이 오릅니다. 한 자리에서 24시간 넘게 낚시를 했습니다. <못 말리는 낚시광> 칭호

를 얻습니다.]

'칭호? 이건 뭐지?'

유 회장은 고개를 갸웃거렸다. 어쨌든 일단 받는다!

"아니, 아저씨 아직도 낚시하고 계셨어요?"

친절한 두 플레이어가 다시 나타났다. 유 회장은 반가움에
손을 흔들며 그들을 반겼다.

"자네들 왔나?"

"저희 마을 들렀다 갈 건데 같이 가시지 않을래요?"

"난 좀 더 낚시를 하고 싶은데……."

두 플레이어는 질린 눈으로 유 회장을 쳐다보았다. 아무리
봐도 계속 여기서 낚시만 한 것 같은 모습!

"질리지도 않으세요?"

"아니, 난 이게 좋아. 자네들도 해보면 재미를 알 거야. 해보
겠나?"

"아, 아니. 저희는 낚시는 조금……."

"맞아요. 지금 갈 곳도 있어서요."

"어디를 가는데?"

"아저씨는 지금 가기 무리일 거예요. 프리카 대륙이라고, 여
기 중앙 대륙 밑으로 내려가면 나오는 다른 대륙 있거든요. 투
기장 프로 리그 열린다고 해서 참가해 보려고요."

"프로 리그?"

"아저씨도 아세요?"

"아니, 처음 들어보는데. 다른 게임은 들어봤지."

"오, 어떤 거요?"

"그…… 뭐였더라……."

유 회장은 눈썹을 찌푸렸다. 분명 예전에, 유성 그룹이 E스포츠에 뛰어든다고 해서 게임 팀을 만들었던 적이 있었다.

'어떻게 됐었더라?'

유 회장의 기억이 맞다면, 그 팀은 별로 좋지 않은 성적만 거두다가 해체한 팀이었다. 시원찮은 성적 덕분에 기획을 한 담당자는 시말서를 산처럼 써야 했다는 소문이 돌 정도로!

"기억이 잘 안 나는데……."

"예전에도 게임 리그는 많았으니까요. 지금 워낙 판온이 압도적이어서 그렇지."

"그래서 자네들은 거기 가는 건가?"

"네. 사실 참가라고 하기는 했지만 구경이 더 크긴 해요."

플레이어, 김준수는 멋쩍게 웃었다. 그걸 본 유 회장이 단호하게 말했다.

"그러면 안 되지. 뭐든 할 거면 진지하게 도전을 해야지."

"그렇긴 한데 워낙 쟁쟁한 사람들이 참가 많이 해서요. 그 경쟁률 뚫고 들어가야 하는 거니까……."

"그 투기장 프로 리그라는 게 그렇게 힘든 건가?"

"힘들죠. 일단 자기 혼자 잘해서 이기는 건 무리고, 팀이 중요해요. 프리카 대륙 투기장은 5인 팀이거든요. 그러면 이제 다섯 명 모아서 다른 잘하는 팀들 다 뚫고 본선으로 올라가야 하는데…… 어휴, 무리죠. 기대도 안 하고 있어요."

김준수의 말에 유 회장은 고개를 끄덕였다. 자신감 있게 도전하라고 했지만, 현실을 파악하는 것도 중요했기 때문이었다.

"그래도 자네들은 진지하게 도전하는 거지?"

"네? 네. 한번 해보려고요."

"좋아. 음. 아주 좋은 자세야. 젊은이들은 그래야지."

김준수와 김준형은 뭔가 많이 늙어 보이는 유 회장의 태도에 고개를 갸웃거렸지만, 원래 성격이 좋았기에 굳이 트집을 잡지는 않았다.

"거기서 우승하면 뭐가 좋은 거지?"

"어…… 일단 사람들 눈에 들어오는 거죠?"

"그리고 아마 스폰서도 붙을 거고요? 그게 제일 크지?"

이번 투기장 리그에 참가하는 팀들의 꿈 중 하나는 바로 저거였다. 제대로 사람들의 시선을 끌어서, 기업을 스폰서로 받는 것!

판온의 투기장 리그에 성공적으로 발을 들이고, 기업의 투자를 받아 정식으로 운영되는 팀이 된다. 모든 사람이 그리고 있는 꿈이었다.

"으음……."

둘의 말을 들은 유 회장은 작게 신음했다.

스멀스멀 떠오른 아픈 옛 기억!

'비싼 돈 주고 팀 운영했더니 연패만 해왔다고 난리가 났었지…….'

유성 그룹의 이름이 E스포츠 쪽에서는 최약체, 연패의 이미지로 잡혔던 게 기억이 났다. 그걸 생각하니 속이 쓰렸다. 기획을 시작할 때 담당자가 'E스포츠는 다른 스포츠 마케팅보다 훨씬 더 저렴하게, 훨씬 더 효과적으로 마케팅할 수 있습니다! 믿고 맡겨만 주십시오!'라고 자신만만하게 나섰던 것에 속은 것이다.

"그건 그거고 일단 다른 잘하는 플레이어들 보는 것만으로도 만족해요."

"맞아. 김태현이나 이세연 온다는 소문 있는데 꼭 보고 싶지 않냐? 해외 팀들이랑 붙으면 누가 이길지 궁금해."

"야, 해외 팀은 급이 안 맞아. 김태현이나 이세연이 나오기만 하면 무조건 한국이 이긴다."

꿈틀-

갑자기 생각지도 못한 이름을 들은 유 회장의 눈썹이 꿈틀거렸다.

"그…… 그 김태현이라는 친구가 그렇게 유명한가?"

"유명하죠?"

"국내 판온 플레이어 중에서는 거의 탑급?"

유 회장은 뭐라고 표현하기 힘든 기분에 휩싸였다. 김태산의 아들놈이 생각보다 더 대단한 놈이라는 사실에 좀 기분이 좋아졌고, 동시에 그를 속인 놈이 저런 고평가를 받는다는 게 얄미워진 것이다.

"인성 같은 건 어때?"

"예?"

"인성이요?"

유 회장의 뜬금없는 질문에 둘은 당황했다.

"어…… 인성 좋죠?"

"김태현 정도면 인성 좋은 편이죠. 판온 플레이어 중에 게임 개같이 하는 놈들이 얼마나 많은데."

"맞아, 맞아."

태현의 인성을 물어뜯으려고 했던 유 회장은 입맛을 다셨다.

'아무리 생각해도 인성 좋을 거 같은 놈은 아닌데……!'

"정말로 인성이 좋다고? 뭐 안 좋은 소문이라도 없나?"

"막 다른 사람 부려먹는다는 소문 있긴 한데 헛소문이겠죠. 원래 그 정도로 유명하면 이상한 놈들 끌리잖아요."

"김태현은 그런 놈들 고소 안 하고 뭐 하는지 몰라? 저번에 보니까 아주 악질적으로 꾸준하게 댓글 다는 IP 있더라고. 막 김태현이 케인을 엄청나게 협박하고 괴롭힌다고 말이야. 뭐 하는 놈일까?"

케인의 눈물겨운 호소는 사람들의 무시 속에 묻혀 버렸다.

"그, 그렇군. 김태현이 그렇게 대단하다……."

유 회장은 말끝을 흐렸다.

"아저씨도 같이 구경 가실래요? 혼자라면 가기 위험하시겠지만 저희랑 같이 가면 괜찮으실 텐데."

"아냐, 난 여기서 낚시나 더 하겠어."

"낚시를 정말 좋아하시는구나……."

"저희 없으시면 산에서 마을 가기 힘드시지 않겠어요?"

"이제 토끼 정도는 피해서 움직일 수 있으니까 걱정 말고 가게."

유 회장은 손을 흔들며 둘을 보내려고 했다. 도움이 고맙기는 했지만, 언제까지 토끼 피하자고 둘의 도움을 받으면서 움직일 수는 없었다. 솔직히 민망했던 것이다.

"그러면 다음에 봬요. 저희 이만 가보겠습니다."

둘은 인사와 함께 떠났다. 혼자 남은 유 회장은 생각에 잠겼다.

'E스포츠 스폰서라…….'

예전에 한 번 쓴맛을 보고 난 다음에는 유성 그룹이 E스포츠 쪽에 얼씬도 하고 있지 않았지만, 판온을 직접 경험해보니 마음이 흔들렸다. 직접 해보고 애정을 갖게 된 게임과, 전혀 모르는 게임이 같을 수는 없는 법!

'새로 팀을 만들어볼까? 아니, 저번에 그렇게 구박을 했는데…….'

예전 실패 때 유 회장이 화를 냈기 때문에, 이제 와서 직접 다시 'E스포츠 한번 해볼까?'라고 말하기는 좀 민망했다.

'아들놈을 시켜서…….'

역시 이럴 때 만만한 게 아들!

"어? 거기서 뭐 하세요?"

그 순간 뒤에서 들리는 익숙한 목소리. 유 회장의 고개가 획 하고 돌아갔다. 누가 보면 목 부러지는 게 아닌가 싶을 정도의 속도로!

눈에 넣어도 아프지 않을 손녀가 뒤에 서 있었다. 외모를 좀 바꿨다고 해도 못 알아볼 유 회장이 아니었다.

"초보자 같으신데 여기 위험해요. 토끼만 있는 게 아니라 늑대도 가끔 나오거든요."

유지수는 친절한 태도로 말했다. 태현에게 도움을 받은 것처럼, 유지수도 누군가에게 도움을 줄 수 있으면 주려고 했다. 물론 상대가 자기 할아버지라는 건 꿈에도 모르는 채로!

유 회장은 눈을 깜박였다. 여기 왜 유지수가 있지?

정답은 유지수가 타이럼 레인저 직업을 갖고 있어서, 타이럼 시 근처에서 퀘스트를 계속 깨고 있는 것이지만…….

'김태현 이 녀석! 이거 때문에 타이럼에서 시작하라고 한 거

였나! 이런 기특한 녀석!'

알미운 놈에서 기특한 녀석으로, 180도 바뀌는 평가!

물론 태현이 그런 걸 생각하고 추천한 건 아니었다. 태현은 그냥 '나도 타이럼에서 고생했으니 다른 사람도 좀 고생해 봤으면 좋겠네' 하는 마음으로 보낸 것이었다.

어쩌다 보니 서로 오해하게 된 상황!

유 회장의 머리가 빠르게 굴러갔다. 이런 좋은 상황을 놓칠 수 없었다.

'안 그래도 요즘 지수가 자기 속내를 안 털어놓는데, 이번 기회에……!'

친해져서 유지수의 속마음을 들어보려는 얄팍한 속셈!

유 회장은 헛기침하며 말했다.

"그런 건가? 나는 게임을 처음 하는 거라 뭐가 뭔지 잘……."

"제가 좀 도와드려요?"

유 회장이 파놓은 함정에 그냥 들어오는 유지수! 유 회장은 속으로 쾌재를 불렀다.

"그러면야 고맙지!"

"따라오세요. 일단 안내해 드릴게요."

유 회장은 벌떡 일어섰다. 이제까지 신념을 갖고 한자리에서 했던 낚시는 바로 내팽개치는 재빠름! 낚시와 손녀를 비교한다면 낚시는 비교 대상이 되지도 못했다.

유 회장은 유지수의 뒤를 따라가면서 슬며시 입을 열었다.

"혹시 남자 친구는 있나?"

유지수의 눈빛이 이상한 사람을 쳐다보는 눈빛으로 변하자, 유 회장은 급히 변명했다.

"내, 내가 관상을 좀 볼 줄 아는데, 자네 얼굴에 좀 연애운이 가득해서 말이야."

"네? 진짜요?"

유지수는 반색하며 되물었다. 대충 변명한 유 회장이 당황할 정도로.

"잠깐만요, 판온 내 얼굴인데 관상이 의미가 있나?"

기뻐하던 유지수는 당연한 사실을 떠올리고 고개를 갸웃거렸다. 여기서 밀리면 들킨다! 유 회장은 다급하게 말했다.

"물론이지! 관상은 어디에서나 통하는 법, 어떻게 얼굴을 바꾸든 간에 통하는 법이야."

"그럼 오크 종족을 고른 사람도 관상을 볼 수 있어요?"

"……물, 물론!"

"그건 좀 신기한데요?"

원래라면 수상히 여겼을 테지만, 연애운이 좋다는 말에 유지수는 넘어간 상태였다.

"제가 어떻게 연애운이 좋죠? 앞으로 찾아올 일이 있나요? 어떤 식으로 하면 더 좋아질까요?"

순식간에 구체적으로 쏟아내는 질문들!

그걸 본 유 회장은 속으로 생각했다. 저건 아무리 봐도 누군가를 좋아하는 게 분명하다고!

'어떤 놈의 ××가······!'

유 회장은 침착해지려고 애썼다. 지금 중요한 건 상대방의 정체였다. 알아내야 한다!

"상대방의 외모를 말해주면 내가 좀 점을 쳐줄 수 있지."

"저, 정말요? 일단 눈매가 좀 매섭고요, 약간 험상궂은 느낌이 있긴 한데 되게 잘생겼어요."

유 회장이 간과하고 있는 게 하나 있었다. 이미 유지수는 눈에 단단히 콩깍지가 쓰여 있다는 것을!

태현을 아는 다른 사람들이 저 평가를 듣는다면 '??'라는 표정으로 쳐다봤을 것이다.

"흐음, 흐음, 그래. 다른 건? 혹시 이름이나 주소, 주민등록번호 같은 건 모르나?"

"······그런 건 왜 물어보시는 거죠?"

너무 티를 낸 바람에 갑자기 유지수의 경계심이 다시 치솟았다. 유 회장은 일단 헛기침을 하며 말을 돌렸다.

"콜록, 콜록! 그게 다 관상을 보는 방법 중 하나라네."

"흐으응······."

유지수는 약간 수상쩍다는 눈빛을 보냈다. 유 회장은 입맛을 다셨다. 저걸 보니 더 이상 말해줄 것 같지는 않았다.

'방금 말한 놈이 누굴까?'

유 회장은 유지수가 만날 수 있는 사람들을 떠올려 보았다. 뒷조사로 만들어진 명단들이 있을 정도였으니 그 정도는 쉬웠다. 그러나 방금 말한 생김새에 맞는 사람은 없었다.

'뭐지? 뭔가…… 내가 알고 있는 것 같은데…… 놓치고 있는 게 있나? 누구지?'

"김태현이잖아!!"

김병국이 비명을 질렀다. 이어서 최은철이 울부짖었다.

"야! 이 멍청한 ××들아! 너희들은 정신이 나갔냐! 대체 왜 건드릴 게 없어서 저딴 놈을 건드리는 거냐!"

한이 맺힌 외침!

어떻게 '재수 없으니까 김태현 이야기 하지 말자' 하고 들어온 던전에 있는 게 태현이란 말인가! 누가 꾸민 몰래카메라가 아닌가 싶을 정도로 재수 없는 상황이었다.

"뭐? 김태현?"

"누가 김태현이라고?"

둘의 비명에 두 파티 모두 다 당황했다. 갑자기 왜 김태현이 여기서 나오지?

"뭔 헛소리를 하는 거야! 김태현이 왜 여기 커허허헉!"

말하던 플레이어 중 한 명이 태현의 맹공격을 받고 그대로 쓰러졌다. 하던 말도 끝내지 못하고 회색빛으로 변하는 플레이어!

[레벨 업 하셨습니다.]

그리고 드디어 뜨는 창! 마계에서의 그 고생을 하고, 퀘스트 완료를 하고, 온갖 경험치란 경험치는 다 받고서 뚫은 레벨 업의 벽! 물론 아직도 레벨 100이 안 됐지만…….

-주인이여! 축하한다!

태현은 용용이의 말은 못 들은 척하고 다른 남은 플레이어들에게 공격을 퍼부었다. 방금 레벨 업을 했어도 눈앞의 경험치는 놓치지 않는 플레이어의 귀감!

털썩-

"??"

검을 휘둘러서 〈치명타 폭발〉로 대미지를 넣던 태현은 갑자기 무릎을 꿇는 두 명을 보고 의아해했다.

지금 한참 싸우는데 이게 뭐 하는 짓?

"항복! 무조건 항복입니다!"

"저희는 태현 님인 줄 몰랐습니다!"

보는 사람이 어이가 없어질 정도의 뻔뻔함!

자기 동료들이 썰려 나가는데도 바로 항복을 외치는 모습에 이다비는 감탄했다.

"저 사람들 파워 워리어에 잘 적응할 거 같아요."

그러거나 말거나, 김병국과 최은철은 바닥에 납죽 엎드렸다. 더 이상의 사망 페널티는 받을 수 없다는 결연한 각오!

"정말 몰랐습니다! 한 번만 봐주세요! 한 번만 봐주시면 다시는 까불지 않겠습니다!"

저번과는 너무 다른, 처절하게까지 느껴지는 비굴한 태도였다. 태현은 씩 웃었다. 이렇게 주제를 아는 사람은 싫어하지 않았다. 물론 그렇다고 관대한 마음으로 봐주거나 그러는 건 아니었다. 살기 위해서는 언제나 대가가 필요한 법!

"할 거 다 해놓고 항복이라고?"

"저희는 한 대도 안 쳤습니다!"

"공격도 쟤네들이 했습니다!"

"너희들이 친구잖아. 친구가 한 일은 너희들도 책임이 있는 거 아닌가?"

"친구 아닙니다! 만난 지 얼마 안 됐습니다!"

"여기서 처음 본 놈들입니다! 오늘 만난 놈들입니다!"

훈훈하게 서로 책임을 미루는 모습! 그걸 본 태현은 케인에게 말했다.

"저거 보니까 네 친구들 생각난다."

"……?"

"레드존 길드원들."

케인의 얼굴이 구겨졌다.

태현은 바위 위에 털썩 앉았다. 그 모습에 김병국과 최은철의 자세가 자연스럽게 낮춰졌다.

어디서 삥 좀 많이 뜯어본 것 같은 모습!

뒤에 있던 태현의 파티원들은 갑작스럽게 일어난 상황에 아직도 입을 벌리고 있었다.

"그래, 살려줄 수 있지."

태현은 말과 함께 손을 내밀었다.

"뭡니까?"

"뭐냐니. 기브 앤 테이크 몰라? 내가 너희를 살려줬으면 너희도 뭔가를 줘야 할 거 아니야!"

너무 당당하게 내놓으라는 태현의 선언에, 뒤에 있던 플레이어들이 어리둥절한 표정을 지었다. 그들이 생각하는 이미지는 저런 게 아니었던 것!

'어라? 김태현은 저기서 훈계를 하고 저 사람들을 반성시키는 사람 아니었나?'

'저기 옆에 있는 케인도 그렇다고 들었는데……?'

누가 보면 태현이 악역이고 무릎 꿇은 두 플레이어가 선한

역인 줄 알 것이다.

"어, 가진 골드라면……."

"골드는 나도 있어 이 자식아. 너 영지 있냐? 영지 있냐고. 난 영지도 있거든?"

두 플레이어의 얼굴색이 창백해졌다.

"P, PVP 아이템이 있는데……."

"너희들이 갖고 있는 아이템이라고 해봤자 별거 없을 거 같은데. 그리고 그건 죽이면 나오잖아."

둘의 얼굴색이 더 창백해졌다. 더 이상 말하지 못하자, 태현은 칼을 빙글 돌리며 말했다.

"없냐? 진짜 없어? 10초 줄 테니까 생각해 봐라. 10, 9, 2, 1……."

"10초라면서!"

"원래 사람은 급해야 머리가 더 잘 돌아가는 법이야. 시간은 정직하게 기다려 주지 않는 법이고. 없냐? 잘 가라!"

궁지에 몰린 머리는 때때로 능력 이상의 성능을 발휘했다.

지금이 바로 그때! 김병국이 눈을 크게 뜨고 외쳤다.

"있, 있습니다!"

"뭔데?"

"퀘스트! 지금 태현 님께서 역병 저주를 깨러 온 거 아닙니까!"

"그래. 잘 맞췄네."

"지금 그 퀘스트에 관한 아주 고급 정보가 있습니다!"

"네가?"

태현의 눈빛은 '너같이 대기 타면서 PVP나 하는 놈이 퀘스트 정보가 있다고?'라고 말하고 있었다.

김병국은 필사적으로 대답했다.

"고급 정보 맞습니다! 제카스가 진행하고 있는 퀘스트입니다!"

"제카스? 제카스가 누구지?"

태현은 고개를 갸웃거리며 물었다. 원래 필요 없는 플레이어들의 이름은 잘 기억하고 다니지 않는 태현이었다. 그래서 판온 1 때도 쓰러뜨린 랭커들 이름은 대부분 기억하고 있지 않았다.

"제카스면 유명한 탐험가 플레이어잖아. 랭커고."

"그래?"

퀘스트를 깰 때, 탐험가란 직업만큼 믿음직스러운 것도 없었다. 밝혀지지 않은 곳에 가고, 밝혀지지 않은 퀘스트를 깨면서 성장하는 직업!

"저번에 사디크의 화염 퀘스트에도 참가했다고 들었어요."

"사디크의 화염은 내가 다 깼는데. 믿을 만한 놈 맞아?"

갑자기 제카스가 못 미더워졌다. 사실 태현 때문에 제카스가 헛발질하게 된 거지만, 그걸 알 리 없었다.

일단 마저 이야기를 들어보기 위해 태현은 다시 시선을 돌렸다.

"그래, 제카스고 박카스고…… 어쨌든 그놈 퀘스트 정보는 어떻게 아는데?"

"음, 그러니까, 그게……."

"말하는데 5초 이상 고민하면 사기 치는 걸로 간주한다. 5, 1, 땡!"

"아, 아닙니다! 그게! 여기 주변에 퀘스트 깨러 오는 플레이어들이 많아서, 좀 만만한 놈들 찾아보려고 대기하고 있었는데……!"

"아. 그런 거였군."

척이면 척이라고, 태현은 김병국의 말을 바로 알아들었다.

전형적인 PVP 플레이어의 수법 중 하나! 인기 있는 퀘스트가 뜨면 그 주변에 가서 먼저 자리를 잡고 기다린다.

먹잇감을 물색하는 것이다. 쓰러뜨릴 수 있고, 쓰러뜨렸을 때 좋은 장비를 떨어뜨릴 것 같은 플레이어를.

두 플레이어가 그렇게 기다리다가 제카스 파티를 발견한 게 분명했다.

"그래서 제카스 뒤를 쫓아갔나?"

"어, 네? 어떻게 아셨……."

"제카스 뒤를 쫓다가 잡기에는 무리 같아서 그냥 빠진 거겠지?"

김병국은 귀신에 홀린 것 같은 표정을 지었다. 아직 다 말하지도 않았는데 알아서 맞춰 버리다니.

"네, 네…… 멀리서 보다가 빠졌습니다. 제카스 파티가 되게 신중하게 들어간 걸 보니까 퀘스트를 꽤 많이 깬 게 분명합니다. 들어갈 때 입구도 숨기고 온 것도 숨겼습니다."

제카스 정도 되는 플레이어는 퀘스트를 깰 때 흔적을 남기지 않게 조심했다. 워낙 관심을 많이 받으니, 다른 플레이어들이 몰래 따라와서 퀘스트를 방해하거나 낚아채려고 하는 경우가 종종 있었던 것이다. 이번에 두 플레이어가 던전에 들어가는 제카스 파티를 본 건 정말 우연의 일치!

　"아쉽네요. 다른 파티가 먼저 들어갔다니."

　뒤에서 김병국의 말을 듣던 파티장이 그렇게 말했다. 그 말에 태현과 이다비, 케인의 고개가 동시에 돌아갔다.

　"뭐라는 거지?"

　"왜 아쉽다는 거예요?"

　동시에 터져 나오는 세 명의 반응! 그 반응에 파티장은 당황해서 대답했다.

　"네? 아니, 그 던전에 다른 파티가 먼저 들어갔으니까 우리는 못 들어가는 거 아닙니까."

　"그런 고정관념에 얽매이면 안 돼."

　"예?"

　"남이 퀘스트를 깨려고 먼저 던전에 들어갔다. 그렇다고 해서 왜 우리가 못 들어가지? 들어가면 되잖아."

　"그, 그건 비매너 아닌가요?"

　"뭔 비매너는 비매너야. 던전 전세 냈냐?"

　"우연히 겹친 게 아니라 대놓고 알고 따라간 건데……."

"억울하면 그쪽도 대놓고 따라가라 그래."

얼굴에 철판 몇 겹은 깐 것 같은 태현의 반응에, 파티장은 더욱 당황했다.

'김태현이 이런 사람이 아닌데?'

얼마나 당황했는지, 그의 파티에 태현이 들어와 있다는 것에 대해 물어보는 것도 잊어버린 그였다.

"김태현 맞지? 진짜 김태현이다!"

"여기 와 있다는 게 사실이었어!"

태현이 던전 안에서 싸운 사실은 순식간에 퍼져 나갔다. 로그아웃 당한 플레이어들이 정보를 풀어버린 것이다. 덕분에 주변에 있던, 퀘스트를 깨기 위해 모여 있던 다른 플레이어들은 구경을 하기 위해 우르르 몰려온 상태였다. 퀘스트를 깨는 건 어려우니 보기 힘든 유명한 플레이어나 구경하자!

그게 이 자리에 모인 플레이어들의 마음가짐이었다.

"잠깐, 저거 아까 우리 파티에 들어오겠다고 한 사람인데? 저게 김태현이라고?"

"김태현은 외모 바꿀 수 있는 스킬 있나 보더라. 저기 들고 있는 장비랑 데리고 다니는 펫 보라고. 김태현 맞아."

"말도 안 돼! 레벨 100도 안 되는 게 김태현 맞아? 거짓말 아냐?"

그리고 자리에 모인 플레이어 중에는, 아까 태현이 들어가려고 했던 파티의 플레이어들도 있었다. 태현이 정체를 밝히고 들어가겠다고 했으면 1초도 고민하지 않고 OK를 했을 플레이어들! 그런데 갑자기 이렇게 나오니 어이가 없을 수밖에 없었다.

"사칭 아냐?"

"맞아. 사칭일 수도 있잖아."

"사칭인 놈이 어떻게 혼자서 PK 플레이어들을 썰어버리겠냐? 진짜 김태현 맞아. 너희는 김태현한테 시험당한 거야."

"시…… 험?"

"김태현이 아무 파티나 들어가겠냐. 들어가더라도 다 생각을 하고 따져보고 들어가겠지. 레벨 가리고 깐깐하게 구는 파티는 자기하고 같이 파티할 자격이 없다고 생각한 게 분명해. 김태현이잖아."

"그런…… 깊은 뜻이……."

멀리서도 크게 들리는 플레이어들의 목소리. 태현은 그걸 듣고 움찔했다. 그냥 레벨 제한에 걸려서 아무 말 없이 물러난 거였는데…….

옆에서 이다비가 물었다.

"정말 저런 이유 때문이었어요?"

"야, 조용히 해."

사람들을 따돌리고, 태현 일행은 김병국과 최은철의 안내를 따라 던전의 입구에 도착했다. 물론 다른 던전처럼 입구가 보이는 던전이 아니었다. 얼핏 보면 아무것도 없어 보이는 황야와 절벽!

'입구를 숨기고 들어갔군.'

경험 많은 플레이어들은 당연히 하는 일이었다. 태현도 했을 것이고. 자기가 혼자 찾은 던전에 누군가 공짜로 들어오는 건 아까운 일이었으니까.

-신의 예지.

획-

스킬은 절벽을 향해 일직선으로 길을 만들었다.

'응?'

다른 곳도 아니라 그냥 절벽을 향해 나 있는 길. 이유는 하나밖에 없었다. 태현은 오랜만에 고대의 망치를 꺼내 들었다. 그걸 본 케인이 고개를 갸웃거렸다.

"너 뭐 하냐?"

아무것도 없는데 갑자기 망치를 꺼내는 모습이 이상할 수밖에 없었다.

그러나…….

콰콰콰콰콰콰콰쾅!

자리에 있던 파티원들의 입이 떡 벌어졌다. 김병국과 최은철도 마찬가지였다. 일격에 두꺼운 절벽의 암석을 부숴 버리는 강력함!

'저거 대체 힘 스탯이 몇이야?!'

'뭔 직업인데 저 정도 대미지가 나오는데?!'

고대의 망치가 가진 비밀을 모르는 플레이어들은 당연히 헷갈릴 수밖에 없었다.

"아, 여기 길 있군."

절벽의 아래쪽이 부서져 나가자, 그 안쪽에 숨겨진 던전의 입구가 드러났다.

"저희는 이제 가도 됩니까?"

태현은 대답 대신 손을 뻗었다. 그걸 본 김병국은 조심스럽게 손을 맞잡으려고 했다.

탁-

"어…… 악수하자는 거 아니었습니까?"

"아니, 아까 말한 PVP 장비랑 골드 내놓으라고."

[잊혀진 기계 골렘의 미궁에 입장하셨습니다. 당분간 로그아

웃이 제한됩니다. 로그아웃 시 던전에서 강제로 퇴장당하며, 페널티가 부여됩니다.]

"먼저 지나간 게 확실하군."

강철로 된 통로 위에 깔려진 아이템들이 보였다. 먼저 지나간 파티가 줍지도 않고 간 것 같았다. 던전의 몬스터들을 쓰러뜨렸지만 잡템은 주울 필요도 없다!

고렙 플레이어들에게서 흔히 볼 수 있는 모습이었다.

"저, 저런…… 이런 걸 버리고 가다니! 아주 못된 사람들이네요!"

이다비는 드물게 화를 내며 잡템을 주우려고 들었다. 그러나 태현은 이다비의 팔을 붙잡았다.

"잠깐만. 아이템 좀 보자."

"태, 태현 님은 골드도 많이 벌면서 이런 잡템까지……."

"……아니거든? 물론 나도 잡템을 모으는 편이긴 한데."

혼자 재료를 모아야 하는 경우가 많았으니, 다른 플레이어들이 안 모으는 재료도 그득그득 가방에 넣고 다닐 때가 많았다. 그러나 지금 보려고 한 건 그래서가 아니었다.

기계 골렘의 부서진 왼쪽 팔: 골렘을 이루고 있던 부품 중 하나. 정교하게 만들어졌지만 지금은 부서진 상태다.

'역시. 맞게 왔다.'

태현은 제대로 던전을 찾아왔다는 걸 직감했다. 가브리엘이 말한 기계 골렘. 그런 몬스터들이 나오는 던전이 흔할 리 없었다.

'사루온한테 보상받으려면 일단 역병 저주의 정체를 갖고 가기만 하면 되긴 하는데. 먼저 간 놈들하고 나누자고 해봤자 안 통하겠지?'

태현은 어깨를 으쓱거렸다. 당연히 말로는 안 되고, 지금 필요한 건 실력 행사였다.

"바로 따라가야겠지만…… 일단 시도는 해봐야겠지."

"……?"

태현이 또 자리를 잡고 망치를 꺼내자, 케인은 '이 자식이 뭔 이상한 짓을 하는 거야?' 하는 표정으로 쳐다보았다.

"뭐 하냐?"

"기계 골렘 다시 조립한다."

지금 빠르게 따라가도 모자랄 시간에 부서진 기계 골렘을 다시 조립한다니. 다른 사람이라면 '지금 이게 뭐 하는 짓이냐' 소리가 나왔겠지만, 지금 눈앞에 있는 건 태현이었다.

아무도 감히 그런 소리를 하지 못했다. 조용히 기다릴 뿐!

[부서진 기계 골렘을 다시 수리하려고 합니다. 고급 기계공학 스

킬을 갖고 있지 않습니다. 페널티를 받습니다. 고급 대장장이 기술 스킬을 갖고 있지 않습니다. 페널티를 받습니다. 제작법을 갖고 있지 않습니다. 페널티를 받습니다. 잘못 제조할 경우 폭발할 수 있습니다.]

"……."

시작하자마자 뜨는 불길한 메시지창들! 태현은 움찔했다.

"저걸 지금 다시 만드는 건가요?"

그래도 태현을 따라온 파티원들은 뒤에서 궁금하다는 듯이 이다비와 케인에게 물었다. 방송에서만 봤지, 실제로 태현이 스킬을 쓰는 모습은 본 적이 없었던 것이다.

"그래. 저 자식은 다른 건 몰라도 기계공학 스킬은 대단하니까 믿어도 될 거야. 현재 플레이어 중에서 저 자식만큼 기계공학을 잘 쓰는 사람은……."

퍼퍼퍼펑!

말하던 케인은 뒤에서 들리는 폭발음에 깜짝 놀라서 고개를 돌렸다. 수리하던 기계 골렘 하나가 폭발한 것!

"……많을 수도 있겠지만 어쨌든 우리는 지금 저 자식밖에 없으니까!"

왠지 모르게 자리의 분위기가 좀 차가워진 것 같았다.

[기계 골렘을 수리하는 데 성공했습니다. 대장장이 기술 스킬

이 크게 오릅니다. 기계공학 스킬이 크게 오릅니다.]

태현은 스킬창을 확인했다. 스킬 트리가 거의 잡캐나 마찬가지였지만, 그래도 주력으로 올리고 있는 스킬을 골라본다면 검술, 마법, 은신, 화술, 대장장이 기술, 기계공학 스킬이 있었다. 그중 화술은 서버 최초로 고급을 찍었지만, 다른 스킬들은 이미 고급을 찍은 플레이어들이 몇몇 있었다.

최초 특전은 받지 못하더라도 빨리 고급의 경지에 발을 디뎌야 했다. 〈아키서스의 화신〉이 믿을 성장은 그것뿐!

'그나저나 검술은 정말 더럽게 안 오르는군.'

태현이 검사 계열의 직업이 아니긴 했어도, 이제까지 휘두른 검과 잡은 몬스터들을 생각해 보면 가장 많이 쓴 스킬이라고 해도 과언이 아니었다. 그래도 아직 중급 8을 찍고 있는 상황!

중급 대장장이 기술 8 (62%)
중급 기계공학 7 (47%)

'많이도 따라잡았다……'

기계공학 스킬이 중급 7까지 올라와 있는 상태. 태현이 얼마나 많은 곳을 폭탄으로 날려 버렸는지 알 수 있었다.

끼이잉- 끼이잉-

스킬을 확인하던 태현은 앞에서 들리는 거슬리는 소리에 고개를 들었다. 삐걱거리며 움직이는 기계 골렘!

[파손된 기계 골렘이 완전히 수리되지 않았습니다. 오작동을 일으킬 수 있습니다.]

-가동, 중. 명령을, 내려주십시오.

갑자기 불안해졌지만 태현은 일단 명령을 내렸다.

"던전의 최중심부로 나를 안내해라!"

-알겠, 습니다.

삐걱거리고 끼익거리는 소리를 내며, 기계 골렘은 움직이기 시작했다.

"야, 저거 믿어도 되는 거 맞아? 뭔가 이상한데?"

"뭐가 이상해? 잘 움직이는데."

"소리가 끊기잖아!"

"원래 저렇게 만들어진 거야."

"아까 수리할 때도 폭발했잖아! 진짜 괜찮은 거 맞아?!"

HP가 1로 떨어지는 저주에 걸린 케인은 예민할 수밖에 없었다. 폭발이라도 한다면 여기서 태현 빼고는 전원 강제 로그아웃!

"제카스, 여기야! 우리가 해냈어!"

"아직 다 안 끝났으니까 방심하지 말라고."

제카스와 친구들은 화기애애하게 대화하며 고대 드워프들이 만든 통로 위를 걸어갔다. 지금 던전 입구에 막 들어온 태현 파티와는 정반대의 분위기!

"에이, 너무 빡빡하게 그러지 마."

제카스의 파티원들은 제카스와 판온 1 때부터 호흡을 맞춰 온 친구들이었다. 다른 탐험가들과는 비교도 되지 않을 정도의 팀워크! 그게 제카스의 비결이었다.

언제나 판온 2의 미해결 퀘스트에는 제카스가 나섰고, 이제까지 해결 못 한 퀘스트는 거의 없었다.

"저번에 사디크 화염 퀘스트 실패한 거 기억 안 나냐?"

"그, 그건······."

"어쩔 수 없었던 거잖아!"

친구들의 말에 제카스는 고개를 끄덕였다. 사디크의 화염 퀘스트는 지금 생각해도 황당한 퀘스트였다. 반지가 기록된 문헌을 닥치는 대로 뒤져서 기껏 장소를 향해 찾아갔더니, 성물 반지는 엉뚱한 놈이 들고 있었던 것이다. 게다가 그 상대는 하필 한국인이었다.

"한국인들은 다 짜증 난다니까. 밥 먹고 게임만 하나? 응?"

제카스가 날카롭게 투덜거리자, 친구들은 자기들끼리 속삭였다.

"제카스 또 시작했다."

"그러니까 쟤 앞에서 괜히 얘기 꺼내지 말자니까."

"내가 이렇게 말이 흘러갈 줄 알았냐?"

제카스가 한국인을 싫어하는 데에는 이유가 있었다. 판온 1의 랭커였던 제카스가 1:1에서 굴욕적으로 패배했던 상대가 바로…… 한국인 플레이어였던 것!

"게다가 이름도 똑같아! 김태현이라니."

"알아보니까 한국에서 김태현이란 이름은 흔한 이름이래. 그 김태현도 판온 1의 김태현이랑 이름만 같은 거고."

"그래도 재수 없다고! 짜증 난다고!"

제카스는 신경질적으로 소리쳤다.

"야, 곧 방송 켜야 하는데 화 좀 가라앉혀."

"맞아, 맞아."

"후, 후, 후……."

친구들의 말에 제카스는 심호흡을 하며 숨을 되찾았다.

곧 방송을 해야 하는데 이렇게 성질이 난 모습을 보여줄 수는 없었다. 개인 방송에서 그는 언제나 매너 있고 친절한 플레이어!

"여기서부터는 방송 들어간다. 3, 2, 1……."

-지금 제카스 님 들어간 던전에 파티 하나 들어갔어요!

-서둘러! 그러다 뺏긴다!

-김태현이 들어갔음ㅋㅋㅋㅋ 조심해라 ㅋㅋㅋㅋ.

-두유 노 김태현? 두유 노 이세연?

-사디크 화염처럼 또 허탕 칠래? 빨리 하라고! 방송하지 말고!

갑작스러운 리플들에 제카스 파티는 상황을 받아들이지 못했다. 그러나 곧 벌어지는 입!

"어떤 놈들이?!"

"아니, 또 김태현이? 그 자식 우리랑 뭐 원수졌나?"

"제카스! 어차피 역병 저주 걸린 파티라는데? 나눠서 움직이자. 우리가 막을 테니까 네가 들어가서 퀘스트 완료해!"

호흡을 맞춰온 경험은 어디 가지 않았다. 갑작스러운 상황에도 그들은 침착하게 움직였다. 제카스의 눈썹이 꿈틀거렸다.

마음 같아서는 직접 가서 그 기분 나쁜 이름을 가진 한국인 플레이어를 잡아버리고 싶었지만…… 중요한 건 퀘스트 완료!

"좋아. 그렇게 하자고!"

"이야, 기계 골렘 봐라. 든든하지 않냐?"

"든든하긴…… 한데……."

"왜 불안한 걸까요?"

아까보다 더 많아진 기계 골렘들.

태현은 던전에 들어와서 제카스 파티가 부순 기계 골렘을 볼 때마다 자리에 앉아서 수리에 들어갔다. 한시가 급한 상황에 뭐 하는 짓인가 싶었지만, 태현은 꿋꿋하게 나아갔다.

덕분에 앞에 선 기계 골렘들은 늘어나 있었다.

모두 다 삐걱거리며 불길한 소리를 내고는 있었지만…….

-주인이여! 누군가 뒤에서 오고 있다!

"?!"

-신의 예지, 괴물의 천리안!

용용이의 다급한 목소리에 태현은 바로 스킬을 사용했다.

태현은 이미 지나온, 파티원들이 있는 통로 쪽이 매우 위험한 상태!

콰쾅!

벽이 뒤집히더니 그 안에서 세 명의 플레이어가 튀어나왔다. 태현의 스킬이 놓치고 지나친 던전의 비밀통로였다.

-분노한 야수의 맹격!

-들끓는 화염 채찍!

반응할 사이도 없이, 나타난 플레이어들은 공격을 퍼부었다.

'역병 저주에 걸렸다는 걸 알고 있구나!'

태현은 깨달았다. 그렇지 않다면 초반부터 저렇게 다 쏟아 내듯이 폭딜을 퍼부을 이유가 없었다.

회복하기 전에 폭딜을 퍼부어서 인원을 줄이려는 속셈!

그리고 그 속셈은 정확하게 성공했다.

"안, 안 돼!"

"이건 말도……."

"왜 갑자기 공격을?!"

별생각 없이 따라오던 파티원들은 기습에 저항도 하지 못하고 그대로 쓸려 나갔다. 피하는 데 성공한 건 태현과 태현 주변에 있던 케인과 이다비뿐!

각지고 좁은 통로에 스킬과 함께 화염이 몰아쳤다.

"크하하! 맛이 어떠냐!"

"이게 남의 퀘스트를 뺏으려고 하는 놈한테 맞는 벌이지!"

습격자들은 통쾌하게 웃으며 태현을 쳐다보았다. 남은 파티 원들이라도 지키려면 당장 앞으로 달려들어 통로에 퍼진 스킬들을 막아서야 했다. 오기 전에 확인한 걸로 따지면, 저기 있는 태현과 케인이 여기 파티 중에서 가장 강력한 플레이어 중 하나!

그러나 태현의 표정에는 변화 하나 없었다. 옆에 있던 케인과 이다비도 마찬가지!

"……너희 뭐냐? 왜 안 움직이냐?"

"쫄아서 얼어붙기라도 했나?"

그들은 뭔가 착각하고 있었다. 여기 있는 셋은 자기 앞에서 다른 파티원들이 쓸려 나가도 얼굴 하나 변하지 않을 사람들! 얼굴에 철판 까는 걸로 승부한다면 언제나 손가락에 드는 사람들이었다.

"야, 대답 좀 해봐!"

대답이 없자 초조해진 습격자 중 한 명이 화염 채찍을 들어 태현을 향해 휘둘렀다. 이글거리는 불꽃이 튀어 오르며 태현을 향해 덤벼들었다.

-반격의 원!

파지직!

가만히 있던 태현은 번개같이 스킬을 사용해 카운터를 날린 후 앞으로 달리기 시작했다.

"막아!"

-그림자 분신, 그림자 잠수, 그림자 도약!

순식간에 좁혀지는 거리. 반격의 원은 자기가 했던 공격을 그대로 돌려보내는 스킬. 화염 채찍이 다시 돌아오자 습격자는 피하느라 태현을 제대로 견제하지 못했다.

가장 앞의 습격자와 코가 닿을 정도로 가까이 붙은 태현은 나지막하게 말했다.

"나 상대하려는 놈들은 다 나 잡으려고 잔뜩 준비해서 오는데, 너희들은 무슨 배짱으로 그냥 왔냐?"

"잠……."

대답하기도 전에 들어가는 폭딜! 치명타가 연속으로 터지고, 동시에 아키서스의 보이지 않는 손이 나타나 추가 대미지를 넣었다.

"일단 한 명 잘랐고."

태현이 가장 앞에서 덤벼드는 사이, 케인은 포션과 스킬로 HP를 회복시키고 달려들었다.

-노예의 쇠사슬!

이제는 안 쓰면 섭섭한 스킬 콤보!
거리를 벌리려던 도적 플레이어 하나가 그대로 케인 앞으로 따라 들어왔다.

"이, 이 자식들…… 파티원들이 죽는 건 신경 쓰이지 않는다 이거냐!"

도적 플레이어는 발악하듯이 단검 투척 스킬을 사용해 쓰러진 파티원을 향해 던졌다. 막아주지 않는다면 곧바로 로그아웃 당할 공격! 그러나 케인은 눈 하나 깜박이지 않고 도적에게 공격을 퍼부었다.

콰콰쾅!

"파티원들에게 공격을 하는 건 참아줄 수 있다! 그렇지만 나한테 공격을 하는 건 참아줄 수 없지!"

"뭐라는 거야?!"

언제나 팀워크를 맞춰 활동해 온 플레이어에게 케인의 뻔뻔함은 이해가 불가능했다.

"아오, 김태현 그 치사한 자식!"

"그렇게 알려줬는데도 뜯어가다니. 두고 보자!"

"야, 근데 우리가 말한 게 들키지는 않겠지?"

"그걸 누가 알아? 걱정하지 마."

태현 일행이 던전에 들어온 게 알려진 이유는 하나, 김병국과 최은철이 복수를 위해 퍼뜨렸기 때문이었다.

그들은 투덜거리면서 최대한 멀리 도망치려 들었다.

안 들킬 것 같았지만, 그래도 들킨다면…… 생각만 해도 끔찍!

"진짜 멀리 떠버려야지……."

"지금 김태현이라고 했어?"

지나가던 플레이어가 둘에게 말을 걸어왔다.

"김태현이라고 한 거 같은데?"

"뭐 어쩌라고?"

"김태현이라고 하면 안 돼? 응? 하면 안 되냐고! 네가 보태줬냐!"

태현한테 뺨 맞고 지나가던 플레이어한테 화풀이하는 둘!

그러나 지나가던 플레이어는 화풀이해도 될 만한 플레이어
가 아니었다.

쿠르릉-

갑자기 주변 땅에서 데스 나이트들이 일어나기 시작했다.

1초도 지나지 않은 사이에 포위되어버린 둘!

"방금 뭐라고?"

To Be Continued

밥만 먹고 레벨업

박민규 게임 판타지 장편소설
WISHBOOKS GAME FANTASY STORY

바사삭, 치킨, 새벽 1시에 먹는 라면!
그런데 먹기만 해도 생명이 위험하다고?

가상현실게임 아테네.
먹고 싶은 음식을 먹을 수 있는 유일한 방법!

[식신의 진가가 발동됩니다.]
[힘 1, 체력 1을 획득합니다.]

「밥만 먹고 레벨업」

"천년설삼으로 삼계탕 국물 내는 놈이 세상에 어디 있냐!"
"여기."